SEGREDOS

SEGREDOS

CAITLIN WAHRER

TRADUÇÃO
FÁBIO ALBERTI

THE DAMAGE COPYRIGHT © 2021 CAITLIN WAHRER
VIKING AN IMPRINT OF PENGUIN RANDOM HOUSE LLC.
ALL RIGHTS RESERVED.

COPYRIGHT © FARO EDITORIAL, 2022
TODOS OS DIREITOS RESERVADOS.

Nenhuma parte deste livro pode ser reproduzida sob quaisquer meios existentes sem autorização por escrito do editor.

Diretor editorial: PEDRO ALMEIDA
Coordenação editorial: CARLA SACRATO
Preparação: DANIELA TOLEDO E ARIADNE MARTINS
Revisão: LUCIANE GOMIDE E GABRIELA DE AVILA
Projeto gráfico e diagramação: CRISTIANE | SAAVEDRA EDIÇÕES
Capa: RENATO KLISMAN | SAAVEDRA EDIÇÕES

Dados Internacionais de Catalogação na Publicação (CIP)
Jéssica de Oliveira Molinari CRB-8/9852

Wahrer, Caitlin
    Segredos / Caitlin Wahrer ; tradução de Fabio Alberti. — 1. ed. — São Paulo: Faro Editorial, 2022.
    304 p.

    ISBN 978-65-5957-112-3
    Título original: The damage

1. Ficção norte-americana I. Título II. Alberti, Fabio

21-5601   CDD 813

Índice para catálogo sistemático:
1. Ficção norte-americana

1ª edição brasileira: 2022
Direitos de edição em língua portuguesa, para o Brasil, adquiridos por FARO EDITORIAL

Avenida Andrômeda, 885 – Sala 310
Alphaville – Barueri – SP – Brasil
CEP: 06473-000
WWW.FAROEDITORIAL.COM.BR

Para o Ben

I.
MONSTROS

Eu conheci monstros e conheci homens.
Estive sob suas longas sombras
E os sustentei com minhas próprias mãos,
Busquei por seus insondáveis rostos no escuro.
Eles são mais difíceis de distinguir do que você imagina.
Do que você jamais saberá.

— CLAIRE C. HOLLAND, "CLARICE"

1

Julia Hall, 2019

A DEPRIMENTE CASA DO DETETIVE ERA ALTA E AZUL-ESCURA, com acabamento desgastado. Ela se sobressaía contra o céu brilhante, afastada do amontoado de neve que recobria a rua. A casa estava coberta pela nevasca da noite anterior, mas o número 23 pregado na porta da frente mantinha-se visível. Havia espaço para estacionar na estreita garagem, mas Julia Hall optou por deixar o carro na rua.

Remexeu-se no assento para pegar algo no bolso do casaco, encontrando ali um papel dobrado. Enquanto puxava o bilhete, desejou que o endereço fosse outro — estava na *Maple Drive street, 23, Cape Elizabeth*.

— Coragem — ela disse em voz alta, então olhou de soslaio para a casa. Não parecia haver alguém nela. Pelo menos, não teria sido vista falando sozinha.

Julia bateu a porta do carro com força e pensou em seu antigo veículo, de três anos antes, da época em que teve de falar com o homem que a esperava dentro daquela casa.

Apesar da nevasca, a calçada estava limpa. *Será que ele havia removido a neve por causa dela?* No caminho, ela se concentrou no som de seus passos até a porta de entrada, tocou a campainha, que mal havia terminado de soar quando a porta se abriu.

— Julia — disse o homem parado à porta. — Como está, querida?

Melhor do que ele, com certeza. Porque o homem de pé diante dela era o detetive Rice, ou pelo menos o que havia restado dele. No passado, teve um porte físico imponente, mas agora parecia exaurido e recurvado. Seu rosto estava pálido e marcado por olheiras acentuadas. Usava um boné enterrado na cabeça na tentativa de ocultar um crânio totalmente careca.

— Bem, detetive Rice. Estou bem.

Eles se cumprimentaram com um desajeitado aperto de mãos, e o detetive se inclinou para a frente, como se fizesse menção de abraçá-la.

— Pois então... Não quer entrar?

Desde que você me ligou, tenho passado mal todos os dias, era a resposta que Julia queria dar. Em vez disso, sorriu e mentiu:

— Sim, é claro.

— E pode me chamar apenas de John, por favor — ele disse, movendo-se para trás e dando passagem para que ela entrasse.

Rice parecia ter envelhecido dez anos nos últimos três, talvez devido ao câncer. Não que ela estivesse muito melhor. Durante a maior parte da vida, Julia parecia mais jovem do que a idade que tinha. Porém, nos últimos anos, isso havia mudado. Ela parecia ter trinta e nove agora.

Enquanto tirava as botas, Julia inspecionava o local, e uma vozinha em sua cabeça advertiu-a do quanto era estranho estar *no hall de entrada do detetive Rice*. O banco em que estava sentada era robusto, prático. À sua esquerda havia o único detalhe curioso: uma pequena estante cheia de livros de jardinagem. Quando Julia o conheceu, tanto tempo atrás, nem passou pela cabeça dela que Rice lidasse com jardinagem. Isso sugeria uma ligação com a terra que ela não percebera.

— Não sei se consigo chamar você de John — ela disse, levantando-se. — Acho que você sempre será "detetive Rice" para mim.

Ele sorriu para Julia e deu de ombros.

Julia o seguiu por um corredor estreito, com as paredes cobertas de fotos de família e de artefatos religiosos: havia vários retratos de um detetive Rice mais jovem e de sua falecida esposa, Julia supôs, bem como de três crianças; um crucifixo e um ramo seco de palmeira; a foto de um neto ao lado de uma imagem de Jesus.

Enquanto a conduzia pelo corredor, o detetive Rice disse algo que ela não entendeu.

— O quê?

Ele se virou e a encarou por sobre o ombro.

— Estava falando sobre o seu carro novo.

— Ah, sim. — Ela apontou o polegar para si mesma. — Acho que melhorei de vida desde a última vez que nos vimos.

Julia percebeu a mudança na altura dele. *Rice ainda era um homem alto*, ela avaliou enquanto o seguia, *mas a doença havia lhe custado vários centímetros*.

— Podemos nos sentar aqui. — Ele apontou para uma sala de estar que se resumia a duas grandes cadeiras reclináveis e uma pequena mesa de centro.

O detetive Rice fez sinal para que Julia se sentasse e continuou andando pelo corredor.

Julia foi para a sala de estar. *Respire fundo*, ela pensou.

Andou até a janela do outro lado da sala. Dali podia ver a *Maple Drive street* e um casarão. Uma neve espessa estava presa na janela. Poucas coisas eram tão desoladoras quanto o estado do Maine em fevereiro.

Os meses frios eram difíceis; sempre foram. Todos os anos, Julia tinha que enfrentar a realidade do outono e do inverno no Maine, e nenhuma das duas estações se assemelhava às versões cheias de nostalgia romântica guardadas em sua mente. A neve geralmente começava em dezembro e só cessava em abril. E, depois *daquele* inverno — em que ela viu o detetive Rice pela última vez —, essa estação passou a portar uma espécie de melancolia existencial que precisava ser removida com a neve.

— Que vista, não é?

Julia se assustou quando ouviu a voz de Rice soar atrás dela.

Ele estava na porta agora, sorrindo para ela. Trazia duas xícaras nas mãos.

Rice estava apenas preparando café. Julia suspirou, demonstrando alívio.

Ela se dirigiu à cadeira e se sentou. Aceitou a xícara e observou o detetive acomodar-se em sua própria cadeira. O aroma que veio ao seu nariz não era de café, e sim de chá. Ela provou a bebida, que lhe pareceu adocicada demais. Isso foi uma surpresa.

— Seus filhos estão bem? — Rice perguntou, bebericando um gole de chá.

— Estão, sim, obrigada.

— Quantos anos eles têm agora?

— Hum... dez e oito.

— A gente nunca está preparado para lidar com o crescimento deles.

Havia algo em Rice que tornava fácil esquecer que ele próprio tinha filhos. E filhos adultos. E também netos, a julgar pelas fotografias no corredor. Não era a personalidade dele que a fazia esquecer que ele era pai — era a profissão. Alguma coisa no fato de ele ser um *detetive* a fazia esquecer que a vida dele ia além daquilo.

Julia fez um aceno afirmativo com a cabeça e esperou que ele lhe perguntasse sobre Tony.

— Você deve ter ficado surpresa quando recebeu notícias minhas na semana passada.

Que curioso, ela pensou. O fato de Rice não ter mencionado o marido dela pareceu uma ofensa pessoal, principalmente depois de tudo o que havia acontecido.

Na quinta-feira, ao final de uma longa manhã no tribunal, Julia ficou *realmente* surpresa quando pegou o celular e encontrou uma única mensagem de voz a sua espera. Para ela, chegar ao final da manhã com apenas uma chamada perdida era sinal de um dia tranquilo. Ela gritou "até logo" para o delegado que estava à porta e clicou na mensagem enquanto se afastava do prédio do tribunal. A voz anasalada que soou de seu celular interrompeu seu passo; era lenta, porém inconfundível. Uma voz que lhe metia medo. Anos antes, ela quase entrava em pânico sempre que o seu celular tocava ou sua caixa postal piscava, temendo que fosse a voz dele do outro lado da linha.

— Fiquei surpresa quando você entrou em contato comigo — Julia respondeu. — E também bastante triste por saber que você está doente. — Ela se inclinou um pouco na direção de Rice, reparando que não havia mencionado a doença desde a conversa que tiveram na semana anterior, quando ele lhe pediu que fosse até sua casa. — Qual é o seu... prognóstico?

— Bem, não é nada animador — ele disse em tom casual, como se falasse na possibilidade de voltar a nevar. — Meu médico acha que a minha "qualidade de vida" vai piorar bastante em dois ou três meses, e depois disso as coisas podem chegar ao fim bem rápido.

Julia percebeu a ênfase na expressão "qualidade de vida" e imaginou o detetive Rice sentado no escritório do médico, de roupão, dizendo:

"'Qualidade de vida'? Que porra é essa agora? Só me diga logo quando é que eu vou morrer".

Ela sorriu afetuosamente para o detetive.

— É bom saber que você ainda pode ficar na sua casa.

— Vamos ver até quando.

Eles beberam outro gole de chá.

— Bem... — Rice disse, e riu, discreto, dando de ombros. Seria de nervosismo? — Agradeço que tenha vindo até aqui. Como eu já disse, gostaria de ter conversado com você antes de, bom... — Ele deu de ombros novamente.

— Enquanto você ainda tem a tal "qualidade de vida".

O detetive Rice riu, então deixou escapar uma tosse engasgada e estendeu a mão para a parte de trás da cadeira. Ouviu-se um rangido de uma roda emperrada, e Rice puxou um tanque de oxigênio portátil. Ele colocou a máscara no rosto, respirou e ergueu um dedo no ar, indicando à Julia que aguardasse alguns instantes.

Ele começou a retirar a máscara.

— Por que não deixa isso ligado? — Julia disse. — Eu não quero que...

— Não — o detetive Rice respondeu com firmeza. — Agradeço, mas não.

Com a máscara de volta ao tanque, o detetive Rice se acomodou novamente na cadeira, mais tranquilo.

— Depois de tudo o que aconteceu, eu não sabia ao certo se você viria. Mas precisava falar com você. E acho que você tem algumas coisas a me dizer também.

Julia teve que se esforçar para sustentar aquele olhar. Os olhos dele estavam marejados, e os dela não queriam focar neles.

— Eu realmente não tinha certeza de que você viria — ele voltou a dizer. — Mas você sempre foi legal demais para dizer não a uma pessoa.

O que ela deveria dizer agora? Pelo visto ele não esperava uma resposta, porque voltou a falar:

— Tudo bem, então. Vamos começar do começo.

2

John Rice, 2015

QUANDO JOHN RICE VIU JULIA HALL PELA PRIMEIRA VEZ, ELA estava de pé na cozinha de sua casa, descalça, lavando uma pilha de pratos na pia.

Na época, Rice estava envolvido numa longa investigação. Até aquele momento, haviam sido vinte horas de pura violência. O tipo de violência que apenas o ser humano era capaz de executar.

Na noite anterior, Rice havia visto a vítima no hospital: um jovem chamado Nick Hall. Rice teve dificuldade em enxergá-lo como um homem-feito. Nick tinha vinte anos, sim, mas deveria estar vivendo as primeiras experiências de jovem recém-saído da adolescência.

Rice não quis pressionar Nick além da conta naquela primeira noite, o rapaz já tinha dado declarações a uma enfermeira e a um policial. Rice queria apenas apresentar-se como o detetive encarregado do caso dele e pedir que escrevesse um relato. Sempre parecia um tanto insensível pedir às vítimas que o escrevessem, pedir que revivessem o crime ainda tão recente. Porém era o melhor para todos, uma vez que as lembranças da vítima estavam mais nítidas. Sem mencionar que, em geral, o início do caso era a parte fácil. Na maioria das vezes, a vítima nessa fase ainda não chega a entender o que lhe aconteceu. A mente está em choque, o corpo em modo de sobrevivência, e há pouca ou nenhuma afetação. Era bem assim que Nick se encontrava: surpreso, um pouco confuso, mas principalmente apático. Seria melhor para ele reviver tudo agora.

E foi o que ele fez. Antes de ir até a casa da família da vítima, Rice foi ao hospital pegar duas páginas com declarações de Nick. O irmão mais velho de Nick, Tony, estava lá novamente. Tony também havia ido na noite anterior e agora exibia olheiras de alguém que tinha tentado dormir numa cadeira de hospital. O rapaz saiu do quarto e entregou o relato do irmão. Disse ao detetive que Nick estava dormindo. Rice avisou que voltaria mais tarde.

Rice não teve dificuldade para encontrar a casa de Tony Hall. Era uma bela residência nos subúrbios de Orange, modesta em comparação com algumas das outras casas pelas quais o detetive havia passado na cidade. A cunhada de Rice também morava em Orange, porém mais perto do centro da cidade. O centro era onde os habitantes mais ricos de Orange se juntavam, amontoados em condomínios de casas pré-fabricadas (como a própria cunhada de Rice), ou em minimansões na versão do Maine, em lotes de terreno de tamanho generoso (nesse caso, os habitantes muito, *muito* ricos). Porém a maior parte de Orange compunha-se de terras agrícolas, poucas ainda ativas. O endereço de Hall ficava lá, a dois lotes de um gigantesco lugar caindo aos pedaços e cheio de gansos, com um celeiro que parecia estar afundado no solo. Em comparação a esse lugar, a casa de Hall era bem conservada e charmosa, apesar de pequena e velha; pelo menos, era o que o detetive Rice podia constatar observando-a da estrada. O acesso à garagem estava tomado, por isso ele estacionou na rua.

Rice subiu os degraus da varanda para chegar à porta da frente. Ele ouviu vozes quando tocou a campainha, então a porta se abriu, e surgiu diante do detetive uma mulher pequena e vibrante, de cabelos grisalhos. Ela parecia ter a idade dele, perto de sessenta anos.

— Pois não? — ela disse ao abrir a porta externa.

Rice se apresentou. A mulher o cumprimentou e disse que Tony, seu filho, ainda estava no hospital com o irmão.

— Eu não sou a mãe do Nick — ela avisou. — Apenas do Tony.

— Sim — Rice respondeu. — Tony me explicou isso hoje de manhã. Acabei de chegar do hospital. Na verdade, vim até aqui para ver a Julia, se ela puder me receber.

Caminhando dentro da casa, o detetive Rice via, aqui e ali, indícios de riqueza que poucas famílias que ele encontrava em seu trabalho podiam ostentar. O piso de madeira reluzente se estendia até os azulejos na cozinha, e as paredes do corredor eram ornadas com um rico acabamento em tom escuro. O lugar evocava de imediato uma sensação de segurança e a impressão de que a família que ali morava era extremamente *funcional*. À medida que o pensamento se revelava, Rice sentia que havia algo fora de lugar. Ele logo percebeu que havia feito certas suposições sobre a família Hall baseado em pouca informação. O endereço na zona rural, os irmãos com mães diferentes. A total ausência dos pais de Nick no hospital num momento tão difícil...

O corredor curto levava à cozinha, onde havia uma jovem diante da pia. O sol de outubro iluminava o seu cabelo, que devia ser castanho, mas sob a luz parecia conter fios acobreados. Ela poderia parecer etérea, não fosse pela expressão preocupada e pelo prato que estava lavando.

— Desculpe — ela disse. — Desculpe, eu só... — Ela fechou a torneira e colocou uma caçarola de vidro no escorredor de louças lotado. — Pronto. Ouvi você chegar, mas eu *precisava* terminar aqui.

Ela apanhou um pano de prato que estava no fogão e enxugou depressa as mãos antes de cumprimentar o detetive.

— Eu sou a Julia.

— John Rice — ele respondeu. — Detetive do Departamento de Polícia de Salisbury.

Ouviram-se baques abafados no andar de cima.

— Quer que eu termine de lavar os pratos ou vá lá para cima? — a mãe de Tony perguntou do corredor.

— Pode mantê-los distraídos enquanto conversamos? — Julia disse.

— Deixa comigo.

— Obrigada, Cynthia — Julia respondeu na direção do corredor, enquanto sua sogra subia as escadas.

— As crianças estão felizes com a avó por perto — Julia comentou, apontando para o andar superior. — Elas não entendem bem o que está acontecendo.

Julia parecia jovem, por isso Rice supôs que os filhos dela também fossem.

— Quantos anos eles têm?

— A Chloe tem sete, e o Sebastian, cinco. Dissemos a eles que o tio Nick está doente, por isso o pai deles vai ficar ocupado, tomando conta do Nick, mas... — Ela deu de ombros. Agora, falando dos filhos, Julia parecia desnorteada. — Eles são jovens demais para compreender, e acho que é melhor assim.

— Com certeza — Rice disse.

— Como posso ajudar? — Julia perguntou, entregando a Rice uma xícara de café na varanda.

Rice havia sugerido que eles conversassem do lado de fora da casa, longe dos ouvidos das crianças, e Julia concordou. Os dois se acomodaram em cadeiras e Rice colocou sua xícara na pequena mesa entre eles.

— Bem... Nick ainda estava dormindo quando fui vê-lo esta manhã, e a aparência do seu marido era de quem não havia pregado os olhos um minuto. Então, pensei em deixá-los em paz por mais algumas horas, antes de voltar a interrogá-los. Tony me disse que você poderia me fornecer informações relacionadas à família.

— Ah, *isso* eu posso fazer — ela respondeu, com o rosto tomado pelo alívio.

Rice retirou um bloco de notas e uma caneta do seu pesado sobretudo. Ele teria que descobrir o que Julia sabia sobre Nick, mas primeiro ele a deixaria à vontade.

— Posso começar por onde eu quiser? — Julia perguntou.

Ele afirmou com a cabeça. Ficou contente por ter um pretexto para olhar para Julia enquanto ela falava. Quando conheceu Tony, que era inegavelmente bonito, Rice imaginou que ele fosse casado com uma mulher também muito atraente. E Julia Hall era bonita, sim, mas havia uma simplicidade nela que era difícil de definir, agora que ela não estava mais sob a luz da manhã. Seu rosto era arredondado e pouco expressivo; enquanto falava, seus traços eram os mesmos de todos os ângulos. Isso lhe dava um ar de absoluta honestidade. Isso também a fazia parecer mais jovem do que talvez fosse. Rice poderia apostar que ela tinha trinta anos, caso não fossem as tênues rugas que ela já exibia: pequenos pés de galinha nos olhos e linhas de expressão nos cantos da boca. Tratava-se de uma mulher que gostava de sorrir.

— Bem, vamos lá. Os pais de Tony são Cynthia — Julia apontou timidamente para a casa, indicando a mulher que estava lá dentro — e Ron. Os dois foram casados por algum tempo. Ron é... — Ela fez uma pausa. — Ron teve uma criação muito dura e não era o mais estável dos pais. Ron e Cynthia ficaram juntos até que Tony completasse dezessete anos.

Ela estava escolhendo as palavras como uma política ou talvez uma advogada. Nenhuma dessas duas carreiras combinava com ela.

— Não que Ron fosse, sei lá, abusivo ou coisa do tipo. Ou talvez... bem... — Ela fez uma nova pausa.

Rice segurou a caneta na altura dos olhos.

— Que tal se eu abaixasse isso por um minuto e você deixasse o Ron um pouco de lado?

Julia riu e levou a mão ao rosto como se quisesse escondê-lo.

— Um pouco de informação sobre a dinâmica da família pode ser útil. — O detetive Rice fazia perguntas sobre a família da vítima com certa frequência, mas nem sempre. Ele costumava fazer isso em casos como o de Nick, nos quais a defesa, em busca de material comprometedor, virava pelo avesso a vida da vítima.

— Sei como é — Julia disse. — Já trabalhei com dinâmicas familiares de todo tipo.

— O que você faz?

— Agora trabalho no campo da política, mas já fui advogada de defesa, em casos criminais e de menores infratores.

— Então você *sabe* mesmo do que estamos falando.

Ela fez que sim com a cabeça.

— E, honestamente, Ron talvez seja parte do problema, sabe? Ele é alcoólatra, e foi assim durante toda a vida de Tony. Foi mais fácil para Ron simplesmente sumir de cena depois que ele e Cynthia se separaram. Cynthia é tão calorosa, tão amorosa; Tony teve muita sorte nesse sentido. Já Nick não teve tanta sorte com a mãe dele.

— Fale-me um pouco sobre Nick.

— Certo. Bem, Ron é o pai dos dois, e Tony tinha dezessete anos quando o Nick nasceu; então ele devia ter uns quinze ou dezesseis quando Ron e Jeannie ficaram juntos.

— E como é a Jeannie?

— Ela também é uma viciada... — Julia agitou a mão.

— Os pais de Nick sabem o que aconteceu?

Julia balançou a cabeça numa negativa.

— Eles nem mesmo sabem que Nick está no hospital. Nick não quer contar a eles.

Seu rosto foi tomado por uma expressão que Rice via o tempo todo: a de pessoas tentando conter as lágrimas diante dele.

— Ele vai ficar bem, Julia. Vai levar algum tempo, mas o Nick ficará bem. — Rice tirou um pacote de lenços do bolso.

— Nick é simplesmente incrível — ela disse, aceitando um lenço. — Tony o ama demais. Para ser honesta, ele fez do Tony o homem que é hoje, pode ter certeza. Quem sabe o que o Tony teria se tornado se não tivesse aquele bebezinho.

— O que quer dizer com isso?

Julia balançou a cabeça.

— Cynthia disse que o nascimento do Nick abrandou o Tony. Quando adolescente, Tony fazia o tipo machão e tinha *muita* raiva do Ron, e acho que até do mundo. E você viu a aparência dele. Tudo nele grita *lindo e babaca*.

Rice concordou. Tony Hall não era apenas bonito — tinha uma beleza de capa de revista. O tipo de rosto que fazia você antipatizar com ele só por não ter o que ele tinha. O detetive se perguntou o que Julia teria pensado dele se o tivesse conhecido quando ele tinha a idade de seu marido. Rice tinha cicatrizes leves de acne nas bochechas, mas quando era mais jovem essas marcas o faziam parecer durão. Pelo menos, na opinião da sua esposa.

— Mas o Nick simplesmente derreteu o coração dele — Julia continuou, secando os olhos com o lenço. — Tony se tornou afetuoso, sensível e uma pessoa que se comunica bem, o que talvez seja uma coisa bem clichê para se dizer do próprio marido. — Ela riu. — Seja como for, eu sei que tenho sorte. Sei que tenho que agradecer a Cynthia, ela deu sua contribuição para que o filho fosse assim. Mas eu acho mesmo que Tony se transformou muito por causa do Nick. Talvez você jamais conheça o verdadeiro Nick. Ele é engraçado, charmoso e justo, tipo, sincero. Mas agora... já não sei.

Atrás deles, Rice ouviu as crianças descendo aos pulos a escadaria de dentro da casa. Segundos depois, ouviu a mãe de Tony no encalço delas. O barulho continuou pelo corredor, até que eles desapareceram dentro da cozinha.

Rice guardou seus lenços novamente no bolso e retirou de lá um pequeno gravador prateado.

— Sei que isso é difícil, Julia, mas preciso fazer algumas perguntas sobre ontem.

— Tudo bem — ela respondeu, respirando fundo. — Nick só nos telefonou depois do jantar.

Tony Hall, 2015

ERA UMA TARDE DE SÁBADO COMO QUALQUER OUTRA. Tony e Julia estavam sentados na varanda, observando o céu e então o telefone tocou.

Enquanto Tony aguardava na sala de espera, ele tentou se lembrar das palavras exatas da pessoa que telefonou. Ela disse o nome dela, dra. Lamba. Estava ligando do hospital.

Quando recebeu a ligação, Tony logo pensou em seu pai. *Ele enfim se matou dirigindo bêbado*, pensou. *Por favor, diga que ele não machucou ninguém*. Mas a médica não estava ligando para falar de Ron. O telefonema era a respeito de Nick.

— Seu irmão foi ferido — ela disse. Essas foram as palavras exatas.

Tony perguntou se havia sido um acidente de carro.

— Não — ela respondeu. — Você poderia vir vê-lo agora?

Tony chegou ao hospital o mais rápido que pôde — saiu às pressas de casa, dirigiu em alta velocidade pela estrada e correu pelo estacionamento, apenas para ser barrado no saguão do hospital.

Ele tirou o celular do bolso. Enviou para Julia:

> Já tá vindo?

Ela estava em casa com as crianças, esperando a mãe de Tony. Ele disse a si mesmo que se sentiria melhor quando Julia chegasse ao hospital.

Ou quando permitissem que ele visse Nick. Mas *será* que se sentiria melhor de verdade?

"Seu irmão foi ferido." Essas estranhas palavras soavam sem parar na cabeça de Tony enquanto ele corria para o hospital. A médica não lhe havia informado nada; apenas falou que não se tratava de um acidente de carro. O que era, então? Coma alcoólico? Briga de bar? Nada disso era típico de Nick, mas jovens podiam se meter em confusão na época de faculdade. *Ah, Jesus, que não seja um tiroteio na universidade.* Não, ele teria ouvido algo pelo rádio enquanto dirigia. Mesmo assim, ainda na sala de espera, ele pegou o celular e acessou a internet. Digitou: "Notícias sobre Universidade de Salisbury". Nada. "Últimas notícias sobre Salisbury." Nada.

O que mais a médica tinha dito ao telefone? Algo sobre a idade de Nick. Ela perguntou quantos anos ele tinha. Quando Tony respondeu "vinte anos", a médica disse algo a respeito de uma identidade falsa que estaria em posse do irmão, por isso ela queria ter certeza. Disse que Nick não queria que ela ligasse para os seus pais, que não precisava. Ele queria apenas o Tony.

— Senhor Hall? — Uma mulher mais velha em um jaleco branco apareceu à porta. Tony saltou da cadeira, foi até ela e apertou sua mão. Ela se apresentou como a dra. Lamba do telefonema, e a voz dela era discreta e confiante. Ele ficou aliviado por não detectar indícios de pêsames em seus gentis olhos castanho-escuros. Talvez Nick estivesse bem.

Tony seguiu a dra. Lamba por um longo corredor, enquanto ela explicava que Nick tinha dado entrada mais cedo naquele dia, no final da manhã.

— E como eu disse ao telefone, ele queria que avisássemos apenas você.

Eles se aproximaram de mais uma seção com portas duplas. Sobre elas, lia-se UNIDADE DE SAÚDE COMPORTAMENTAL.

— Espera. — Os olhos de Tony se voltaram para o nome da unidade quando eles passaram sob o letreiro. — É aqui que o Nick está?

Após as portas duplas havia uma pequena sala cercada por vidro laminado e uma porta pesada que dava acesso à unidade. A dra. Lamba gesticulou para que se sentassem em duas pequenas cadeiras pretas à direita da sala.

Ela colocou a mão no antebraço de Tony.

— O seu irmão sofreu agressão sexual na noite passada.

Tony a fitou com os olhos arregalados.

— Quem quer que tenha feito isso com o seu irmão o espancou violentamente, por isso eu queria preparar você. Temos que...

— Espera. Pare. Pare.

A dra. Lamba parou de falar.

— Não. — Tony balançou a cabeça. — Não mesmo, ninguém faria isso com ele, isso... não faz sentido.

— Sinto muito, senhor Hall — disse a dra. Lamba.

— Não, por favor. — Tony enterrou a cabeça entre as mãos.

Ele sentiu a mão dela em seu ombro.

— O departamento de emergência tratou os ferimentos do Nick, e a boa notícia é que ele poderia ir para casa agora se quisesse. A outra boa notícia é que ele aceitou o meu conselho e concordou em permanecer algumas noites na nossa unidade de saúde mental.

— Dá para parar de dizer *boa notícia*? — Tony reclamou, ainda cobrindo a cabeça com as mãos.

— Sim. — A mão dela esfregou o ombro de Tony num movimento circular.

Alguém fez isso. A simplicidade dessa constatação o atingiu como uma bofetada. Tony tirou as mãos do rosto.

— Onde está o vagabundo que fez isso?

— Nick já falou com um policial. — A dra. Lamba olhou-o nos olhos novamente e continuou: — Por favor, concentre a sua atenção no seu irmão agora. Ele precisa de você. Deixe de lado essa outra pessoa, deixe que a polícia se preocupe com ela. Concentre-se no Nick.

O rosto de Nick estava destruído.

Foi a primeira coisa que veio à cabeça de Tony quando ele o viu. Nick estava deitado sobre as cobertas da sua cama de hospital, como se estivesse assistindo à televisão num hotel. Mas seu rosto estava todo castigado — seus traços haviam quase desaparecido; ele estava irreconhecível: tinha um lábio rasgado e inchado e um corte no supercílio.

Havia hematomas na bochecha, na testa, no queixo, como se ele tivesse caído de uma escada.

— Nick?

Nick sorriu para Tony e então fez uma careta de dor, lambendo a ferida em seu lábio.

— Mas que porra foi essa? — A voz de Tony soou chorosa.

— Estou bem — Nick disse e sorriu de modo tranquilizador.

— Posso? — Tony apontou para o peito de Nick.

Nick ergueu os braços.

Quando Tony se abaixou para abraçá-lo, as lágrimas embaçaram sua vista. Ele passou as mãos por trás das costas de Nick e encostou sua cabeça na do irmão.

— Desculpa — Tony disse.

— Por quê?

Por chorar em cima de você, ele pensou. *Por agir de modo estranho quando você disse que está bem. Por demorar tanto para chegar ao seu quarto. Por tudo o que aconteceu.*

Mas Tony não disse nada. Ele se virou a fim de puxar uma cadeira para perto da cama e viu que a dra. Lamba havia fechado a porta do quarto. Os dois estavam sozinhos.

— Então… — Tony disse, perdido num turbilhão de pensamentos. Deveria perguntar o que aconteceu? Com quais palavras?

— Onde está a Julia? — Essa simples pergunta de Nick neutralizou todas as outras.

— Em casa, com as crianças. Minha mãe já deve estar chegando lá, e então Julia vai vir para cá o mais rápido que puder.

— Julia vai vir esta noite?

— Sim, se você quiser. *Só* se você quiser.

— Claro. Sabe, eu quase pedi para avisarem a Julia primeiro.

— Ah, *sei*. — Tony revirou os olhos.

— Ela não teria chorado — Nick disse, rindo, e então fez novamente uma careta de dor.

Tony observou seu irmão mais novo. Eles devem tê-lo entendido mal. Não se tratava de alguém que tinha sofrido *agressão sexual*. Estava claro que o haviam surrado sem piedade. Era possível que ele tenha passado uma cantada no cara errado, e o vagabundo homofóbico o tenha espancado por causa disso. Ou talvez tenha sido assaltado. Mas não aquilo — não o que a doutora disse. Seu humor continuava inabalável. E Nick estava calmo — *muito* calmo. Ele devia ter dito a alguém que havia sofrido uma agressão, e a pessoa entendeu mal. Só podia ser isso. Nick parecia...

Uma batida na porta interrompeu os seus pensamentos. Uma voz grave disse:

— Desculpe incomodá-los. Sou o detetive John Rice — ele informou, entrando no quarto. — Sou do Departamento de Polícia de Salisbury. O oficial Merlo avisou que eu passaria por aqui, certo?

Nick moveu-se para se endireitar na cama.

— Sim, avisou. Olá.

O detetive Rice devia ter um e noventa e oito de altura, talvez até mais. Seu rosto era vincado, castigado pelo tempo; parecia ter sessenta e poucos anos, na estimativa de Tony. O gigante retirou dois cartões de visita do casaco e os entregou aos irmãos.

O detetive apertou a mão de Nick como se ele estivesse se juntando à força policial.

— Bem, Nick, é um prazer conhecê-lo. — Ele se voltou para Tony. — Você é o irmão?

— Sou. — Tony se levantou para cumprimentar o detetive. — Tony.

— É um prazer conhecer você. — O detetive se voltou novamente para Nick. — Não pretendo me demorar aqui. Passei apenas para entregar esses relatórios de impacto da vítima.

— Do que se trata? — Tony se aproximou mais do irmão para pegar as folhas. Eram formulários com algumas linhas no topo para detalhes como NOME, DATA DE NASCIMENTO, DATA DO CRIME, e depois um espaço em branco.

O detetive apontou para as folhas.

— Nick deu uma declaração para o oficial Merlo e ele já viu uma enfermeira especializada, então...

— Enfermeira especializada? Em quê?

— Perdão — o detetive Rice disse, tossindo. — Eu me refiro ao serviço de enfermagem forense para casos de agressão sexual realizado no departamento de emergência.

Tony olhou para o irmão. Nick estava de cabeça baixa, torcendo os lençóis com as duas mãos.

— Ah, certo — Tony disse.

— Os enfermeiros forenses costumam obter declarações muito boas, então vou deixar que ele descanse. Mas preciso voltar amanhã. Tudo bem, Nick?

— Sim.

— Por que você precisa voltar? — Tony folheou as páginas; eram todas iguais.

— Para interrogá-lo. Num caso como esse, é importante obter um relato consistente e meticuloso o mais próximo possível do momento em que o ataque ocorreu. Quanto mais cedo você falar sobre isso, Nick, mais eficientes serão as suas lembranças, e vai me ajudar a fazer o meu trabalho. O que preciso agora é que você faça um relato de todos os acontecimentos de que se lembrar, começando do início do seu dia na sexta-feira. Foi ontem, sexta-feira, é isso?

— Que aconteceu? — Nick perguntou.

— Sim.

— É, foi na noite passada, tarde da noite. Só preciso escrever tudo sobre meu dia?

— Bem, você não precisa se aprofundar a ponto de descrever tudo o que aconteceu antes do horário do jantar. E posso te pedir mais detalhes amanhã, se eu achar necessário. Vou recolher esse material — o detetive apontou para as folhas — amanhã de manhã e examiná-lo antes de voltarmos a conversar. Pode preencher essa papelada ainda esta noite?

Tony olhou novamente para o irmão. Pela primeira vez desde que havia entrado no quarto, Nick parecia prestes a chorar.

— Sim.

— Beleza. Tony, será que pode me acompanhar até lá fora e confirmar algumas informações de contato?

Tony assentiu com a cabeça.

— Vejo você amanhã, Nick.

Tony e o detetive foram para o corredor da unidade.

— Essa declaração por escrito é mesmo necessária, detetive? Porque eu não acho que...

— Escuta — interrompeu o detetive Rice. — Eu compreendo que este é um momento difícil, mas garanto que não peço a vítimas de estupro que façam nada que não seja totalmente necessário.

Tony fechou a cara quando o detetive disse *vítimas de estupro*.

— Estamos construindo um caso — o detetive explicou. — Você precisa se lembrar disso. O melhor cenário neste caso é apanharmos o cara que fez isso, mas pegá-lo não significa nada se não tivermos evidências para processá-lo. A história de Nick é parte da evidência.

— Eu posso... — A voz de Tony falhou; ele estava prestes a chorar bem na frente do policial. Arregalou os olhos para que as lágrimas não escorressem pelas pálpebras. Então soltou o ar com força e tentou novamente: — Posso ajudá-lo a preencher a declaração?

— É melhor que ele próprio a escreva. Muitas vezes, casos como esse pendem para o lado da história que se mostra mais crível. Não será nada bom para nós se você escrever essa declaração por ele. Mas você pode ficar com o Nick enquanto ele escreve.

Tony respondeu às perguntas do detetive com relação a nomes, números, endereços da família Hall, mas durante todo o tempo a expressão *vítima de estupro* soava sem parar em sua cabeça.

O detetive se foi, e Tony voltou para o quarto. Em sua cama, Nick fitou-o com ar de reprovação.

— Por que fechou a porta, Tony?

— Sei lá, só fechei.

— Por quê? — Nick repetiu, de maneira tão veemente e rápida que ficou claro que ele nem mesmo havia escutado a resposta de Tony.

— Nick... — Ele se deteve. Não sabia o que dizer. — Me desculpe, não tive a intenção de bancar a sua babá e tomar decisões por você. Só queria perguntar a ele se você precisava mesmo preencher esses formulários esta noite.

— Então você *tomou* uma decisão sem me consultar, porque eu disse, com todas as letras, que preencheria os formulários.

— Por Deus, Nick, é tão ruim assim deixar que o seu irmão tente resolver problemas para você hoje? — A voz dele se elevou até terminar quase como um grito.

Os irmãos olharam um para o outro.

— E então? — Tony disse. — Devo fingir que tudo está bem?

— Eu *estou* bem — Nick respondeu.

Tony balançou a cabeça numa negativa. Olhou para as folhas em sua mão. Olhou para as palavras RELATÓRIO DE IMPACTO DA VÍTIMA.

Nick olhou para ele. Não disse nada.

— Eu não sei como perguntar a você o que aconteceu.

Nick Hall, 2015

EIS O QUE ACONTECEU.

Na primeira sexta-feira de outubro, Nick Hall recebeu uma mensagem do cara de quem ele estava a fim.

No meio de uma aula de Introdução à Economia, Nick puxou a pontinha do celular do bolso para checar suas notificações. Na tela apareciam os nomes ELLE, MAMÃE e CHRIS. Quando seus olhos registraram o último nome, uma onda de emoção e desejo o invadiu. Não havia dúvida: pela mensagem de Chris valia a pena correr o risco de ser apanhado com o celular na mão em plena aula.

Nick tirou o celular do bolso e o equilibrou em sua coxa, passando rapidamente pelas outras mensagens.

Chris G.:

E isso era tudo. Nenhuma pontuação, nenhuma resposta à última mensagem de Nick, nenhum esforço. Mas pelo menos ele havia enviado uma mensagem. E *oi* pode ser até sexy, se pronunciado com a voz certa, Nick considerou. Se estivesse diante dele, Chris teria dito isso com a voz certa: o tipo de *oi* acompanhado de reticências. O texto tinha sido enviado fazia apenas vinte minutos. Nick não deveria responder ainda; *desesperado demais*. Por outro lado, responder agora mostraria a Chris que Nick não fazia joguinhos e não tinha medo de ir atrás do que queria. *É isso*, Nick pensou. Talvez ele *devesse* responder agora. Ergueu a cabeça. O professor estava falando bem na frente dele. Com uma risadinha acanhada, ele enfiou o celular de volta ao bolso.

Como calouro promissor na Universidade de Maine Salisbury, Nick pôde escolher morar numa casa fora do campus e alugou um imóvel com três amigos.

Na noite da primeira sexta-feira de outubro, Nick avaliava o seu reflexo no espelho da porta do guarda-roupa. Ele vestia uma calça jeans justa e camisa com botão no colarinho e estampa de bolinhas. Para finalizar, acrescentou sua jaqueta utilitária cinza. Ele havia usado esse mesmo look para jantar algumas semanas antes, e Tony e Julia elogiaram bastante o seu visual. E eles tinham razão... Então, por que parecia uma péssima escolha naquela noite?

Ele foi até a cômoda e se agachou para abrir a gaveta de camisas. Correu os dedos em busca de algo legal. Chris esbanjava aquele estilo "tô pouco me fodendo", ostentando cabelo curto, piercing no nariz e calça jeans gasta.

Pegou uma camiseta bem surrada do Bruce Springsteen, com a já desbotada capa do álbum *Born in the USA* estampada.

Quando Nick vestia a camiseta, a porta do quarto se abriu devagar, rangendo. Mary Jo, uma colega de dormitório, apareceu no vão.

— Se ainda quiser uma carona, Eric vem me buscar daqui a uns dez ou quinze minutos.

Nick pegou o celular. Três horas depois que ele havia respondido à mensagem que se resumia a um "oi", Chris sugeriu que "se encontrassem pra beber uma".

Chris era veterano, vinte e dois anos e farto de festas nas casas de conhecidos. Ele costumava frequentar bares. Nick só faria vinte e um anos em março do ano seguinte, por isso, sem uma identidade falsa, não conseguiria nem entrar na maioria dos bares, quanto mais beber.

Nick respondeu a Chris:

> No Jimmy?

Salisbury localizava-se tentadoramente perto de Ogunquit, localidade que abrigava alguns dos melhores bares e clubes ao sul do Maine. Pelo menos, essa era a fama do lugar. Todos os lugares em que Nick havia tentado entrar em Ogunquit o tinham rejeitado depois de uma rápida verificação do seu documento de identidade falso. No Bar do Jimmy, por outro lado, a sua entrada foi permitida duas vezes. O bar ficava próximo do campus em Salisbury; não passava de um boteco, mas tinha tudo o que alguém poderia querer: pouca iluminação, drinques baratos e uma pequena e pegajosa pista de dança. Chris ainda não havia respondido, mas isso já era de esperar.

— Sei lá se vou precisar de carona — Nick disse a Mary Jo, agitando o celular no ar.

— Ah, foda-se o Chris, tá? Ele tá te enrolando já faz tempo. Por que não sai comigo e com o Eric depois do jantar? *A gente* vai ao Jimmy com você!

O celular de Nick vibrou em sua mão. Chris tinha respondido.

Ele leu:

> Escolha interessante. Às 22h?

Nick não conseguiu conter o sorriso. Mary Jo estava certa — Chris gostava mesmo de enrolá-lo. Mas, naquele momento, Nick pouco se importava.

— Eu adoraria segurar a vela de vocês, sabe? — Nick disse. — Mas parece que eu tenho um encontro.

Mary Jo revirou os olhos.

— O que foi que ele disse?

— Ele acha que sou interessante e vai me encontrar às dez da noite.

— Dez? DEZ? São pouco mais de sete horas e você ficou enviando mensagens o dia inteiro, e ele só quer se encontrar com você às dez da noite. Ele é um *babaca*, Nick! O cara nem consegue esconder que isso não passa de uma pegação.

A cabeça de Elle apareceu na porta, atrás de Mary Jo.

— Eu não estava escutando atrás da porta — disse a outra colega de quarto, abrindo caminho até Mary Jo. — Mas, se eu estivesse, teria uma ideia para você. — Ela se jogou na cama desarrumada de Nick. — *A gente vai lá no Jimmy, tomamos uns drinques, não muitos, só o bastante pra gente ficar alegrinho.* — Ela estendeu a mão no ar, indicando que não a interrompessem. — Quando o Chris aparecer em algum momento depois das dez, porque sabemos que ele vai se atrasar, eu deixo vocês sozinhos e você pode dizer umas verdades pra ele!

— Eu não vou fazer nada disso com o Chris — Nick retrucou. — Você está errada sobre ele. Quero dizer, você está certa, mas está errada. É bom demais quando estamos juntos.

— Mas quando estão separados você se sente um bosta, porque ele te faz se sentir assim — Mary Jo replicou.

Ela estava certa. Todos estavam certos. Até mesmo Johnny, o outro colega de quarto, homem de poucas palavras, disse uma vez sobre Chris: "Esse cara é um escroto".

Mary Jo e Elle ficaram olhando impacientemente para Nick.

— Tá bom! Misericórdia. Uns drinques pra me dar coragem de dizer a ele pra virar gente ou cair fora.

Elle deu gritinhos e bateu palmas como uma criança.

— Agora, saiam daqui que preciso me trocar!

Eram 22h38 e nem sinal de Chris.

A primeira hora se foi. Elle havia escolhido uma mesa com bancos estofados em frente ao bar e fez Nick se sentar de costas para a porta, assim, teria toda a atenção dele. Elle era a amiga perfeita para mantê-lo afastado de suas próprias preocupações, e, para passar o tempo, eles fofocaram descontraidamente sobre os seus colegas de quarto e outros amigos em comum. Quando Nick viu no celular que eram 21h59, ele se preparou para o seu plano. Iria dizer a Chris como se sentia. Nick estava sempre pronto para ele; era Chris quem hesitava — desde o final do ano anterior. Nick era louco por Chris, então por que eles não davam um jeito nisso de verdade?

Às 22h03, todo rangido de porta atrás de Nick o deixava afobado, mas a onda de adrenalina que o invadia quebrava assim que ele erguia a cabeça e constatava que não era Chris. Às 22h16, ele começou a ficar zangado.

Eu sou gato, ele pensou, *sou gato demais, então ou ele fica de uma vez comigo, ou me dá um fora. Não; eu é que vou dar um fora nele.*

Às 22h38, Nick já tinha consultado o celular pelo menos umas quarenta vezes. Nada de mensagem, nada de Chris. Ele considerou escrever um recado avisando-o para não vir mais... mas qualquer mensagem que enviasse a Chris só serviria para expor o quanto ele se importava.

— Certo — Elle disse em voz alta, batendo a palma das mãos na mesa pegajosa. — Chega disso. Vou ao banheiro, depois vamos encarar uma última rodada e dançar. Se ele finalmente der as caras, vou chutar o saco dele, e depois a gente pode ir embora.

Nick sorriu, mas não com muita vontade. Deus, ele era patético. Por que Chris continuava fazendo isso com ele? E por que Nick permitia?

— Pode ir, estou bem.

Elle se arrastou para o lado até sair da cabine e ficou de pé diante de Nick.

— Mais duas doses de tequila — ela disse, então se afastou.

Quando se aproximou do balcão, Nick sabia que a noite só poderia terminar de duas maneiras. Se tivesse sorte, ele e sua amiga ficariam até o bar fechar, bebendo e dançando até que os funcionários começassem a colocar as banquetas sobre o balcão. Porém a segunda possibilidade era a mais provável: Nick beberia a tequila, dançaria de má vontade com Elle uma ou duas músicas, depois sairia de fininho até o banheiro para se olhar no espelho. Ele veria suas feições se tornarem acentuadas e estranhas sob a influência da tequila barata e da iluminação ruim e tentaria enxergar o que havia nele que era tão fácil rejeitar.

O bartender colocou as duas doses de tequila diante de Nick.

— Uma dessas é para mim?

Nick se virou na direção da voz à sua esquerda. O dono da voz estava se acomodando numa banqueta. Nick não tinha visto o homem chegar; não havia tirado os olhos da porta à espera de Chris e não perderia um rosto como o desse desconhecido. Era um homem de beleza perturbadora. Ele deixava o cabelo mais comprido em cima e um cacho negro caía sobre a sua testa pálida. Olhos azuis-claros, maçãs do rosto pronunciadas, barbeado rente. *Mi-nha nossaaa*. Talvez fosse a iluminação ou as doses de tequila, mas esse devia ser o cara mais bonito que já havia conversado com Nick.

— Hã. — Nick suspirou.

O homem aguardava com um sorriso travesso nos lábios.

Elle vai entender se eu der a tequila dela para outra pessoa, ainda mais para um cara gato como esse. Na verdade, é tudo graças a ela, pois foi ela quem me mandou pegar as bebidas no balcão.

— É — Nick respondeu. — Sim, eu sempre compro uns drinques para caras que são *muita* areia pro meu caminhãozinho, só pra equilibrar o jogo.

O homem riu, e Nick se encheu de orgulho, embora não conseguisse entender como foi capaz de articular as palavras com sucesso. Ele empurrou um dos shots na direção do belo estranho.

— Tem certeza de que *ela* não vai se importar? — O desconhecido fez um gesto na direção do banheiro. Ele havia visto a Elle.

— Que nada — Nick disse. — Ela não deve nem voltar para a mesa. Deve estar dançando por aí com alguma garota que conheceu no banheiro.

O homem moveu o copo de bebida em círculos sobre o balcão.

— Então vocês dois têm um acordo.

— Ah, é, temos — Nick respondeu. Não entendeu bem o que o homem quis dizer, mas manteve a voz confiante. Sentia-se sagaz, sereno; ao contrário do que acontecia quando estava com Chris. Como isso era possível quando o cara com quem estava conversando parecia ter acabado de sair de um desfile de moda?

— Sou o Josh — o homem disse e virou o copo.

— Nick. — Ele inclinou a cabeça para trás e sentiu a tequila barata queimar sua garganta. Tinha gosto de puro álcool.

— Nossa! — Josh exclamou, olhando para Nick como se ele quisesse envenená-lo. — Essa deve ser a pior tequila que já bebi *na vida*. Para beber uma merda dessas você deve ser um estudante de faculdade sem grana. — Josh se inclinou para a frente e puxou a carteira do seu apertado bolso traseiro. — A próxima rodada é por minha conta.

Enquanto observava o belo desconhecido acenar para o bartender, Nick percebeu que havia se enganado. Uma terceira possibilidade o aguardava naquela noite.

A luz do sol iluminava o rosto latejante de Nick. Ele começou a se virar e seu cérebro rodopiou dentro do crânio. Nick ficou parado por um momento, tentando diminuir a sensação, mas, em vez disso, ela se alastrou. A dor pareceu pulsar também na nuca, nos ombros, no abdômen... *Ah, meu Deus.* Nick se moveu e sentiu uma dor intensa em suas entranhas. Ele havia feito sexo na noite passada. Não. Pior.

A voz de Josh: "Você gosta disso?".

Não, PARE, ele pensou, *não quero, não mesmo.* Ele se sentou, a cabeça latejando, e a dor lhe atravessava o ventre. *Você gosta disso?* PARE.

Ele estava sozinho. Era um quarto de hotel pequeno, e fedia a cigarro.

Nick puxou a fina manta para o lado. Sangue. Havia sangue nos lençóis sob as suas coxas.

— Meu Deus. — A voz dele soou como um sussurro.

Será que Josh ainda estava ali? Ele escutou. Não ouviu nada.

— Olá?

Nada ainda.

— Tá — ele murmurou. — Você está bem.

E se Josh voltasse?

Em sua cabeça, um pensamento distinto da voz que precisava sussurrar: *Você precisa se levantar. Você precisa ir embora.*

Nick moveu as pernas para fora da cama e sentiu uma dor aguda e penetrante ao se levantar; ele se ouviu choramingando e sentiu-se como uma criança. A sensação se abrandou e passou a ser uma queimação dolorosa. A dor em sua cabeça ressurgiu.

Continue, a voz disse, *você precisa ir embora.*

Lá estavam suas roupas no chão; ele vestiu a calça jeans, deixando a cueca no carpete. Merda, o jeans ficaria manchado de sangue. Ele pegou sua camiseta virada pelo avesso e depois o seu casaco. Nick podia sentir a carteira no bolso de trás da sua calça, mas onde estava o seu celular? Ele tateou o casaco em busca do aparelho — os bolsos estavam vazios.

Ele ficou de joelhos, e seu cérebro martelou o crânio, implorando para que ele não se inclinasse demais para a frente. Lá estava, debaixo da cama. *Pegue-o e saia.*

Ele gritou quando ouviu um ruído na porta atrás de si e, ao erguer a cabeça, bateu no estrado da cama.

— Serviço de limpeza — anunciou uma voz suave.

Nick se arrastou de debaixo da cama e se levantou. *Cubra o sangue.* Ele puxou a manta para cobrir os lençóis e se virou quando a porta se abriu. A mulher se espantou ao vê-lo.

— Ah, perdão, meu bem, eles disseram que você já tinha fechado a conta.

— Desculpa — Nick disse.

Ela saiu do caminho dele, enquanto ele passava pela porta.

— Meu bem — ela disse. — Você esqueceu uma coisa.

Ele se virou e a viu apontando para a sua cueca no chão. Uma mulher que ele não conhecia estava olhando para a sua roupa íntima. E pedindo-lhe que a recolhesse. Supondo — com razão — que ele não estava usando uma.

— Desculpa — ele disse novamente, pegando a peça e enfiando-a dentro do casaco.

Nick saiu para o frio ar da manhã e, imediatamente, avistou um táxi estacionado debaixo da placa HOTEL 4 DELUXE. Apertando com força o casaco na mão, desceu as escadas. Ele ainda estava pensando na faxineira. Aquela pobre mulher. Ela com certeza arrumaria a cama, afinal, era o trabalho dela. O que ela faria se visse sangue nos lençóis?

O motorista abaixou a janela do passageiro quando Nick se aproximou. Merda. Ele havia gastado todo o dinheiro no Bar do Jimmy.

— Aceita cartão? — Nick perguntou, segurando na janela.

— Hã, sim. Vou ter que avisar a central, mas posso aceitar cartão. — Taxistas quase sempre ficavam incomodados com essa pergunta; porém esse homem parecia preocupado. — Entra, garoto.

Nick sentou-se com cuidado no banco de trás. O sangue. O sangue poderia passar por sua calça e molhar o assento. Ele se sentou em cima da mão.

— Você está bem, garoto? — O homem virou-se para olhá-lo. Era um indivíduo de meia-idade e usava uma boina.

— Como?

— Quem fez isso com você?

Nick se sentiu ruborizar fortemente, mas não disse nada.

— O seu rosto — o homem insistiu.

Nick olhou para o espelho retrovisor logo acima do homem. Seu reflexo estava abominável. O lábio estava cortado, e havia sangue seco sobre sua sobrancelha. *Dê o endereço.*

— Eleven Spring street — ele disse. — Por favor.

O taxista olhou para ele por mais alguns instantes e suspirou.

— Certo, vamos lá.

Será que a faxineira do hotel chamaria a polícia quando visse o sangue? Será que o hotel tinha o seu nome? *Cheque o celular.* Nick pegou o celular. A tela estava repleta de mensagens. Chris havia enviado duas mensagens, desculpando-se pouco depois de meia-noite porque "ficou preso" e perguntando, pela manhã, se poderia se redimir com Nick. Às 22h59 da noite passada, Elle enviou uma mensagem no grupo de colegas de quarto, anunciando:

> nick se dando bem no jimmy

Nessa postagem se seguiu uma foto de má qualidade de Nick sentado no bar com Josh, e inúmeras mensagens de Mary Jo e Elle, e uma de Johnny, pela manhã, perguntando:

> Ei, perdi alguma coisa na noite passada?

A boca de Nick se inundou de saliva.

— Pare o carro — ele pediu em voz alta, gemendo. O motorista obedeceu, Nick abriu a porta e se inclinou para o lado de fora. O ar fresco e seco o envolveu, e a vontade de vomitar foi contida. Ele respirou fundo uma, duas vezes. *Pare de pensar nisso.*

Ele voltou a se acomodar no banco de trás, fechando a porta.

— Perdão.

— Tudo bem — o taxista disse. — Noite difícil?

Nick ficou em silêncio, e o homem continuou a dirigir.

Quando chegaram ao destino, o taxista pegou seu cartão, fez a cobrança e o devolveu.

— Melhor colocar gelo no seu rosto.

Nick não tinha certeza se disse, ou se apenas pensou, "obrigado" ao taxista.

Ele saiu do carro e ficou parado na calçada da casa, as pernas travadas. Talvez não houvesse ninguém em casa para continuar fazendo perguntas. Mas, nesse caso, ele estaria sozinho. *Não dá pra saber o que esperar*, disse a voz em sua cabeça, imparcial. *De qualquer maneira, você vai ter que entrar.*

Quando entrou pela porta, Nick ouviu a voz de Elle vindo da cozinha.

— Nick, é você?

— Ah, é — ele respondeu, horrorizado ao perceber que lágrimas brotaram ao ouvir a voz dela. Era como se algo dentro dele tivesse se desconectado no hotel, e a pergunta — *Nick, é você?* — tivesse encaixado a peça de volta no lugar.

— O que aconteceu na noite passada? — Elle perguntou alegremente ao surgir no corredor. Mas o que viu a deixou chocada. — O que houve com o seu rosto?

Um soluço irrompeu da boca dele.

— Nick! Ah, meu Deus. Nick, o que aconteceu? O que ele fez com você? O que ele fez?

Os dois desabaram juntos no chão, Elle segurando o rosto dele com as duas mãos.

— Johnny! Johnny! — A voz de Elle soou estridente e histérica.

Em um turbilhão de caos, Johnny desceu a metade da escada às pressas, voltou a subir e então desceu de novo aos pulos com as chaves do carro. Elle e Johnny gritaram coisas sem sentido um para o outro enquanto levantavam Nick e o colocavam novamente em pé, segurando-o pelas axilas. Ele sabia que os amigos o estavam levando para o hospital.

II.
ENCRENCA

Essa encrenca era sua
Agora, a sua encrenca é minha.

VANCE JOY, "MESS IS MINE"

5

Julia Hall, 2019

— EU LEVEI ALGUM TEMPO PARA PERCEBER O QUANTO O estupro do Nick atingiu a sua família.

Julia estremeceu com aquela palavra. Três anos haviam se passado e o som dela ainda feria seus ouvidos. O detetive Rice não pareceu perceber que isso a incomodava.

— O Nick e a família do seu marido eram um pouco desajustados, mas o que você e o Tony tinham era sólido, com certeza.

Ela se remexeu um pouco na cadeira.

— Você conseguiu ver desde o princípio? Eu certamente não.

— Ver o quê?

— Que as coisas ficariam tão ruins.

Julia balançou a cabeça. Não, ela não tinha visto.

— Eu sempre simpatizo com a família das vítimas. Primeiro, porque é uma reação natural quando estamos perto de pessoas que enfrentam uma situação trágica; segundo, porque isso estimula as pessoas a conversarem comigo e a me contarem detalhes, sabe? Isso me torna melhor no meu trabalho.

Olhando-o com expressão séria, Julia fez um aceno com a cabeça.

— Mas no seu caso... Bem, eu passei dos limites. Simpatizei um pouco mais do que deveria, com tudo o que estava acontecendo. Foi pouco profissional da minha parte.

Julia agora o olhava com atenção. Ela havia considerado inúmeros cenários enquanto se preparava para esse dia, mas isso não se encaixava em nenhum deles. *Aonde ele quer chegar com isso?*

— Eu me refiro ao modo como tudo terminou, quero dizer, como ficaram as coisas entre mim, a sua família e a situação envolvendo Ray Walker. Nunca me senti bem com relação a isso.

Os pelos da nuca de Julia se eriçaram quando ele mencionou o nome de Raymond Walker. Ela sabia que iria escutar esse nome naquele dia, e já o havia ouvido milhares de vezes antes, mas ainda não conseguia evitar que a simples menção a ele a afetasse. Uma sensação fervilhava na boca do seu estômago: uma emoção tão palpável que quase parecia viva e independente de Julia — um monstro perturbador e torturante que ela finalmente havia colocado para dormir anos antes. Com o telefonema do detetive Rice na semana anterior, o monstro abriu um olho. Agora, com a cabeça levantada, sua cauda sacudia de expectativa.

Ela levou a xícara aos lábios e bebericou o chá.

John Rice, 2015

SENTADO NO CARRO, RICE CONFERIA AS SUAS ANOTAÇÕES e o depoimento por escrito de Nick Hall. Era domingo, final da manhã. Ele havia interrogado Julia, lido o depoimento de Nick, checado os dados com o técnico forense que tinha periciado o quarto de hotel, conversado com o promotor público. Tinha feito o possível para proporcionar a Nick algumas horas de sono, mas Rice precisava fazer um interrogatório gravado antes que mais tempo se passasse.

Ele folheou as anotações que havia feito quando conversou com o policial Merlo e as enfermeiras no dia anterior. Até o momento, as coisas pareciam muito boas — nenhuma contradição óbvia nem exageros na história de Nick. Casos de cunho sexual com frequência se tornavam uma guerra de versões entre casais, ou, nesse caso, entre agressor e vítima.

O relato do garoto era sólido em vários pontos importantes: Nick havia consumido um total de cinco drinques naquela noite; ele estava confiante de que poderia identificar seu estuprador, "Josh", se tivesse a chance de vê-lo novamente; segundo Nick, Josh havia bebido dois drinques; e Nick se lembrava de ter sido atingido na cabeça assim que eles entraram no quarto do Hotel 4 Deluxe. Nick declarou que depois disso não se lembrava de mais nada, até o momento em que acordou no sábado pela manhã, espancado, e notou indícios de ter sido violentado.

A perda de memória de Nick era um problema. Rice já havia discutido isso com a assistente de promotoria que estava cuidando do caso. Ela pediu a Rice que voltasse ao assunto durante o interrogatório de Nick. Para ter certeza de que ele não se lembrava de absolutamente nada do que havia acontecido naquele quarto de hotel.

E Nick havia bebido — vítimas embriagadas sempre complicavam esses casos. As pessoas questionariam a capacidade de Nick de se lembrar da aparência do agressor; alegariam a possibilidade de que ele tenha consentido em tudo porque suas inibições estavam reduzidas. Mas, se eles conseguissem encontrar "Josh", seria fácil provar que não se tratava de uma situação consensual, pois o canalha havia espancado Nick. Ninguém consentiria em ter o rosto arrebentado durante o sexo, não é? E eles possuíam evidências físicas, roupas de cama ensanguentadas. Felizmente, a funcionária da limpeza do hotel avisou a gerência depois de ver o estado dos lençóis, o que permitiu que o quarto fosse preservado.

Um sedã estacionou ao lado do carro dele. Era Lisa Johnson, de um centro local de apoio a vítimas. Rice ficou feliz quando soube na noite anterior, por Merlo, que Lisa se encarregaria do caso. Todos os advogados eram bons, mas ele já havia trabalhado com Lisa, e ela era uma das suas favoritas. Ele acenou para ela e colocou seus papéis de volta no envelope pardo com o nome "N.H. 02/10/2015".

— Você está atrasada — Rice disse, fechando a porta do carro.

Lisa fez cara de espanto e olhou para o seu celular.

— Estou dois minutos adiantada.

— É, mas eu estou quinze — ele retrucou com um sorriso irônico.

Lisa revirou os olhos e abriu um largo sorriso.

— Como você é ruim, sempre tentando me fazer pensar que *eu* sou ruim!

Rice levou Lisa ao quarto de Nick no hospital. Nick e seu irmão estavam assistindo à televisão com a porta aberta. Quem os visse juntos, de frente para a porta do quarto, notaria uma grande semelhança entre os dois, principalmente na fronte, na boca e nos ombros largos. Rice até imaginou que poderia adivinhar a aparência do pai deles. Lisa cumprimentou Nick e se apresentou a Tony.

Não foi difícil convencer Tony a sair para deixar os profissionais sozinhos com Nick.

— É mais fácil assim — foi tudo o que Rice teve que dizer. Como a mulher de Tony era advogada de defesa, talvez ele compreendesse por quê. Mas, por algum motivo, Rice não conseguia ver a doce Julia interrogando uma vítima embaraçada demais para contar a verdade sobre um crime sexual diante de um membro da família.

Nick estava deitado na cama. Ele desligou a televisão e se recostou nos travesseiros, parecendo subitamente pálido.

— Perdão por ter que pedir para você voltar a falar sobre esse assunto, Nick — Rice disse, puxando uma cadeira na direção da cama. — Este deve ser o último interrogatório por enquanto.

— Tudo bem — Nick respondeu baixinho.

— Só preciso que você me dê um depoimento completo enquanto a sua memória ainda está boa; ela pode se enfraquecer com o tempo, então temos que colher os detalhes agora.

Nick acenou com a cabeça.

Rice apanhou o gravador e o colocou no encosto da cadeira.

Ele pediu que Nick contasse a história, começando pelo momento em que ele havia acordado na sexta pela manhã. Nick forneceu os detalhes daquele dia que ainda não haviam sido relatados: café da manhã em casa, uma aula chamada Inglês para Negócios na faculdade, depois em casa novamente para fazer um trabalho da faculdade e almoço, então aula de Introdução à Economia, e finalmente de volta para casa pelo resto da tarde e início da noite.

Quando Nick chegou à parte que Rice já conhecia, fez um relato condizente com sua declaração por escrito e com a versão mais curta que ele havia contado a Merlo quando deu entrada no hospital. Nick planejava encontrar-se com um cara chamado Chris Gosling no Bar do Jimmy. Sua amiga Elle Nguyen tinha ido ao bar com ele, e Chris não deu as caras. Por outro lado, Nick conheceu Josh. Depois de passarem algum tempo no bar, eles pegaram um táxi para o Hotel 4 Deluxe, onde Josh estava hospedado. Entraram no quarto de hotel, e Nick sentiu uma pancada na parte de trás da cabeça. E tudo se apagou até a manhã seguinte.

— Certo — Rice disse, cruzando as pernas. — Obrigado, Nick. Precisa de alguma coisa antes que eu comece a fazer perguntas sobre a sua história?

— Pausa para ir ao banheiro? Água? — Lisa falou pela primeira vez em quase vinte minutos.

— Não. — O garoto queria que terminassem logo, não havia dúvida.

— Tudo bem — Rice disse, folheando suas anotações. — Vamos começar voltando ao momento em que estava no bar com Josh. Ele mencionou algum sobrenome?

Nick balançou a cabeça numa negativa.

— Poderia responder "sim" ou "não" em voz alta? — Rice apontou para o gravador.

— Perdão. Não. Nenhum sobrenome. Apenas Josh.

— Consegue se lembrar de alguma coisa que ele tenha dito sobre si mesmo?

Nick ficou em silêncio por um instante antes de responder:

— Na verdade, ele não falou sobre si mesmo, mas parecia ser rico, sabe, talvez um empresário ou coisa assim.

— Quanto tempo vocês dois ficaram no bar?

— Bom, se eu pudesse usar o meu celular eu teria mais detalhes para dar.

— Fique à vontade. — Qualquer coisa com registro de horário seria útil.

Nick retirou um smartphone de debaixo das cobertas.

— Antes de mais nada, sei que ainda não eram onze horas quando fui até o balcão do bar pedir duas doses para mim e para Elle. Fiquei conferindo o meu celular o tempo todo para ver se o Chris iria dar as caras. Ele deveria estar lá às dez. Foi em algum momento depois das dez e meia, mas ainda não eram onze horas.

— Bom — Rice disse, estimulando-o discretamente.

— E o Josh começou a falar comigo, tipo, no minuto em que cheguei no balcão. Talvez ele tivesse acabado de chegar, mas eu não tenho certeza. E a gente ainda estava conversando às onze e quarenta e dois, porque a Elle me disse que enviou essa foto assim que a tirou. — Nick virou a tela do celular para Rice para mostrar uma fotografia dos dois homens no bar.

— Espera aí, são você e ele nessa foto?

— Sim — Nick respondeu.

Rice pegou o celular da mão do garoto.

— Você tem uma *foto* dele.

— É, eu disse isso para o policial na noite passada. Ele comentou que vocês pegariam a foto comigo.

Puta que o pariu. Rice iria esculachar Merlo no segundo em que visse aquele idiota na delegacia. E se alguma coisa tivesse acontecido com a fotografia? E se o garoto não tivesse mencionado esse detalhe de novo?

— Pode me enviar essa foto por e-mail agora mesmo?

Nick ergueu as sobrancelhas, surpreso.

— Sim, claro.

Os batimentos cardíacos de Rice começaram a voltar ao normal quando o e-mail de Nick chegou ao seu celular. Rice direcionou o e-mail para a delegacia com um aviso:

IMPRIMIR

Quando levantou a cabeça, Lisa estava olhando para ele com as sobrancelhas erguidas e um sorriso contido.

— Bem, é isso aí. — Rice respirou fundo. — Então temos uma foto.

— Está um pouco escura e distante, mas ele é o que está mais de frente para a câmera, e eu estou de costas. Elle tirou essa foto de algum lugar da pista de dança.

Rice examinou a foto mais atentamente. A iluminação não estava muito boa, mas as imagens eram claras: dois homens no balcão de um bar, um de frente para a câmera e o outro de costas. Rice deu zoom no rosto do primeiro. Josh, se era mesmo o seu nome, parecia ser como Nick o havia descrito: branco com traços escuros; mais velho que Nick.

— Então, em algum momento entre dez e meia e onze horas vocês se conheceram, às onze e quarenta e dois vocês ainda estavam no bar, e ele não disse onde morava nem o que fazia?

— Não. — Nick parecia envergonhado.

— Nick, eu não estou culpando você. Só me diga: ele encorajou você a falar de si mesmo?

Nick fez que sim com a cabeça.

— É, ele quis saber tudo sobre mim.

O detetive olhou com atenção para o rosto de Nick. Seus cortes pareciam mais feios, mais escuros, do que no dia anterior, e o seu hematoma estava pior. Havia agora marcas roxas no lado esquerdo do pescoço. Nick se recordava apenas de uma pancada na cabeça, mas ele tinha sido golpeado várias vezes e sufocado. Que tipo de homem é capaz de atacar um desconhecido com tamanha fúria? Ele já devia ter feito algo parecido antes. E, provavelmente, faria de novo.

Nick já havia contado que Josh tinha perguntado se Elle ficaria incomodada ao ver os dois conversando. Nick entendeu que Josh acreditava que Elle ficaria zangada por ser colocada de lado para que ele ficasse com um estranho. Rice tinha outras suspeitas. O tal Josh achava que Elle fosse uma falsa namorada. E havia perguntado a Nick se ele já havia "feito isso" antes. Talvez ele não se referisse a ir para casa com um estranho. Talvez ele se referisse a fazer sexo com um homem.

Josh pensou que Nick estivesse no armário. Talvez o tal Josh já tivesse feito isso antes, com homens que não iam querer se expor denunciando a agressão.

— Precisa de uma pausa? — Lisa perguntou delicadamente.

Nick acenou que não com a cabeça.

— Ele pagou para você apenas um drinque?

Nick olhou para Lisa e depois novamente para Rice.

— Isso.

Rice deu uma espiada em seu bloco de anotações.

— Então você bebeu uma dose de tequila quando chegou ao bar por volta das nove, dois coquetéis de uísque com gengibre entre nove e dez e meia, outra dose de tequila, dessa vez sentado no balcão com o homem, e então ele te pagou uma bebida mais cara?

— Isso.

— Então, se você o conheceu em torno de dez e meia ou onze, quanto tempo você levou para beber o último drinque?

— Sei lá. Eu meio que tive que empurrar a bebida, porque tinha um gosto ruim.

Rice e Lisa deram risada.

Nick sorriu.

— Eu nunca tinha experimentado um drinque daqueles antes. Mas bebi ele todo. Eu não quis que o cara pensasse... vocês sabem. Pensasse que eu não sabia apreciar drinques de verdade.

— Você terminou a bebida antes de saírem do bar?

— Isso.

— Quando foi isso?

Nick olhou novamente para o celular.

— À meia-noite e dezessete, a Elle postou no chat do grupo que eu tinha acabado de sair com ele.

Rice circulou três vezes o nome de Elle Nguyen em seu bloco de anotações. Megan O'Malley, outra detetive do escritório dele, estava interrogando Nguyen, junto com o outro colega que havia levado Nick de carro para o hospital. Um tal de Johnny Maserati. Rice telefonaria para O'Malley do carro para checar as informações dela.

— Você acha que estava bêbado?

— Se eu estivesse seria ruim?

Sim, Rice pensou.

— Só estou tentando entender como você se sentia quando saiu do bar.

Nick acenou devagar com a cabeça.

— É, bêbado. Não, tipo, relaxado.

— Certo.

— Meio que embriagado, acho.

— Mas você não perdeu os sentidos, nem desmaiou ou algo assim?

— Não — Nick respondeu. — Não, eu me lembro de tudo até o momento em que ele me acertou na cabeça.

Foi útil saber o que Nick conseguia se recordar desde o início daquela noite; mas, na opinião de Rice, isso não significava que o álcool não tivesse contribuído para a perda de memória que o garoto havia sofrido. Era possível que o golpe na cabeça tenha causado algum dano que se somou aos efeitos do álcool. Se eles tivessem o suficiente para entregar o caso à promotoria pública, o Estado teria de providenciar um especialista.

— Tudo bem — Rice disse. — Quem convidou quem para sair?

— Ele me convidou. E me perguntou se eu já tinha me envolvido numa transa de uma noite antes.

— É mesmo?

— É. — Nick olhou para o lado, como se estivesse tentando se lembrar. — Ele perguntou se eu já tinha "feito isso" antes. Mas acho que ele quis dizer, hum, se eu já tinha ido pra cama com um desconhecido.

— Entendi — Rice disse. — Então vocês saíram à meia-noite e dezessete e pegaram um táxi para o Hotel 4 Deluxe?

— Isso mesmo. Ele pagou o táxi em dinheiro. Isso me faz lembrar de uma coisa: eu perguntei a ele se iríamos mesmo para o Hotel 4, tipo, sério mesmo, para aquela porcaria? E ele respondeu que a empresa que estava pagando, e ele não tinha escolha. Foi como uma justificativa para que ele estivesse num hotel de merda.

— Então ele deu a entender que era de fora da cidade?

Nick acenou com a cabeça. Rice apontou para o gravador, e Nick falou:

— Perdão. Sim.

— Chegou a perguntar ao sujeito por que ele estava na cidade?

— Ele só disse que estava a negócios. — Nick hesitou e enrubesceu. — Ele disse que não queria falar de negócios naquela noite. — Os olhos do garoto começaram a se encher de lágrimas, e ele deu de ombros.

Lisa lhe entregou uma caixa com lenços de papel.

— Nada disso foi sua culpa — ela sussurrou.

Nick enxugou os olhos, assoou o nariz e voltou a olhar para Rice. Ele queria prosseguir. O garoto era duro na queda.

— Você pode me falar mais uma vez sobre a ocasião em que entraram no quarto? Vá devagar.

— Nem é preciso ir devagar, não há muito a dizer com relação a essa parte. Caminhamos até a porta, e o Josh já tinha um cartão-chave. Ele a abriu, e a gente entrou. Eu fechei a porta, e então ele me acertou na cabeça. — Nick deu de ombros. — Isso é tudo de que me lembro.

— O que aconteceu enquanto vocês se dirigiam ao quarto? Houve algo entre vocês?

— Eu fui lá pra transar com ele, se é o que está perguntando.

— Não, eu sei, o que eu quis dizer é: vocês estavam de mãos dadas, conversando, hã, se beijando ou coisa assim?

— A gente começou a se agarrar dentro do táxi — Nick explicou —, e ele segurou a minha mão enquanto caminhávamos até o quarto. — Ele fez uma pausa. — A gente se beijou na porta do quarto antes de entrarmos. Foi... Eu achei que éramos, sabe, compatíveis de verdade, é o que quero dizer. Não sei por que ele... — Nick deu de ombros e respirou fundo.

— Qual era, hã, o plano quando vocês estivessem no quarto?

Nick pareceu confuso.

— Plano?

— O que você pretendia fazer com ele?

Nick olhou para baixo, fixando-se no lenço de papel em seu colo.

— Só transar, acho.

— Mas o que isso significa para você?

A expressão de Nick se endureceu.

— Eu não tinha um plano — ele disse. — Só ia aproveitar o momento. Não sabia que precisava de um plano.

— Eu não quis dizer que você precisava de um. Foi só uma pergunta que eu tive que fazer. — Rice sentiu comichão no pescoço. — Não estou culpando você.

— Eu sei — Nick respondeu, voltando a olhar para o detetive.

— Você viu o que ele usou para bater em você?

— Não. — Nick balançou a cabeça. — Eu estava olhando para o outro lado. E o quarto ainda estava escuro. Tudo aconteceu muito rápido.

— E isso é tudo? Não se lembra de mais nada?

— Eu não sei o que mais você quer.

— Eu quero encontrar esse cara e, quando o encontrarmos, quero prendê-lo. Pode ser a sua palavra contra a dele.

Nick voltou a baixar o olhar na direção do colo.

— Quanto mais rápido você nos der informações, mais confiáveis elas parecerão. Isso faz sentido para você?

Sem levantar a cabeça, Nick fez que sim, segurando o lenço úmido entre as mãos.

— Então, mais alguma coisa?

Nick balançou a cabeça numa negativa.

— Você... Hum, chegou a se limpar em algum momento no hotel?

— Eu só me vesti e fui embora.

— Certo — Rice disse. A perícia havia encontrado uma toalha suja no banheiro. Se Nick não a tivesse usado, talvez Josh tivesse. Com sorte, esse material daria a eles o DNA do agressor.

Rice fez algumas perguntas sobre a manhã seguinte, então desligou o gravador. Antes de sair, ele fez Nick assinar uma autorização para que pudessem retirar dados do seu celular e outra para os seus registros médicos.

— Obrigado pela atenção, Nick. Sei que isso foi difícil.

Nick deu de ombros, como se aquilo não fosse nada; mas seu olhar estava cansado.

Rice pôs a cabeça para fora da porta. Uma enfermeira disse a ele que a esposa de Tony havia chegado e eles tinham ido à cafeteria.

— Vou passar no café antes de ir embora — Rice disse a Nick. — Vou mandá-los de volta para você.

— Vou esperar aqui com você — Lisa avisou.

Nick Hall, 2015

QUANDO O DETETIVE RICE SE FOI, NICK E LISA FICARAM EM silêncio por um momento. Nick agora sabia quão custoso era "dar um depoimento". O detetive havia levado não só suas palavras, mas também sua energia. Ele se recostou nos travesseiros, olhando para a camiseta e para a calça de moletom que vestia, fornecidos pela dra. Lamba. Suas pálpebras começaram a pesar.

— Tudo bem — Lisa disse. — Vou perguntar só uma vez, mas tenho que perguntar: como você está se sentindo?

Se viesse de qualquer outra pessoa, a pergunta o teria irritado. Talvez o tivesse até enraivecido. Mas a sinceridade de Lisa era genuína. Ela sabia que Nick não estava bem e não esperava que ele fingisse que estava. Ao mesmo tempo, ela não olhava para ele como todos olhavam, como se a vida dele tivesse terminado. Para Lisa, tudo isso — interrogatórios da polícia, e camas de hospital, e *estupro* — eram coisas que aconteciam às vezes.

Nick gostava de Lisa. Ele queria responder com sinceridade, mas buscou dentro de si e não sentiu nada.

— Eu não sei — ele disse.

Lisa ficou em silêncio, dando espaço para que ele tentasse novamente.

— Eu sempre digo que estou bem. Eu *quase* me sinto bem. Como se não fosse nada de mais. — Durante o exame da enfermeira na Emergência, ele sentiu como se não estivesse ali. Não era o seu corpo que ela estava examinando. Não era ele que a enfermeira estava fotografando, nu, em um quarto bem iluminado. — Por que eu mal sinto alguma coisa?

— O seu corpo e a sua mente estão te protegendo. É dessa maneira que eles tornam mais brando o processo de compreensão do que aconteceu. Não há nada errado com você.

Isso era bom. Nada de errado com ele.

Essa era outra coisa que Nick gostava em Lisa. Nem uma vez sequer ele viu nos olhos dela o que havia visto tantas vezes nos últimos dois dias: vergonha dissimulada diante de um homem que foi estuprado. Ele viu isso nos olhos do policial, nos do detetive. Viu quando chegou com seus amigos ao setor de Emergência do hospital, na recepção, quando a funcionária perguntou por que eles estavam lá.

— Acho que fui agredido sexualmente — Nick respondeu.

A surpresa ficou evidente no rosto da mulher. Seus olhos foram de Elle para Nick.

— Você foi sexualmente agredido? — ela perguntou. A pergunta implícita era: *Você quer dizer que* ela *foi agredida?*

Para Lisa, nada estava errado com Nick.

— A próxima etapa vai ser difícil, não é? — Um dia antes, Lisa e as enfermeiras entregaram a Nick folhetos e uma pasta contendo informações para sobreviventes de estupro. Com o tempo, a paralisia que ele agora sentia, uma espécie de congelamento, acabaria passando. Contudo, era provável que ele não voltasse a ser o Nick de sempre; aquelas páginas diziam que ele poderia ter depressão, sentimento de culpa, insônia, intenção suicida.

— Talvez — Lisa disse. — Na verdade, funciona um pouco diferente para cada pessoa. A doutora Lamba me informou que você vai se consultar com Jeff Thibeault quando sair daqui.

O terapeuta.

— É, vou — Nick respondeu.

— Jeff é maravilhoso. — Um sorriso franco se abriu no rosto dela, como se conhecesse bem Jeff. — Acho que você vai gostar dele. E se não gostar, então poderá escolher outro.

Nick fez que sim com a cabeça. Isso seria bom: estar no controle. Ele não se sentia no controle desde... Bem, desde que havia saído com Josh. Elle e Johnny o tinham levado ao hospital. Nick se lembrava dos dois falando sobre ele: Elle insistindo que o levassem para o hospital, Johnny perguntando se deveriam procurar a polícia em vez disso.

— Ele está ferido — Elle não parava de dizer. — Ele está ferido.

Quando Nick viu Elle ao entrar em sua casa, foi como se uma represa rompesse dentro dele: ele teve uma crise de choro tão violenta que não conseguia falar. No carro, a caminho do hospital, Elle ligou para a polícia. Então, de repente, as lágrimas pararam. Ele podia falar de novo, mas sua amiga já tinha avisado a polícia e já havia lhes informado o nome de Nick e o hospital para onde se dirigiam. Então Nick voltou a se acalmar e pensou em um plano.

— O seu irmão te ama muito — Lisa comentou.

— É. — Nick acenou com a cabeça.

Ver Tony tão transtornado foi sem dúvida o pior momento — pior do que toda a humilhação que ele havia enfrentado ao ver a faxineira no hotel sabendo que ela se depararia com o seu sangue nos lençóis; pior do que o exame de duas horas; pior do que ter que falar com a enfermeira, com o policial, com o detetive, um após o outro. Nick sentiu dor, uma dor real em seu peito, quando se deu conta de que seu irmão havia chorado enquanto os dois trocavam aquele primeiro abraço no quarto do hospital.

— Quantos anos tem o seu irmão?

— Hã... Vinte mais dezessete, trinta e sete.

— Dezessete anos de diferença!

Nick deu a sua explicação-padrão de duas palavras:

— Mães diferentes.

Lisa inclinou a cabeça para o lado.

— Onde está a sua mãe agora?

— Ah, sabe... Ela não lida bem com esse tipo de coisa.

Lisa não insistiu. Olhou-o com curiosidade, mas não era intrometida.

— Tony cuida bem de mim — Nick disse, mas essa afirmação não fazia jus ao irmão. Tony fez muito mais do que apenas cuidar bem de Nick; ele havia feito isso ao longo de toda a vida de Nick. Eles não eram como outros irmãos que Nick conhecia. Eles não brigavam. Tony era um adulto em cada uma das lembranças que Nick tinha dele. Era quase como ter mais um pai. Nick se lembrava de Tony comprando coisas para ele. Lembrava-se dos dois brincando, brincando de muitas coisas, mas não como iguais. Ele sempre havia sido a criança, e Tony o adulto legal que Nick queria ser.

Lisa se remexeu na cadeira.

— Gostaria de me perguntar algo enquanto estou aqui?

— Quais são as chances de eles o encontrarem?

— Não sei dizer.

8
Tony Hall, 2015

— EI, NICK SE SAIU MUITO BEM HOJE. JÁ DEIXOU PARA TRÁS uma das partes mais difíceis. — O detetive disse ao encontrar Tony e Julia na lanchonete do hospital.

Tony acenou com a cabeça. Que bom que conseguiram terminar essa etapa. O detetive tinha ficado durante horas lá dentro com Nick.

— Quanto tempo até que o kit de agressão sexual volte? — Julia indagou.

Tony se perguntou se ela havia informado ao detetive que já tinha sido advogada de defesa. Julia sabia mais do que a maioria das pessoas sobre o mundo no qual Nick estava ingressando. Ele segurou a mão dela e a apertou, sentindo-se afortunado por tê-la ao seu lado.

— Não posso prometer nada — Rice respondeu —, mas provavelmente cerca de um mês.

— Ah... — Julia disse. — Pensei que levaria mais tempo.

Tony ficou surpreso. Um mês parecia tempo demais para se esperar.

— Não. Normalmente, não — Rice explicou. — Nosso laboratório de perícia criminal costuma processar os materiais muito rápido. Como o Nick está disposto a levar adiante a acusação e nós não sabemos quem fez isso, já enviamos o kit para o laboratório. — Ele hesitou. Havia algo mais que precisava ser dito. — Não sabemos se o kit será muito útil, entende?

Em sua visão periférica, Tony viu Julia acenar com a cabeça.

Tony não sabia o que isso significava. Antes que ele pudesse pedir uma explicação, o detetive falou:

— Mas acontece que o Nick me deu uma pista.

— É mesmo? — Tony sentiu um frio na barriga.

— Sim, quero dizer, não há garantias, mas ele tem uma foto do cara.

— Meu Deus! — Julia exclamou.

— E agora vamos compartilhar o rosto desse canalha — Rice disse. — Vamos ver se alguém o conhece.

Quando o detetive Rice se foi, ele também levou o silêncio que imperava entre os dois.

Julia se voltou para Tony.

— Você sabia que existia uma foto?

— Não — ele respondeu.

— Nem eu. Isso é excelente.

— Ele disse que o kit pode não ser útil. Por que não seria útil?

— Ah. — Julia colocou seu café na mesa. — Acho que ele quis dizer que pode não haver DNA no kit. A esperança é que eles consigam o DNA do cara. Isto é, obtendo-o de Nick.

— Já entendi. — Isso era o suficiente para ele. Tony não queria pensar nesse tipo de coisa. — Então, se isso vai demorar um mês...

— Eu sei — ela disse. — A coisa toda vai se estender por um bom tempo.

— Se eles o encontrarem, o que acontece depois?

— Isso depende, acho. Eles podem prendê-lo imediatamente, podem esperar até que seja indiciado, com um grande júri. Eu não sei como eles tomam as decisões. Acho que cada departamento faz isso à sua maneira. Em Salisbury, eu nunca peguei um caso sexual.

Tony franziu as sobrancelhas.

— Caso sexual?

— Ah. — Ela fez uma careta, embaraçada. — Era assim que as pessoas chamavam esses casos. Eu quis dizer: um caso de agressão sexual. — Ela hesitou por um instante. — Me desculpa.

Tony voltou o olhar para o sanduíche novamente. Doeu ouvi-la falar uma coisa dessas. As palavras soaram insensíveis e rudes.

— É só uma expressão abreviada para um caso que envolve crime de natureza sexual — ela continuou. — Eu sei que o que aconteceu com Nick não foi sexo.

Quando atuou como advogada de defesa, Julia falava muito sobre os seus casos em linhas gerais, mas Tony não se lembrava de nenhuma ocasião em que ela tivesse falado de algum caso que envolvesse agressão sexual.

— Então, você já trabalhou num desses casos nas cidades onde atendia?

— Nunca como esse — ela respondeu.

— Mas já trabalhou em casos de agressão sexual?

Ela hesitou.

— Sim.

Julia nunca havia falado sobre esses casos em casa. Talvez por vergonha. Tony jamais tinha pensado no assunto antes, mas imaginar Julia defendendo estupradores... era repulsivo, para dizer o mínimo.

Não que ela tivesse muita escolha com relação aos casos em que trabalhava. Não era assim que funcionava. Ela era uma advogada designada pelo tribunal, paga pelo Estado para defender pessoas que eram pobres demais para contratar um advogado particular. Na maioria das vezes, ela falava dos seus clientes menores de idade — adolescentes que haviam sido acusados de crimes —, mas Tony sabia que ela defendia criminosos adultos também. Sem mencionar os pais nos casos de proteção à criança... pais que tinham negligenciado ou abusado dos filhos de tal maneira que o Estado teve que intervir. Ele sabia que Julia ajudava essas pessoas, mas não entendia como ela conseguia encará-las, nem por que ela fazia esse tipo de trabalho. Então, ela não falava sobre isso. Ela e Tony viviam bem melhor quando ambos fingiam que isso não fazia parte do trabalho dela.

— Isso vai ser muito ruim? — ele perguntou.

— Para o Nick?

Tony acenou com a cabeça.

Julia olhou para ele como se avaliasse quanta verdade ele seria capaz de suportar.

— Honestamente, eu acho que vai ser uma merda.

Julia Hall, 2015

A CASA ESTAVA PRONTA PARA A CHEGADA DE NICK. TUDO já estava preparado para que Sebastian dormisse no quarto de Chloe. Tony e Julia tinham até comprado algumas das guloseimas favoritas dele a caminho do hospital. Só faltava agora reunirem-se com Ron e Jeannie para discutir alguns detalhes antes da alta hospitalar.

Sempre que uma pessoa deixava a estrutura e a segurança da hospitalização, era importante realizar uma reunião de alta, na qual o paciente e seus parentes pudessem elaborar um plano para o que viria em seguida.

A reunião aconteceu numa pequena sala de conferências na unidade de saúde comportamental. Todos se sentaram em torno da mesa, e a dra. Lamba falou aos Hall como seria o plano de tratamento de Nick dali por diante.

— Colocamos Nick em contato com um terapeuta que atende bem perto da faculdade — ela explicou. — Será fácil para ele ir até lá quando puder voltar para casa.

Jeannie se voltou para o filho com os olhos arregalados.

— Você vai ficar com a gente primeiro?

— Ele não tem aula? — A pergunta de Ron pegou Julia de surpresa. Até aquele momento, ele parecia estar em outro planeta, olhando para o centro da mesa com olhos vidrados. A intenção por trás dessa pergunta era clara: ele não queria que o filho fosse para a casa deles. A julgar pelo hálito de cerveja que emanava de Ron, ele não estava lidando bem com a notícia do estupro de Nick.

— Os meus professores disseram que eu posso me ausentar das aulas por algum tempo — Nick avisou. — Ainda não sei de quanto tempo vou precisar.

— Mamãe pode levar você para a faculdade — Jeannie disse, usando um tom de voz infantil.

Julia olhou para a dra. Lamba, esperando que ela comunicasse a todos que Nick já havia decidido hospedar-se em Orange.

— A casa do Tony fica muito mais perto da faculdade e do novo terapeuta do Nick — disse a dra. Lamba.

E, diferentemente da casa de vocês, Julia pensou, *é emocionalmente estável*.

Jeannie se voltou para Julia.

— Mas vocês têm as crianças.

— Sim, e elas adoraram saber que o tio Nick vai ficar com a gente — Julia respondeu.

— Então vocês sabiam.

Julia sentiu o rosto corar.

— Ontem, conversamos...

— Ah, tá — Jeannie disse. — Ontem. Veja, ontem a gente não sabia. — Ela apontou para si mesma e para Ron. — Pedem a nossa presença numa reunião quando o Nick já está de saída do *hospital*! Está aqui desde sábado e só fomos avisados na segunda. — Ela, então, se voltou para a dra. Lamba. — E eu sei, "ele é um adulto, toma as próprias decisões", mas já te ocorreu que, mentalmente, ele ainda é uma criança?

— Do que você está falando? — Tony cortou com rispidez.

— Ele não tem idade suficiente nem pra beber — Jeannie argumentou. — Não é um adulto aos olhos da lei.

— Mas ele é — a dra. Lamba disse. A expressão em seu rosto permanecia tranquila, mas sua voz soou mais dura.

— Vocês ficam todos aí sentados, fingindo que somos uma equipe, pensando que somos burros demais e não percebemos que vocês já tomaram as decisões por ele sem nos consultar.

— Eu mesmo estou tomando as decisões! — Nick falou tão alto que Julia se espantou.

Jeannie se calou.

Nick olhou para a mãe com uma feição miserável. Sua aparência era chocante, mesmo para quem o via três dias após o ataque. Era o que se passava na imaginação dela quando via as marcas. Punhos haviam golpeado seu rosto. Mãos tinham apertado a sua garganta.

Nick baixou o tom de voz.

— Eu estou tomando as decisões e não queria contar a vocês ainda.

Os olhos de Jeannie se encheram de lágrimas. Ela tirou um lenço de papel da bolsa.

— Quem você acha que pôs essa ideia na cabeça dele? — Ron disse em voz baixa.

Julia sabia que Tony morderia a isca, mas, mesmo assim, colocou uma mão na coxa do marido, na esperança de que ele deixasse a provocação passar.

— Sério mesmo?

— Arrogante, sempre se achando o máximo, é claro que você disse ao Nick que ele não precisa da gente e…

— Como se fosse *preciso* dizer! O Nick sabe que não precisa de vocês.

— Pare com isso, Tony! — Nick ralhou e empurrou a cadeira para trás. — Não consigo respirar direito no meio dessa porra. — Ele se voltou para a dra. Lamba. — A gente tem mesmo que fazer isso?

— Não — ela disse. — Se não for ajudar, não temos que fazer.

A sala ficou em silêncio. Se estivesse na presença de qualquer outro grupo, Julia poderia pensar que as pessoas considerariam, então, a possibilidade de se comportar e terminar a reunião. Mas não essas pessoas. Ela sabia que Jeannie já estava preparando a sua clássica saída.

— Tudo bem — Jeannie disse. — Nós vamos embora. — Ela empurrou a sua cadeira para trás e se levantou. — Brinquem com a vida dele quanto quiserem, até que ele esteja forte o suficiente para pensar por si mesmo. — Lágrimas escorriam-lhe do rosto enquanto ela marchava até a porta. — Eu jamais vou perdoar isso.

Jeannie abriu a porta e se foi.

Ron parou na entrada da sala.

— Típico! — ele disse em voz alta, depois se retirou.

Ninguém disse nada por alguns instantes.

— Foi por *isso* que eu quis que você telefonasse para o Tony — Nick disse à dra. Lamba. Ele deu um tom sarcástico à fala, e todos abafaram o riso. Mas Julia teve vontade de chorar.

Nick merecia coisa melhor. Merecia ser abraçado com amor, ouvir que nada daquilo era culpa dele, que lhe prometessem que o manteriam seguro. Em vez disso, ele tinha Ron e Jeannie.

E Tony. Ele também tinha Tony.

10

John Rice, 2019

O DECLÍNIO FOI RÁPIDO DEPOIS QUE ELE SE APOSENTOU. Quase do dia para a noite, John Rice se tornou um velho, todo arrumado para não ir a lugar algum, apenas esperando que os jovens aparecessem — sua filha, seus netos e, naquele dia, Julia. Enquanto esperava ouvir o som do carro dela, ele andava pela casa que já havia limpado, endireitando os quadros na parede.

Quando a viu subindo pela entrada da frente, Rice se sentiu feio e constrangido, zangado, esperançoso, e muito mais. Ele a recebeu como se tivesse imaginado esse momento um milhão de vezes, mas a verdade era que jamais havia chegado nem mesmo perto de marcar um encontro com Julia até algumas semanas atrás. Porém a última consulta com seu médico o fez tomar a decisão de pegar o telefone e arriscar o antigo número de celular dela. O Senhor devia saber que ele precisava desesperadamente falar com Julia antes de partir deste mundo, porque o número dela não havia mudado. E agora que ela estava ali, era difícil saber por onde começar.

Quando tomava o café da manhã com os amigos ou ligava para a filha, ele podia ir direto ao ponto ao qual queria chegar. Mas agora seria diferente: Julia não gostaria de falar sobre o assunto que ele pretendia abordar. Ele teria que vencer a sua resistência, quase como num interrogatório. Contando apenas consigo mesmo, teria que mostrar que falar era a única opção dela.

— Eu me refiro ao modo como tudo terminou, quero dizer, como ficaram as coisas entre mim, a sua família e a situação envolvendo Ray Walker. Nunca me senti bem com relação a isso.

Ela se sentou na cadeira reclinável ao lado dele, bebericando o chá em silêncio.

— Eu já deveria saber que esse caso seria complicado. Casos de agressão sexual trazem desafios específicos.

Julia acenou com a cabeça, mas seus olhos estavam voltados para o chão diante dela.

— A coisa pareceu tão óbvia no início. Nós o encontramos tão rápido que nem pudemos acreditar.

Na semana seguinte à do ataque que Nick sofrera, Rice e Megan O'Malley interrogaram a equipe de funcionários do hotel. Coletaram os lençóis ensanguentados e uma toalha do banheiro. Localizaram a mulher que alugou o quarto; ela havia sido paga para fazer isso — paga por um homem bonito que a abordara quando ela estava mendigando num local próximo do hotel. Eles interrogaram o bartender do Bar do Jimmy e alguns clientes que se encontravam lá naquela noite. A conta do bar foi paga em dinheiro, por isso não havia nenhum registro de nome, e ninguém conhecia o homem que tinha se apresentado como Josh — o homem que Rice agora sabia que se chamava Raymond Walker.

Naquela primeira semana, O'Malley pesquisou a fundo e fez alguns telefonemas para tentar entender que tipo de estuprador eles procuravam. Como Nick havia sido muito espancado, O'Malley considerou que eles provavelmente buscavam um destes tipos de estupradores: o que agia motivado pela raiva ou o que era motivado pelo sadismo. Se o suspeito deles fosse guiado pela raiva, era provável que já tivesse histórico de crimes e seria conhecido por seus acessos de ira. Se fosse um sádico... Bem, existiam dois tipos de sádico, mas, tendo em vista os danos causados ao corpo de Nick, era provável que o agressor em questão fosse do tipo *evidente* — o que buscava causar dor à vítima. Também devia possuir histórico criminal e não ser muito inteligente. Tratava-se de generalizações imperfeitas, mas já era um começo.

Dito isso, eles sabiam que o agressor de Nick era, provavelmente, um sujeito que não levantava suspeitas. Um homem cujo carisma ocultava das pessoas as suas características menos atrativas.

Quando eles conseguiram encontrar Walker, a sua beleza e seu charme eram óbvios. Na época, Rice e O'Malley não sabiam quão longe estavam de uma resolução.

11

Julia Hall, 2015

OS PRIMEIROS DIAS COM NICK EM CASA FORAM LONGOS.
A expectativa de ter o tio hospedado em sua casa por um longo tempo deixou as crianças excitadas; mas o tio que apareceu naquela segunda-feira não era a pessoa brincalhona de sempre, e as crianças rapidamente ficaram indiferentes à sua presença.

Na terça-feira, Nick pegou emprestado o carro de Julia e foi à sua primeira sessão de terapia. Ele voltou para casa mal-humorado e ansioso, criticando Tony e chorando de repente, sem aviso. Em seu favor, é preciso dizer que ele reservava essas pequenas explosões para as ocasiões em que as crianças não estavam em casa ou estavam no andar de cima.

Nos dois dias que se seguiram, Nick parecia um fantasma. Entrava e saía dos quartos, sem saber ao certo como interagir com a família ou cansado demais para se preocupar com isso. Embora Julia trabalhasse em casa, ela tinha um cômodo de escritório, então pelo menos ficava fora do caminho dele durante o dia.

Todas as manhãs, depois que Tony ia para o trabalho em Portland e o ônibus escolar pegava as crianças, Julia subia as escadas para o segundo andar e parava no corredor por alguns instantes. Nick estava dormindo até tarde naqueles dias; uma vez ele acordou só após o almoço. Depois de verificar se estava tudo bem com Nick, ela se dirigia ao seu pequeno escritório e fechava a porta o mais silenciosamente que podia.

Esse quarto já tinha sido um grande e praticamente inútil closet. Cinco anos antes, Julia tinha voltado de uma tarde de passeio e de cinema com sua melhor amiga Margot, para descobrir que o passeio tinha sido parte de um plano: enquanto ela estava fora, Tony havia transformado o closet num escritório para ela. Na ocasião, ela estava grávida de Sebastian, as coisas de Chloe estavam por toda parte, e Julia estava tentando — sem muito sucesso — realizar em casa o seu novo trabalho na área da política.

Em uma única e frenética tarde, Tony esvaziou o closet, pintou as paredes de lilás e montou estantes e uma mesa ergonômica com cadeira ajustável. Ele estava coberto de suor quando Julia voltou do passeio.

Às vezes, quando ela abria a porta do escritório, jurava que podia sentir o cheiro de tinta fresca de novo e, por um segundo, era transportada de volta àquele dia. Um dia em que Julia se sentiu imensamente grata por ter um marido que sempre tentava resolver todos os problemas com os quais se deparava. Na verdade, ela nem sempre apreciava essa característica em Tony.

Na sexta-feira, no final da manhã, Julia estava em pé na entrada do escritório, com os pensamentos perdidos na história do antigo closet, quando ouviu a porta do quarto de Seb se abrir atrás dela. Ela se virou e viu Nick no corredor indo ao banheiro.

— Ei, bom dia!

Nick deu um pulo de susto e se virou na direção dela.

— Ah, nossa, sinto muito. — Julia avançou pelo corredor.

O rosto de Nick ficou branco, mas ele levou a mão ao peito, aliviado.

— Tudo bem, Julia.

— Sinto muito mesmo.

— Não foi nada — Nick disse, antes mesmo que ela terminasse de falar. Ele sorriu e esfregou a nuca. — Você se importa se eu tomar um banho?

— Não, claro que não.

Ele começou a se virar, então se voltou para ela novamente.

— Eu tenho uma sessão de terapia hoje.

— Você pode usar o meu carro novamente. Não vou precisar dele até as duas.

Nick acenou com a cabeça.

Ela voltou para o escritório e fechou a porta.

Um pouco depois das duas, Julia abriu a porta para uma casa silenciosa. Chamou e ninguém respondeu. Perambulou pela casa. A garagem estava vazia. Ligou para o celular de Nick, mas ele não atendeu.

Talvez a sessão tivesse sido demorada. Talvez Nick quisesse ficar um pouco sozinho. Ele continuava dizendo que estava bem, mas Julia sabia que não era verdade. Como ele poderia estar bem? Ele fazia o possível para agir normalmente diante deles. Ela gostaria que Nick parasse com isso — que simplesmente desabafasse. Ocultar o que sentia não lhe traria nada de bom; ainda mais ocultar de sua família.

Julia deveria se sentir aliviada por estar sozinha — livre para fazer o barulho que quisesse sem a preocupação de assustar Nick, sem ficar se perguntando o que ele estava pensando.

Mas tudo o que ela sentiu foi inquietação.

12

Nick Hall, 2015

O ESCRITÓRIO DE JEFF FICAVA NUMA ESTRADA SECUNDÁRIA em Wells. Nick não conseguia lembrar qual era essa estrada. Ele apenas seguiu o GPS nas duas vezes em que dirigiu até lá.

Ele respirou fundo, na esperança de que o ar puro aliviasse a sua dor de cabeça. Esperava-se que a psicoterapia o ajudasse a "superar". Era o que a dra. Lamba lhe dissera, e Jeff havia repetido. Até agora, tudo o que tinha conseguido com esse tratamento era uma tremenda dor de cabeça, como se um torno pressionasse seu crânio. Ele levou a mão ao ponto onde a dor era pior, então moveu os dedos mais para cima, até encontrarem a cicatriz.

Nick havia encontrado essa cicatriz no chuveiro, na manhã de terça-feira. De certa maneira, esse era o dano físico mais simples a considerar. Era uma lembrança muito mais sutil do que a dor íntima e invasiva que finalmente havia desaparecido em algum momento naquela semana. Não havia nada no pesado tratamento com antibióticos que o hospital lhe havia prescrito para combater uma possível DST, nem para os hematomas no rosto e no pescoço que anunciavam a qualquer um que os visse que Nick era uma *vítima*.

Nick não conseguia manter as mãos longe da cicatriz. Ele a havia encontrado enquanto lavava o cabelo: era um galo no topo da cabeça, na parte de trás do seu couro cabeludo. Por curiosidade, ele tinha tocado no galo sob a espuma do xampu, e o inspecionou uma segunda vez com mãos escorregadias e condicionadas. Enquanto lavava o cabelo, Nick esfregou a casca de ferida até sentir que ela se desprendeu. *Pronto!* Assim era melhor.

Na manhã seguinte, ele acordou na cama do seu sobrinho e descobriu que a casca de ferida havia retornado. Estava mais lisa e macia ao toque. Nick a empurrou de leve, com o dedo médio, até conseguir retirá-la. Dessa vez doeu, mas pelo menos ele havia a soltado. Apenas um dia antes, ele *mais uma vez* se viu procurando pela casca de ferida na parte de trás da cabeça.

Enquanto estava sentado no escritório de Jeff, a vontade de mexer na ferida foi brutal. Ele se sentou sobre os dedos e tentou se concentrar no rosto de Jeff.

Jeff era como a dra. Lamba havia descrito. Um tanto idoso, mais velho que o pai de Nick, e sua voz era grave e relaxante. Ele ria e sorria muito. Parecia inteligente, mas não fazia esforço para demonstrar isso.

— Eu sou um sobrevivente de abuso sexual infantil — Jeff disse na primeira sessão, no início daquela semana. Ele revelou sem demonstrar vergonha, como se pudesse dizer qualquer coisa sobre si mesmo. Nick estava certo de que Jeff fez isso para deixá-lo menos constrangido a respeito do que tinha acontecido.

Outra coisa que tanto Jeff quanto a dra. Lamba haviam afirmado era que a terapia ajudaria Nick a "assumir" a sua "história".

— E por qual motivo eu iria querer *assumir* isso? — Nick havia perguntado à dra. Lamba no final de semana.

— Porque ela é sua.

— E se eu não estiver pronto?

— Jeff não vai pedir para você falar muito sobre isso, não no começo. Você fará isso com o passar do tempo e, lentamente, vai praticar o ato de falar nesse assunto. E em algum momento, você poderá decidir o que fazer com a história.

Era uma maneira estranha de enxergar a situação, Nick pensou ao pisar no estacionamento do escritório de Jeff e checar o celular. Ele tinha uma chamada perdida e uma mensagem de voz e reconheceu o número de telefone, embora não o tivesse salvado. O detetive Rice havia lhe telefonado enquanto ele estava na sessão de terapia. Era engraçado que os terapeutas acreditassem que Nick pudesse processar a história em seus próprios termos. Isso era bobagem.

Ele coçou a cabeça até sentir a casca de ferida se descolar sob a ponta do dedo. Lançou-a ao chão com um peteleco, então telefonou para o detetive Rice.

— Gostaríamos que você viesse à delegacia — o detetive disse. — Temos uma série de fotos para você ver.

A delegacia de polícia não era como Nick esperava. Ele havia imaginado que em sua primeira visita a uma delegacia veria algo como um cenário de programa de televisão: um salão com mesas, talvez uma cela onde alguns bêbados tivessem sido colocados para curar a ressaca. Em vez disso, a porta da delegacia de Salisbury abria-se para um saguão simples. Paredes vazias, piso de linóleo como numa escola. No recinto, havia uma mulher de cabelos brancos sentada atrás de uma mesa e de um grosso painel de vidro. Nick se apresentou, e ela chamou o detetive Rice pelo interfone.

Cerca de um minuto depois, Nick ouviu uma porta batendo no saguão vazio. Uma mulher pequena e de pele negra surgiu no recinto. Era uma mulher bastante bonita, com cílios longos e um sorriso luminoso. Era uma policial — não estava de uniforme, mas sua postura e seu modo de andar não deixavam dúvida.

— Sou a detetive O'Malley.

Nick estendeu a mão para cumprimentá-la.

— Sou o Nick.

— Eu quis aproveitar a oportunidade para conhecer você — ela disse. — Estou trabalhando no seu caso com o detetive Rice. A sua amiga Elle talvez tenha falado de mim.

Não, Elle não tinha falado dela. Aliás, eles não haviam se falado ainda. Elle tinha enviado algumas mensagens para Nick, a fim de saber dele, mas ele não respondeu. Não havia nada a dizer.

— Vamos subir e dar uma olhada em algumas fotos.

Nick a seguiu por uma escadaria estreita e por um corredor que levava a uma pequena sala, nela um corpulento homem de uniforme aguardava. A detetive O'Malley ficou no corredor, e Nick entrou na sala. Sobre uma mesa havia uma pasta de arquivo fechada.

— Oi, Nick — o policial disse, sorrindo.

Nick retribuiu a saudação.

O homem se apresentou e entregou a Nick uma folha de papel.

— Essas são as instruções para o reconhecimento por fotografias — ele falou, indicando com um gesto o arquivo em cima da mesa. — Por favor, fique à vontade para lê-las.

Quando Nick terminou de ler as instruções, abaixou a folha. O policial disse que ele poderia abrir o arquivo e examinar as fotos.

— Deixe-a desse jeito ao abri-la — o policial explicou, indicando a posição horizontal em que a pasta havia sido colocada na mesa. — Para que a parte de cima da pasta bloqueie a minha visão.

Uma grade de fotos de rostos de homens estava colada na pasta. Duas na parte de baixo, três em cima — seis no total. Não eram fichas criminais; mais pareciam fotos de rosto do que qualquer outra coisa. Cada fotografia tinha uma etiqueta numerada no canto.

Ali, na parte inferior esquerda da grade, estava Josh. A foto era como um ímã; o olhar de Nick caiu sobre ela quase instantaneamente. Estava sem barba na imagem, mas os olhos claros, as maçãs do rosto acentuadas, até a mecha escura e cacheada caindo sobre a testa.

"Sou o Josh", o homem da foto lhe dissera, com fala quase arrastada, pronunciando o nome muito devagar.

A bile subiu pela garganta de Nick. A fotografia do homem parecia profissional. Ele parecia importante. Nick podia sentir o policial olhando para ele.

— Aqui está ele — Nick disse, e sua voz soou triste.

— Qual deles, Nick?

— Este — Nick respondeu e colocou um dedo na altura da garganta de Josh. — Número quatro.

— Você reconhece esse homem de onde?

Nick tirou o dedo da fotografia.

— Daquela noite. No bar.

— Pode ser mais específico?

Nick olhou para o policial. Esse homem — a polícia — eles precisavam que Nick falasse. Que dissesse isso *mais uma vez*, para *outra* pessoa. Quanto mais pessoas o ouvissem, maior o caso ficaria e mais se distanciaria dele.

— Ele é o homem que me atacou.

— Até que ponto você tem certeza disso?

Nick olhou para a fotografia.

— Certeza absoluta.

13

John Rice, 2015

FALEM O QUE QUISER SOBRE AS REDES SOCIAIS CONTRIBUÍ-rem para o declínio da cultura, mas pela perspectiva da polícia elas são uma maravilha. Podem mostrar quem conhece quem, o que as pessoas dizem de si mesmas, onde elas estavam numa data específica. As pessoas postam fotos e declarações incriminatórias que podem ser capturadas e anexadas numa investigação muito tempo depois que a postagem fora deletada. Rice jamais se cansava das novas ferramentas que as redes sociais lhes davam. Nesse momento, por exemplo, as redes lhe haviam entregado um suspeito de estupro.

O'Malley havia colocado a fotografia de Josh e de Nick no bar nas contas do Twitter e do Facebook da delegacia pedindo às pessoas que a compartilhassem. Na postagem, ela se referiu a Josh como "testemunha de um crime". Rice e O'Malley tinham conversado sobre o texto da postagem com antecedência. O que os dois sabiam sobre o estuprador de Nick era que se tratava de um sujeito calculista, charmoso e violento. Para eles, o homem era um potencial estuprador em série. Era bonito, branco, possivelmente abastado. Além disso, era provável que as pessoas não o vissem como um monstro. Talvez ele parecesse um pouco *estranho*; por outro lado, era possível que fosse até benquisto. Era improvável que as pessoas o vissem como o tipo de cara capaz de cometer estupro. Se alguém que de fato conhecesse Josh o visse numa fotografia com a legenda "suspeito em caso de estupro", pensaria: "Esse não pode ser Josh, ainda que se pareça muito com ele". Mas como "testemunha", então pensariam: "Ei, esse na foto *é* o Josh?". Naquela manhã, Rice entrou na delegacia e soube que a ideia de colocar a foto nas mídias sociais tinha surtido efeito.

Na noite anterior, uma mulher havia telefonado para o disque-denúncia para dizer que o homem na foto do Facebook se parecia com Raymond Walker, seu colega de trabalho.

Um policial vasculhou a internet e encontrou uma fotografia de trabalho de Raymond Walker. Comparou-a com a foto tirada no bar. As coisas pareciam boas.

Quando Rice chegou à delegacia naquele dia, ligou para Nick e lhe pediu que fizesse um reconhecimento por fotos. Nick identificou a foto de Walker.

Rice juntou tudo isso ao mandado que estava redigindo no computador.

Quando terminou, enviou por e-mail um esboço para a assistente da promotoria, para que o avaliasse. Então, telefonou para o escritório de Raymond Walker.

Walker se fez de desentendido quando atendeu à ligação. Rice já havia se identificado para a secretária, por isso Walker iniciou a conversa na defensiva. Rice se apresentou com polidez, dirigindo-se a ele como "senhor Walker".

— Tudo bem? — Foi a resposta de Ray diante das credenciais de Rice.

— O seu nome surgiu numa investigação em andamento.

— Nossa, isso é uma surpresa.

Rice não conseguiu evitar o sorriso. Era de esperar que um indivíduo realmente surpreso por estar ao telefone com um detetive pergunte: "Que tipo de investigação?". Mas Walker já sabia.

— Mesmo?

— Sim, mesmo. — Uma nota de irritação surgiu na voz de Walker.

— Gostaria que você viesse até aqui hoje para responder algumas perguntas.

Após um instante, Walker disse:

— Receio que isso não seja possível. Costumo trabalhar até tarde.

— Eu também, senhor Walker. — Rice fez uma pausa. — Que tal se você desse uma passada por aqui depois que sair do trabalho, esta noite? Talvez a gente possa esclarecer as coisas.

— Não sei se eu deveria fazer isso — Walker respondeu. — Não é nada pessoal, mas sem saber por que você quer falar comigo...

— A decisão é sua, claro — Rice disse. — Mas essa seria a sua chance de nos contar o seu lado da história, antes que sejamos obrigados a ir mais longe.

Houve uma pausa, e então a resposta de Walker:

— Estarei aí por volta das seis.

Rice olhou direto para O'Malley, que estava em sua mesa, e levantou o polegar num sinal positivo.

— Então, até mais tarde.

Julia Hall, 2015

JULIA CAMINHAVA COM AS CRIANÇAS PARA CASA APÓS pegá-las no ponto de ônibus.

Quando anunciou que o tio Nick estava chegando para apanhá-los, Chloe deu gritinhos de satisfação. Eles pararam no acostamento da estrada para esperar.

Nick parou o carro e se desculpou por ter perdido a hora.

— Tudo bem — Julia respondeu. E era verdade; o dia estava lindo, e as crianças usavam roupas apropriadas para suportar o clima. Além disso, depois de Nick ter passado boa parte do dia sem dar sinal de vida, ela estava tão aliviada em vê-lo que o resto nem importava.

Julia colocou as crianças em seus assentos e se sentou na frente com Nick.

— Tio Nick, onde você estava?

Nick olhou para Sebastian pelo retrovisor.

— Eu tive que ir à terapia.

— Por que você precisa de terapia? — desta vez foi Chloe quem perguntou.

Antes que Nick pudesse responder, Julia deu a Chloe uma versão bem resumida da verdade:

— É para ajudar o seu tio a se sentir melhor depois do acidente dele.

— Tio Nick, você está assustado? — Chloe perguntou.

Nick estacionou o carro.

— Crianças, por que vocês não… — Julia começou.

Nick pôs a mão no ombro dela, interrompendo-a.

— Sim — ele disse, voltando-se para fitar a sobrinha. — Sim, eu estou assustado.

Ele agia bem contando-lhes a verdade, mas ouvi-lo falar assim amedrontava Julia. Era parte de uma verdade maior que Chloe e Sebastian não conheciam ainda: havia coisas que não podiam ser consertadas. Talvez Chloe quisesse entender por que Nick precisava de ajuda externa, de alguém de fora da casa deles. Com sua vida perfeita, Chloe não tinha razão para saber que existiam coisas que nem seus pais seriam capazes de melhorar.

15

John Rice, 2015

RICE QUASE NÃO CONSEGUIU VOLTAR PARA A DELEGACIA antes das seis. Enquanto ele estava no tribunal, O'Malley preparou a pequena sala de conferências para o interrogatório de Walker. Minutos depois que Rice chegou, a secretária ligou para o departamento dos policiais e avisou que Walker estava à espera. Rice encarregou Merlo de levar

Walker à sala de conferências, enquanto O'Malley se certificava de que a câmera e o microfone estavam funcionando.

Vez ou outra eles invertiam os papéis, mas geralmente Rice representava o policial bom e O'Malley, a malvada. À primeira vista, parecia absurdo que uma mulher policial não fizesse o papel de tira boazinha, mas a lógica era simples: um detetive estava lá para pressionar, e o outro para oferecer uma tábua de salvação. A maioria dos seus suspeitos eram homens brancos como Walker, e homens brancos eram mais inclinados a acreditar que Rice poderia negociar em troca de cooperação. Rice tinha o sexo, a idade e a cor necessários. Não era certo — mas era assim que funcionava. Então, eles resolveram tirar vantagem das suas diferenças. Por sua vez, O'Malley gostava de tratar gente como Walker como se estivesse diante de um *merdinha* culpado.

Eles deixaram Walker sentado na sala por oito minutos antes de aparecerem para falar com ele. Mais tarde, assistiriam ao vídeo para conferir quantas vezes Walker checou o relógio atrás dele, mexeu no celular, levantou-se para olhar o corredor. Por enquanto, eles esperavam na sala do departamento. Rice pegou um maço de folhas qualquer e o enfiou na pasta do arquivo para que ficasse mais volumosa.

Rice entrou na sala primeiro. Walker havia se sentado na cadeira mais próxima da porta, deixando um assento na frente dele e outro ao seu lado.

— Senhor Walker — Rice disse, cumprimentando-o com um aperto de mão. — Sou o detetive John Rice, e esta é a minha colega, detetive Megan O'Malley.

Como ela costumava fazer quando interrogavam um suspeito juntos, O'Malley se postou na porta de entrada, sem aperto de mão ou palavra. Ela se encostou na lateral da porta e cruzou os braços.

— Sou o Raymond Walker — o homem disse —, mas você já sabe disso.

Rice colocou a pasta na mesa e se sentou na cadeira diante de Walker.

— Me desculpe se o deixei esperando.

Walker sorriu. Mesmo sob a iluminação das lâmpadas fluorescentes ele era bonito.

— Tenho certeza de que você estava ocupado — Walker disse.

— Muito — O'Malley disse.

Walker olhou de soslaio para a policial e de volta para Rice.

— Eu estou encrencado?

A irritação que ele havia demonstrado pelo celular tinha desaparecido. Ele agora parecia bastante controlado.

— Você pode nos dizer — O'Malley respondeu.

Rice levantou uma das mãos para O'Malley, num gesto para que fizesse silêncio.

— Bem, estamos tentando descobrir — Rice disse.

— E como eu posso ajudar? — A expressão no rosto de Walker mudou para a de um garotinho puxa-saco tentando agradar o professor.

— Sabe por que está aqui, senhor Walker?

— Não faço a menor ideia.

Rice tirou uma fotografia da pasta e mostrou-a para Walker.

— Reconhece esse homem?

Walker examinou a foto. Seus olhos se estreitaram um pouco, como se ele estivesse considerando o que dizer. Era uma bela foto de Nick Hall; Rice havia solicitado a Tony uma fotografia recente para o arquivo, e Tony lhe enviou por e-mail uma foto de Nick do último verão. Nick estava com os braços expostos e sorrindo, e com mechas de seu cabelo úmido grudadas na testa. Pela foto, Nick parecia estar próximo à idade adulta, mas ainda era um garoto em vários aspectos. Rice usaria a palavra *homem* naquela noite, com Walker. Já havia ocorrido a Rice que ele poderia tirar vantagem dos seus próprios preconceitos.

— Por que me chamaram aqui? — Walker perguntou.

— É uma pergunta simples — O'Malley disse. — Você o reconhece ou não?

Walker continuou olhando para Rice e sorriu gentilmente.

— Acho que tenho o direito de saber por que estou aqui.

— Você não precisa ficar aqui se não quiser — Rice explicou. — Está livre para ir embora quando bem entender. Mas quero fazer uma pergunta: se eu te dissesse que esse homem afirmou que conhece você, como explicaria isso?

Walker voltou a olhar para a fotografia. Ele estava retardando o momento de responder — seria esperto o suficiente para saber que qualquer resposta que desse o colocaria numa situação ruim? Admitir que conhecia o rapaz seria a prova de que Nick o havia identificado corretamente; negar que o conhecia provaria que ele era um mentiroso. Qualquer tentativa de simular incerteza e Rice perguntaria se ele sempre se esquecia das pessoas com quem dormia. Então Rice lhe daria a deixa do consentimento — ah, sim, nós dormimos juntos, mas foi consensual, entende? E aí eles o pegariam, porque uma pessoa inconsciente não consentiria coisa alguma.

— Vou dizer o que eu acho — Rice recomeçou. — Acho que vocês dois tiveram um encontro.

— É assim que vocês chamam "estupro" hoje em dia? — O'Malley disse.

Walker olhou de viés para ela e de volta para Rice.

— E você sabe o que a minha colega acha... — Rice gesticulou na direção de O'Malley. — Ela acredita nele. — Rice bateu na foto com um dedo. — Talvez eu também devesse. Mas não gosto de tirar conclusões precipitadas, principalmente sobre o que acontece com dois adultos entre quatro paredes.

O'Malley deu uma pancada com o punho no batente da porta.

— Por que não dá um tempo com essa bobagem de transa consentida?

— Por que não vai dar uma volta? — Rice retrucou.

O'Malley lançou um olhar demorado a Walker, então se retirou da sala. Rice se levantou e fechou a porta com delicadeza. Voltou a se sentar na cadeira e se inclinou na direção de Walker solidariamente.

— O'Malley pode ficar um pouco emocional em casos desse tipo. Acho que é difícil para ela, por ser mulher. Não me entenda mal — Rice disse com um gesto de mão —, ela é uma detetive excelente. Mas existe uma razão para que me mandem ficar à frente de casos como esse.

— Não é justo que você acredite cegamente no que alguém diz só porque tem algum tipo de predisposição.

— Eu sei. Peço desculpas por ela.

— Eu jamais machuquei alguém em toda a minha vida, detetive. Acredite em mim.

— Para ser honesto, eu acredito. Não é como se você tivesse se metido com uma linda garotinha indefesa que ficou à sua mercê e foi totalmente dominada. — Rice deu uma risadinha enquanto falava, e Walker sorriu, aliviado. — Estamos falando de um adulto, um homem-feito — Rice completou.

Walker acenou com a cabeça.

— Só quero que me ajude a entender o que está acontecendo aqui. — Rice respirou fundo. — Me dê algo que eu possa levar aos meus superiores.

— A gente nunca... — Walker parou, como se a sua língua tivesse emperrado em uma palavra.

— Vocês nunca o quê?

O olhar de Walker se tornou desafiador. Ele sorriu com o canto da boca.

— Boa tentativa — ele comentou em voz baixa. — Muito boa mesmo. É, acho que já chega.

Porém, Rice não estava disposto a ceder.

— Então concordamos que você o conhece.

Mas era tarde demais. A cadeira de Walker já se arrastava para trás sobre o linóleo.

— Até logo, detetive.

Walker abriu a porta que dava para o corredor. Lá estava O'Malley, com uma pilha de papéis nas mãos.

— Mandados — ela disse.

Antes do interrogatório, Rice havia conversado sobre o assunto com a assistente da promotoria e decidiu assegurar os mandados para a prisão de Walker e para a amostra de DNA. Ele havia corrido para o tribunal no final da tarde e voltou bem a tempo de interrogar Walker pessoalmente.

O'Malley fez um círculo com o dedo no ar.

— Vire-se de costas, senhor Walker. Vou levá-lo preso. Colheremos a sua saliva na cadeia.

16

Tony Hall, 2015

ENQUANTO NICK FALAVA COM O DETETIVE, TONY OBSER-vava seu rosto. Ele sabia que Nick tinha ido à delegacia mais cedo naquele dia e havia identificado uma foto de Josh. Era ele — Nick tinha certeza disso. Julia tinha contado tudo a Tony; quando ele chegou em casa, Nick não quis falar no assunto. Agora, com o celular próximo do ouvido, seu rosto indicava que ele estava recebendo más notícias. Nick murmurava "tudo bem" às vezes, mas não dizia nada mais.

Nick desligou o celular.

— Bem, e então? — Tony perguntou por fim.

— Eles o encontraram — Nick disse. — Eles o prenderam.

Julia foi para perto de Tony e perguntou o que o detetive havia dito.

— Alguma coisa a respeito de fiança — Nick respondeu. — Ele precisa de cem mil dólares para sair.

Julia se voltou para Tony com os olhos arregalados.

— Uau... Isso é muita grana.

— Mas vai haver uma audiência na segunda-feira, e esse valor pode baixar. Ele não terá permissão para falar comigo, se sair.

Fiança. Pois é. Não havia acabado. Agora entraria em cena o julgamento. Tony se voltou para Julia. Ela sabia o que viria a seguir.

— Ele vai ser indiciado? — ela perguntou.

— Acho que o detetive disse algo sobre isso.

— Certo — Julia disse. — Você quer que eu ligue para ele e pergunte?

Nick balançou a cabeça.

— Ele disse que alguém vai me ligar, e que eu teria uma audiência ou coisa parecida.

— Ah, com o promotor de justiça?

— O quê?

— O promotor público — ela disse.

— Acho que sim. — As pálpebras de Nick estavam caindo, como se se sentisse exausto.

— Desculpa — ela disse. — Ele com certeza acabou de bombardear você de informações.

— Tudo bem. Acho que me dirão mais coisas na audiência.

— Eu vou com você — Tony avisou.

— Tá — Nick respondeu. Ele parecia irritado.

— Se você quiser.

Nick deu de ombros.

— Preciso dormir.

— Espera — Tony disse. — Ele te falou o nome do cara?

Nick olhou para cima.

— Sim... Mas não me lembro agora. Não é Josh. É um nome com R.

Raymond Walker. Esse era o nome do homem. Estava no site do jornal no dia seguinte. O nome de Nick não estava.

Agora o homem na foto ruim tirada no bar, com pele clara e cabelo escuro, tinha um nome. Tony não havia percebido antes, mas até aquele momento o homem na foto era um monstro. Não era uma pessoa real para Tony — era apenas o ato cruel e nada a mais. Um nome o transformou: Raymond Walker tinha uma identidade. Tinha uma vida. Tony tinha que saber como ela era.

Ele começou a dar buscas no nome de Walker.

Raymond Walker era vendedor de uma empresa de Portsmouth, New Hampshire. Ele vendia materiais hidráulicos na região da Nova Inglaterra. Sob a sua fotografia no site da empresa, a breve biografia informava que ele morava no sul do Maine.

Raymond Walker vivia em Salisbury, como Nick, de acordo com um site de buscas.

Raymond Walker havia se formado na Universidade da Nova Inglaterra em 1998, portanto tinha cerca de trinta e oito anos. Malditos trinta e oito anos contra os vinte de Nick.

Raymond Walker tinha uma página privada no Facebook. Seria melhor se não tivesse nenhuma. Tudo o que Tony podia ver era uma foto de perfil: uma imagem de Walker fazendo flexões de regata, numa academia, sorrindo como uma cobra.

Porém Tony não encontrou nenhuma evidência do que sabia que esse homem era. Não havia nenhuma menção a abuso sexual, nenhum registro desse tipo, nenhum outro processo judicial, nem artigos recentes a respeito de outras vítimas.

Depois de várias buscas no Google, Tony encontrou o obituário de 1997 de um tal George R. Walker, que deixou a mulher, Darlene, e um filho, Raymond. Dizer que ele encontrou o obituário seria um pouco exagerado; na verdade, havia encontrado um link que fazia menção a esse obituário, mas o link não abriu. Tudo o que ele pôde fazer foi ler a descrição no link. Isso o irritou. Um obituário poderia trazer mais detalhes sobre a história de Raymond, se é que se tratava do mesmo Raymond.

Em seguida, ele deu busca no nome Darlene Walker, e o Facebook dela apareceu. Naquela manhã, ela havia postado um texto grande em sua página, dizendo que seu filho tinha sido preso por "nada mais do que uma história, para a qual ele tem uma versão completamente diferente". Ela chamava a acusação de Nick de "história inventada por um garoto que saiu com meu filho por vontade própria".

Tony foi tomado por uma súbita tensão quando leu essas palavras, e seu peito se estufou.

— Sua vaca filha da puta — ele rosnou diante do celular. Pessoas estavam compartilhando a postagem e enviando comentários — pessoas que eram amigas dos Walker, claro. Havia inúmeros *emojis* de espanto e de raiva em favor de Walker e de sua mãe.

Um comentário quase fez o coração de Tony parar: "Alguém sabe o nome da pessoa que o acusou?".

Não havia resposta para esse comentário.

Até provarem o contrário, Ray Walker era uma boa pessoa para o resto do mundo. Ele tinha um emprego, uma casa, uma mãe que o amava. Ia à academia. Tony, Nick, Julia, os detetives — eles podiam ver quem esse homem era de fato. Tinham visto a doença dentro dele. Quando os outros a veriam também?

Julia estava trabalhando no escritório naquele fim de semana. Ela costumava trabalhar um pouco nos fins de semana — sempre sentia que estava atrasada. E nesses dias as crianças eram, em grande medida, responsabilidade de Tony. Agora, ele havia colocado os filhos diante da televisão e foi bater na porta do escritório dela.

— O que vem em seguida?

— Hein? — Julia estava em sua mesa, digitando alguma coisa.

— O que vem em seguida no caso do Nick?

— Ah. Parece que eles irão propor um indiciamento. — A dúvida devia ter ficado estampada no rosto de Tony, porque Julia explicou o que havia acabado de dizer: — A promotora apresentará as provas ao grande júri. O Nick terá que testemunhar.

— E como vai ser?

— Eu nunca estive em um. O acusado e o advogado de defesa não vão. O Nick vai ter que *me* contar como é — Julia respondeu, rindo. Mas logo voltou a ficar séria. — Ele precisará contar a história sob juramento. Pessoas estarão lá: as pessoas que fazem parte do grande júri, a promotora, um oficial de justiça. O objetivo é que a promotora prove que tem evidências o suficiente para levar adiante as acusações. O verdadeiro objetivo, acho que qualquer promotor admitirá isso, é testar o caso. Ver o impacto que as evidências causam. Talvez ela até queira ver como Nick testemunha.

Tony pensou por um momento.

— Estou feliz que ele não se lembre.

Julia inclinou a cabeça, como se avaliasse o comentário.

— Você não? — ele perguntou.

— Acho ruim que ele não se lembre.

— Por quê?

— Porque dá ao acusado liberdade para inventar o que ele quiser.

— Pensei que o advogado dele o controlaria.

Julia pareceu confusa.

— De onde você tirou isso?

— Você me disse, ora. Uma vez disse que você não podia deixar os clientes mentirem.

— Isso quando eu sabia que estavam mentindo.

— Qualquer um saberia que ele está mentindo.

Ela balançou a cabeça.

— Não basta que você *ache* que o seu cliente está mentindo. Você tem que saber. Daí, por exemplo, se ele diz para o advogado "eu o estuprei", o advogado não pode deixar que ele testemunhe e diga "ele deu o consentimento". Mas eu duvido que esse cara conte a verdade ao advogado dele.

— Então já teve clientes que mentiram para você?

— Sim — ela respondeu, um pouco sem graça. — Com certeza.

Julia havia atuado como advogada de defesa por apenas quatro anos, mas havia representado todo tipo de gente — pessoas normais, na maioria das vezes, talvez até pessoas boas que fizeram más escolhas. Mas ela havia representado também pessoas ruins. Um professor que espancava a mulher. Um adolescente que traficava drogas. Uma longa lista de pais que abusavam dos filhos e os negligenciavam.

E certamente houve estupradores também. Mas Tony não sabia nada sobre eles.

Ele sentia náuseas só de pensar em sua mulher defendendo alguém como Raymond Walker.

— Vou deixar você em paz para que possa voltar ao trabalho — ele disse em voz baixa e fechou a porta do escritório.

Nick Hall, 2015

UMA SEMANA APÓS A PRISÃO DE JOSH — OU RAYMOND —, Tony levou Nick para uma reunião no escritório da promotoria. Ficava nas imediações do tribunal onde o caso seria julgado. Isso foi tudo o que Nick realmente entendeu: *o caso aconteceria*. Mas o significado disso — o que aconteceria de fato — ele não sabia. Ele se sentia perdido diante do que havia iniciado.

No escritório da promotoria, a recepcionista os deixou entrar no prédio pela porta antes trancada.

Ela os conduziu por um corredor até uma sala onde duas mulheres estavam à espera.

— Gostariam de beber alguma coisa? Um café, um refrigerante?

— Um refrigerante, por favor — Nick respondeu.

— É pra já.

Enquanto isso, as mulheres na sala se levantaram, e a mais velha estendeu a mão para cumprimentar Nick.

— Nick, é um prazer conhecê-lo. — O aperto de mão dela era firme, e Nick também apertou a mão dela com vigor. — Eu sou Linda Davis, a promotora no seu caso. — Era uma mulher linda, de batom vermelho e cabelos muito escuros. Nick logo se perguntou se ela o havia tingido.

A mulher mais jovem tinha um aperto de mão mais suave.

— Sherie — ela disse. — Sou a sua defensora. — Ela sorriu, revelando um espaço entre os dentes da frente.

— E você deve ser o Tony — Linda disse, voltando-se para ele.

Todos se sentaram em torno da mesa, enquanto a mulher da recepção retornava com o refrigerante de Nick.

— Como tem passado? — Linda perguntou.

— Estou bem — Nick respondeu, abrindo o refrigerante.

— Está fazendo terapia?

Nick acenou com a cabeça, e seu irmão disse:

— Ele está.

Sherie observava Nick. Ela provavelmente estava olhando para os hematomas amarelos no rosto e no pescoço dele. As manchas estavam diminuindo de intensidade, mas ainda eram perceptíveis para quem olhasse com atenção.

— É sério, estou bem — Nick disse.

— Bem, isso é ótimo — Linda comentou. — Queremos analisar o processo judicial com você e responder algumas dúvidas que você talvez tenha até o momento.

— E eu sou aquela que você vai procurar quando tiver dúvidas mais tarde — Sherie disse. — Porque você terá. — Ela colocou dois cartões de visita na mesa. Nick pegou um, e Tony o outro. Debaixo do nome dela, liam-se as palavras ORIENTAÇÃO PARA O DEPOIMENTO DA VÍTIMA.

— Meu trabalho é ajudar você a compreender o que está acontecendo e estar lá na hora do tribunal. E eu posso ajudar você a advogar em seu próprio benefício.

— Você é advogada? — Tony perguntou.

— Não — ela disse. — Minha função é dar apoio ao Nick. Mas eu trabalho com a Linda; sempre estamos em contato. Então, quando o Nick tiver perguntas, ele pode me ligar. — Ela se voltou para Nick. — Serão muitas informações chegando ao mesmo tempo — Sherie disse, como se pedisse desculpas. — Mas o andamento desse processo será lento. Normalmente leva muito tempo até que um caso chegue ao fim.

— Quanto tempo? — Nick e Tony perguntaram ao mesmo tempo.

— Pode levar um ano — Linda respondeu.

Um ano. Palavras curtas, mas que abarcavam uma vida inteira: Natal. Aniversário de vinte e um anos. O verão. O próximo ano letivo, seu ano como veterano. Era em torno *disso* que sua vida giraria?

— Isso é ridículo — Tony se queixou.

— Eu sei — Linda disse. — Mas é um caso de alta prioridade, por isso farei tudo o que estiver ao meu alcance para que seja apresentado ao grande júri em novembro. Mas a corte dá ao acusado tempo para contratar um advogado, fazer uma investigação, contratar um perito. Há uma série de fatores envolvidos num caso como este.

Uma investigação? Mas o que havia nesse caso para Josh — Raymond — investigar?

— Um mês ou dois depois de conseguirmos um indiciamento — Linda continuou —, teremos uma audiência na qual o advogado de defesa e eu falaremos sobre o caso e tentaremos chegar a um acordo.

— Então tudo pode terminar antes — Tony disse.

— Bem, poderia — Sherie observou —, mas vocês devem saber que não é o que costuma acontecer.

— Pensei que a maioria dos casos terminasse na fase do acordo judicial — Tony disse. — A minha mulher é advogada.

— Muitos, sim — Linda explicou. — Mas casos que envolvem agressão sexual vão a julgamento com mais frequência do que outros. Acordos judiciais ainda são comuns, mas não *tão* comuns. Se conseguirmos uma condenação e uma sentença que nos satisfaça, evitaremos a todo custo que você tenha que testemunhar.

Nick novamente sentiu os olhos de Sherie em seu rosto quando Linda pronunciou as palavras *agressão sexual*. Ela procurou observar a reação dele.

— Você está disposto a fazer isso, Nick?

Nick se voltou para Linda.

— O quê?

— Está disposto a testemunhar?

— Ah, sim, estou — ele disse.

— Porque, se você não quiser testemunhar, é importante que eu saiba disso.

Nick estava confuso. Era óbvio que ele *não queria* ter que testemunhar.

— Eu não tenho que testemunhar?

— Bem, se quiser um julgamento, precisará. Eu não posso ir a um julgamento sem você. Mas a decisão é sua. Se você não quiser testemunhar, vou fazer o que puder para que ele responda pelo que fez. Eu só preciso saber até onde você está disposto a ir.

Tudo estava confuso. Nick não sabia o que dizer.

— Seu nome permanecerá em segredo — Sherie avisou.

— Está em segredo agora? — Tony perguntou.

— Sim — Linda disse. — Eu apresentei uma moção. É por isso que na queixa-crime ele figura como desconhecido.

Nick não sabia de nada disso.

— Não sabia que podia fazer isso — Tony comentou.

— Precisamos ter um motivo — Linda respondeu. — Depende do caso. Eu quis manter *alguma* privacidade para o Nick. — Ela se virou para ele. — O seu caso está aberto ao público, o que significa que repórteres ou pessoas interessadas poderão acompanhar as audiências no tribunal. Mas eles não tomarão conhecimento do seu nome, por isso ele não deve ser publicado em nenhum lugar.

— Sei que continua sendo uma grande agressão ter que testemunhar — Sherie disse. — Não haverá julgamento, se você não quiser. O simples ato de reportar o que aconteceu já foi muito corajoso da sua parte.

— Não é nada de mais — Nick respondeu. Elas estavam agindo como se testemunhar fosse matá-lo. Claro que ele não queria testemunhar, mas poderia fazer isso.

— A escolha é sua, Nick — Linda declarou depois de observá-lo por alguns instantes. — Só me comunique de sua decisão quando chegar o momento em que eu *terei* que resolver o caso.

— Tudo bem — ele respondeu. — Vou fazer isso.

— Certo. Vamos torcer para que ele faça um acordo e nós possamos evitar o julgamento. Mas, mesmo que se decida pelo acordo, ele costuma acontecer bem mais tarde, próximo do julgamento.

— Tudo bem — Nick disse.

— Um ano — Tony disse mais uma vez. Ele olhou para Nick.

Houve um momento de total silêncio, como se todos esperassem que Nick dissesse alguma coisa. O garoto não sabia o que mais dizer a eles.

18

Tony Hall, 2015

UM ANO. AS PALAVRAS CONTINUAVAM ECOANDO enquanto eles caminhavam pelo corredor até a saída do escritório da promotoria. Talvez eles ainda estejam fazendo isso daqui a *um ano.* Ele olhou para Nick.

Nick estava usando roupas de Tony. Ele havia trazido uma calça jeans sua, mas, naquela manhã, antes de saírem para a reunião, ficou angustiado com a roupa que vestia.

Quando se encontraram no andar superior, Nick pareceu bem-vestido para seu irmão.

Nick fez uma careta.

— Parece que não estou levando isso a sério, Tony. — Nick gesticulou, apontando para o seu conjunto de calça jeans e camiseta.

— Você está ótimo — Tony disse. Ele havia tirado o dia de folga do trabalho para acompanhá-lo.

— Eu devia ter trazido alguma roupa mais formal.

Tony tentou entender o que o preocupava.

— Acha que eles não vão te respeitar por causa disso?

— Acha que dá tempo de parar em algum lugar?

Tony consultou o relógio. Sem chance.

— Que tamanho você veste?

— Quarenta e dois.

— Você tem a cintura do pai — Tony comentou, sorrindo. — Espera aí.

Tony foi até o armário e procurou uma calça que tinha certeza de que ainda não havia sido doada. Houve uma época em que ele também tinha a mesma cintura de Ron Hall, mas isso ficou no passado. Com a paternidade, veio o aumento de peso, e as mais exaustivas séries de abdominais não foram suficientes para remover os centímetros a mais. Ele encontrou a calça bege pendurada no fundo do armário. Então pegou a sua menor camisa social e uma gravata, por via das dúvidas.

Alguns minutos depois, quando Tony saiu do banheiro, Nick estava saindo do quarto de Sebastian com a gravata pendurada em seu colarinho.

— Você consegue amarrar?

Tony se aproximou do irmãozinho. Ele não era mais tão pequeno. Ao longo dos anos, ele havia visto Nick usando suas roupas muitas vezes, mas nunca as suas roupas de homem adulto. A conexão desse momento com o quarto do seu filho de cinco anos de idade deu um aperto em seu peito.

Ele pegou a gravata e começou. Tony ajustou o nó na garganta de Nick; o garoto engasgou, dando um passo para trás, e Tony o soltou.

— Desculpa — Tony disse, e quase ao mesmo tempo Nick falou:

— Tudo bem.

Nick levou as mãos ao nó da gravata, tateando-o.

— Eu posso dar um jeito nisso.

— Não, deixa comigo — Nick respondeu. Ele mexeu no nó, com os olhos lacrimejando, e finalmente conseguiu soltá-lo.

Nick devolveu a gravata a Tony.

— Só me dê um minuto — Nick disse e fechou a porta.

Esse era o problema. Algumas vezes Nick parecia bem. Parecia o velho Nick de sempre. E Tony se esquecia do que havia acontecido. Vestido assim, Nick parecia um homem, mas para Tony ele era uma criança novamente.

Tony segurou a porta quando eles saíram do escritório da promotoria.

— Estou orgulhoso de você.

— Por quê?

— Por ser tão corajoso — Tony respondeu. — Você poderia ficar se remoendo, reclamando "isso não é justo" ou coisa assim, e não ter feito nada. Não foi sua culpa, mas, mesmo assim, você agiu, fez algo.

Nick gemeu alto.

— Quer parar de dizer isso?

— Dizer o quê?

— Que eu sou corajoso; que não é minha culpa. Sabe quantas pessoas já me disseram isso?

— As pessoas dizem isso porque é verdade.

— Mas não importa. — Nick inclinou a cabeça para trás e bebeu o restante do refrigerante.

— Importa, *sim* — Tony insistiu. — Não foi sua culpa, Nick.

— Você não está ajudando — Nick disse, levantando a tampa de uma lata de lixo na calçada.

— Tá. Como posso ajudar então?

Nick jogou a lata vazia de refrigerante no lixo e se virou para encarar Tony.

— Que tal me deixar falar por mim mesmo?

— Quê?

Nick apontou para o prédio.

— Você ficou lá falando o tempo todo por cima de mim.

— Mas você *não* falava! Alguém tinha que fazer isso.

— Eu não tive a chance.

— Tá bom. Na próxima vez, eu vou me sentar lá e ficar em silêncio.

— Ótimo. Agora, me diga que eu não sou uma vítima. — Havia algo em sua voz que soava como uma provocação. Como se ele não esperasse que Tony dissesse isso.

— Você não é uma vítima.

— Então pare de agir como se eu fosse.

Tony não sabia o que dizer.

— Como eu gostaria de ter estado lá.

— Ah, *porra* — Nick xingou e empurrou a lata de lixo ao seu lado. A lata tombou, espalhando seu conteúdo pelo gramado.

— Nick!

— Acha que *você* o teria detido, é isso?

— Eu teria *matado* o cara!

— Cale a boca, Tony, quer calar essa boca?! — A veia na testa de Nick estava saltada. Ele chutou uma lata no chão, agachou-se e se sentou na grama.

Nick gemeu, zangado e amargurado, e cobriu o rosto com as mãos.

Tony ficou sem ação por um momento, chocado com a reação do irmão. Jamais o havia visto tão alterado assim.

Acima de Nick, ele pôde ver um rosto pálido na janela do escritório da promotoria, olhando na direção deles.

Posicionando-se ao lado de Nick, Tony se inclinou e empurrou um punhado de latas e garrafas para dentro do lixo. Então endireitou a lata de lixo e estendeu a mão para Nick. Os dois caminharam até o carro em silêncio.

Eles estavam quase chegando em casa quando Tony se desculpou.

Nick estava olhando pela janela, talvez observando os campos intermináveis, talvez perdido em preocupações. Ele se voltou para Tony.

— Por que está se desculpando?

— Eu devia ter fechado a boca quando você disse que eu não estava ajudando. Estou agindo como se entendesse, mas não entendo mesmo.

— Eu sei que você só quer ajudar.

Tony não fez nenhum comentário. Queria dizer a Nick que ele estava certo — e que não ser capaz de desfazer o que havia acontecido o estava matando. Não havia palavras que pudessem descrever a frustração que sentia por não conseguir compreender o que o irmão estava sentindo. Ele e Nick sempre compreenderam um ao outro. Sim, Nick era gay, e ele, não — havia coisas ali que não podia *entender* de fato. Mas, em um nível básico, eles compreendiam um ao outro como ninguém mais era capaz. Era muito simples: os dois tinham o mesmo pai. Ouviram os mesmos insultos, sentiram as mesmas pancadas na orelha. Haviam escutado Ron Hall dizer — das mais variadas e persistentes maneiras — que eles eram inúteis. Por isso compreendiam um ao outro. Eles até tinham uma mensagem em código. Quando Nick era pequeno, Tony segurava sua mão e a apertava três vezes: *Eu te amo*. Nick respondia apertando a mão de Tony quatro vezes: *Eu também te amo*.

Sentir-se tão ignorante a respeito dessa tragédia, tão distante de Nick, fazia o peito de Tony doer.

— Eu também tenho que me desculpar — Nick disse. — Não sei por que surtei daquele jeito.

— Tá tudo bem. — Tony fez uma pausa. — Tudo bem mesmo, e não vou dizer mais nada.

— Ah! — Nick respondeu. — Até que enfim!

Naquele fim de semana, Nick voltou para a casa dele.

Julia Hall, 2015

ENQUANTO PREPARAVA A MERENDA DAS CRIANÇAS, JULIA ficou sabendo que Raymond Walker tinha sido solto sob fiança. Da pequena televisão da cozinha, que estava num programa local de notícias, ela ouviu as palavras atrás dela: "Um homem de Salisbury acusado de agressão sexual pagou cem mil dólares de fiança hoje". No mesmo instante, ela se virou e se aproximou da televisão.

Uma âncora do programa parecia séria enquanto falava:

— Raymond Walker, empresário da região, foi preso por brutal agressão sexual durante um suposto incidente no dia 2 de outubro deste ano. A vítima é um jovem de vinte anos de idade da área do condado de York. O nome *dele* é mantido em sigilo nos registros da corte neste momento.

O coração de Julia martelava em seus ouvidos, e ela bufou ao escutar o que se seguiu:

— Nesta manhã, o senhor Walker foi libertado depois de oferecer sua casa em Salisbury como garantia para a fiança. O Estado planeja fazer uma acusação contra o senhor Walker no próximo mês.

Julia escutou passos pesados na escada. Suas mãos suavam e agarravam a beirada da bancada. Soltou-as e desligou a televisão antes que Tony pudesse ver.

Naquela noite, Julia deixou a televisão desligada enquanto preparava o jantar.

Durante o dia todo, ela resistiu ao impulso de ligar para o detetive Rice e lhe perguntar como puderam permitir que Raymond Walker saísse sob fiança. Se conhecesse a promotora pública, teria entrado em contato com ela para falar sobre o assunto. O detetive Rice era a única pessoa no caso de Nick com quem ela parecia ter certa conexão. Mas o que Rice poderia dizer a ela? Claro que Walker havia pagado a fiança. Era injusto, mas apenas os pobres tinham que esperar dentro de uma cela pelo andamento dos seus casos.

Não havia nada de anormal nisso, sem dúvida. Em circunstâncias diferentes, Julia teria admitido que isso era positivo: um réu era considerado inocente até que sua culpa fosse provada. Precisava existir um equilíbrio: o governo não podia punir sem provas de que algo de errado aconteceu. Em teoria, o povo podia ser protegido pela liberdade provisória sob fiança, enquanto o acusado aguardava o julgamento. Porém, agora que a sua família estava envolvida, de repente todo o conceito de julgamento justo parecia perigoso.

Ela sabia que a liberdade provisória estava em vigor. Havia enviado uma mensagem para Nick mais cedo naquele dia, a fim de saber como ele estava. Esperou horas pela resposta dele, mas, quando lhe respondeu, já havia sido informado da novidade pelo detetive. Nick garantiu a Julia que estava bem, mas ela não chegou a acreditar nele por completo. Durante as semanas que Nick havia passado na casa deles, Julia jamais sentiu que havia mostrado como de fato se sentia a respeito da situação. De qualquer modo, ele devia pelo menos estar seguro, sim. Walker estava proibido de falar com Nick, de se aproximar dele. Porém as ordens judiciais nem sempre evitavam a violência.

Tony chegou em casa no momento em que Julia estava cortando batatas para assar. Ele mal colocou os pés na cozinha quando Chloe apareceu correndo, seguida de perto por Sebastian. Os dois passaram como mísseis, berrando: "Papaaaai".

Julia colocou a faca na tábua de cortar e se virou para Tony com uma careta.

— Chega, pestinhas! — ele gritou. — Me deixem beijar a sua mãe!

Tony avançou na direção de Julia, com uma criança em cada perna, e a beijou.

Ela olhou para a sua ridícula, e preciosa, família e respirou fundo. *Isso é perfeito. É ser feliz.*

Depois que as crianças foram dormir, Julia e Tony foram para o quarto. Julia tirou seus brincos e os colocou na cômoda, avaliando se deveria contar a Tony sobre Walker. Ele havia passado a noite inteira de bom humor e agora estava ali, cantarolando. Seria excesso de zelo esconder isso dele? Ela o tinha livrado de um dia de preocupações sobre Nick e Walker. Porém, de forma egoísta, ela queria compartilhar as más notícias com alguém e se livrar da culpa de esconder isso dele. Mas ela podia suportar isso por ele — o fardo de saber que o homem que havia atacado Nick estava livre novamente, pelo menos por enquanto.

Ela se virou e olhou para Tony.

— Ray Walker saiu sob fiança esta manhã.

Tony terminou de tirar a camisa. Seu cabelo estava todo arrepiado pelo efeito da estática.

— Ele saiu sob fiança — ele a interrompeu.

— Deu no noticiário mais cedo. O cara teve que dar a casa dele como garantia. Não é como se ele tivesse voltado a ser um homem livre.

— Isso não é... ele... — Tony se atrapalhou com as palavras. — Você falou com o Nick? Ele já sabe?

— Sim, mandei uma mensagem pra ele mais cedo, para ter certeza.

— Mas não mandou para mim.

Julia fez um gesto enfático com a mão na direção dele.

— Achei que a notícia iria irritar você, e estava certa. — Ela percebeu que soou defensiva, mas Tony não pareceu se impressionar com seu tom de voz.

Ele estava olhando para fora da janela, com os punhos cerrados e o semblante bem carregado.

— Querido... O Nick sabe, ele está bem.

— Ele devia vir para cá esta noite, por segurança.

Julia balançou a cabeça.

— Ele não quer isso. Aquele homem está proibido de fazer contato com o Nick. Não pode falar com ele nem se aproximar dele. E ele não sabe onde o Nick mora. — Julia havia se aproximado do marido e alisou seu cabelo desgrenhado. — O Nick vai ficar bem.

Tony baixou a cabeça.

— Eu tive esses mesmos pensamentos — ela disse. — Eu tive. Mas já falei com o Nick, e ele está bem, de verdade. Está feliz por ter retornado às aulas, por voltar a conviver com os colegas. Ele só quer a vida normal dele de volta. Temos que deixá-lo livre para isso. — Por fim, a voz dela soou como um sussurro. — Tudo bem?

Tony acenou com a cabeça.

Ela o beijou com intensidade e o conduziu para a cama.

20

Nick Hall, 2015

QUANDO NICK VOLTOU PARA SEU APARTAMENTO, O MACHU-cado o acompanhou. Naquele fim de semana, percebeu que o fato tinha ocorrido havia duas semanas — duas semanas desde aquela noite —, e a pequena casca de ferida ainda não tinha cicatrizado. Ele resolveu deixá-la de lado.

Nos primeiros dias, ele ficou agitado, ansioso para escutar a voz dos seus professores durante as aulas. Sua mente era um emaranhado de pensamentos: por que tinha saído com Ray? Por que estava vivendo dessa maneira? O que ele esperava? E seus dedos iam para a casca da ferida, esfregando, empurrando; mas sempre que percebia — *merda, estou mexendo nisso de novo* —, ele se sentava em cima das mãos para parar.

Na quarta-feira pela manhã, ele acordou com uma mensagem da cunhada: "Olá, querido. *Espero que você esteja segurando bem as pontas. Eu só queria te avisar que o* RW *pagou a fiança. Melhor ouvir de mim do que saber pelo noticiário. Se precisar de alguma coisa, é só chamar, estamos aqui pra você*". Sua mão foi para trás da cabeça, e seus dedos mergulharam sob o cabelo. Dessa vez, quando a dor o alertou para o que estava fazendo, ele coçou com mais força. Quando puxou a casca de ferida e a desprendeu do couro cabeludo, alguns fios de cabelo saíram com a pele. Se ele arrancasse um pouco de cabelo, talvez a ferida respirasse e se curasse mais rápido; e se isso acontecesse, ele pararia de mexer nela. Então, ele agarrou alguns fios e os puxou. Seu couro cabeludo se esticou e desprendeu as raízes, que saíram com um estalo dolorosamente satisfatório. Nick olhou para a mão. A unha do seu dedo indicador estava tingida de sangue, e um pequeno tufo do seu próprio cabelo estava espremido entre os dedos.

Meu Deus. Eu acabei de arrancar o meu cabelo.

Tudo aconteceu muito rápido. Nick foi até a porta do quarto, não ouviu nenhum dos colegas, então abriu a porta e atravessou depressa o corredor até o banheiro. O espelho de mão de Mary Jo estava no gabinete, onde Nick se lembrava de que estaria. Ele se inclinou diante do espelho da pia, usando o espelho de mão para examinar a parte de trás da cabeça. Não havia nada — espere... Sim, havia algo.

— Ah, merda, *merda*, o que eu fiz? — Nick vociferou baixinho. O seu imaculado cabelo negro agora estava desfigurado, com uma cratera de couro cabeludo branco e ensanguentado.

Seu celular estava tocando no quarto. Ele se apressou pelo corredor vazio de volta para lá. Era uma chamada de Julia.

Ele disse que estava bem e ela acreditou nele. Aparentemente, não o conhecia tão bem. Não detectou a tensão na voz dele.

No restante da semana, Nick usou um boné que seu pai tinha lhe dado há alguns anos. Não era o seu estilo, mas o havia guardado porque tinha valor sentimental para ele — um bom dia passado com o pai. Ele vinha a calhar agora; não que alguém parecesse perceber a pequena falha em seu cabelo quando ele tirava o boné. Ao longo daquela semana, Nick se pegou algumas vezes tocando a área machucada, esfregando-a sem pensar, mas evitava lesionar a área ainda mais.

Então, Ray deu uma declaração pública.

Aconteceu no último domingo de outubro, um desfecho miserável para o pior mês da sua vida. Em algum momento nas primeiras horas daquele dia, Nick finalmente havia fechado seu laptop para ir dormir. Ele acordou com a visão turva e desorientado, sem saber ao certo onde estava. Viu seu relógio de cabeceira, que marcava 11h27. Ouviu batidas atrás dele, então percebeu que estava em seu quarto e havia alguém batendo na porta.

— Tá bom — Nick resmungou, com a voz grave devido ao sono.

— Posso entrar? — A voz estava abafada pela porta, mas Nick a reconheceu: era Elle.

— Pode.

Nick rolou na cama na direção da porta, e Elle a abriu. Ela deu dois passos lentos para dentro do quarto.

— Acabou de acordar?

— É. — As coisas andavam estranhas entre os dois desde a manhã após o ataque. Nick não a culpava por nada do que havia acontecido, mas sabia que ela culpava a si mesma. Ela vivia se desculpando. Agia com exagerada cautela perto dele. Isso era desgastante para Nick.

— Você não está com o seu celular?

Nick estendeu a mão em busca do celular na mesa de cabeceira.

— Espera — Elle disse e caminhou na direção de Nick.

A tela do celular estava repleta de notificações.

— O que está acontecendo? — O desespero atingiu Nick em cheio.

— Hum... Aquele cara, o Ray. Bom, ele enviou, tipo, uma declaração para todos os jornais.

Havia chamadas perdidas e mensagens de Tony e Julia, da mãe de Tony, de amigos, até mesmo de Chris. Ele não falava com Chris desde que havia levado um bolo dele naquela noite. Ele abriu a mensagem de Chris. Dizia:

> Sinto muito.

Nick olhou para Elle.

— O que foi que o Ray disse?

Elle parecia a ponto de chorar.

— Hum, basicamente que vocês dois saíram juntos e você estava... hã, basicamente que foi tudo, tipo, consensual e você... Bem, ele disse de um jeito estranho, mas deu a entender que você quis que ele fizesse tudo aquilo.

Nick balançou a cabeça, tentando digerir a tagarelice de Elle.

— Tipo sexo violento. Como se você quisesse que ele pegasse pesado. E agora você está mentindo.

A descrença fez o estômago de Nick se revirar. A princípio, ele nem conseguiu falar: sentiu a boca se paralisar num sorriso horrorizado. Ninguém acreditaria que... ou acreditariam?

Por incrível que pareça, sua primeira pergunta foi:

— Saiu em qual jornal?

— Em todos eles. Quer dizer, sei lá. — A voz dela falhou. — Tipo, os jornais do Maine.

Nick sentou-se na cama.

— Espera aí, ele disse o meu nome?

Os olhos de Elle se encheram de lágrimas.

— Ele disse que você frequenta a faculdade aqui.

Nick olhou para o celular. Chris sabia que era Nick.

— As pessoas sabem que sou eu?

Elle começou a chorar.

Não, não pode ser.

— Elle?

— Sabem — ela respondeu, choramingando.

— Mas como?

— A carta. Ele falou o seu curso.

Não. Não.

— E outra... — Ela hesitou. — Acho que o namorado da Mary Jo contou pra algumas pessoas.

— Mas como foi que *ele* soube?

Elle se aproximou mais de Nick, os ombros caídos.

— Eu contei a Mary Jo. Me arrependo de ter feito isso. Você tinha ido embora, não respondia as minhas mensagens, então achei que pudesse contar a ela. E ela contou pro cara. Eu jamais teria contado a Mary Jo se soubesse que ele seria tão idiota.

A mente de Nick estava acelerada. Se Chris sabia... Chris não andava com a Mary Jo nem com o namorado dela. O namorado dela teve que contar para quantas pessoas até que a história chegasse ao Chris?

— Quantas pessoas sabem? O que estão dizendo por aí?

— Não sei — ela respondeu baixinho. Estava mentindo.

— Elas estão acreditando nele?

— No namorado da Mary Jo?

— *No Ray!* — Nick disse.

Elle se encolheu e fez uma careta. Isso pareceu um "sim".

— Estão — Nick disse.

— É só essa galera lixo que posta comentários nos sites dos jornais — ela disse, colocando a mão na frente do nariz e fungando. — As pessoas estão comentando por aí, é isso... Ah, nem vale a pena perder tempo com isso. É tão ridículo que não dá nem pra acreditar. Todos os que te conhecem acreditam em você.

Nick voltou a olhar para o celular. Abriu o navegador da internet. Elle tomou o telefone das mãos dele.

— Não mesmo, você não vai ler isso.

— Você está *brincando* comigo, *porra*? *É claro* que vou ler. Passa pra cá a *porra* desse celular, *Elle*. — Nick arrancou as palavras de dentro de si num tom de voz que nunca havia usado antes; empregar mais firmeza em cada palavra pareceu bom. Ele podia despejar a sua raiva sobre Elle — ela merecia isso. Aquela noite não foi culpa dela, mas o que estava acontecendo agora era.

— Por favor, prometa que não vai ler os comentários — ela disse baixinho, devolvendo o celular.

— *Tchau* — foi tudo o que Nick respondeu.

Elle se virou e saiu depressa, enquanto Nick voltava a procurar a ferida em seu couro cabeludo e a coçava. Ela estava menor e mais seca depois de dias de trégua, e se soltou fácil e rápido. *Pronto.* Ele logo decidiu checar o jornal local, o *Seaside News*, embora a coisa parecesse estar nos jornais maiores também. O *Seaside* parecia o mais pessoal. E lá estava, na página principal: HOMEM PRESO POR AGRESSÃO SEXUAL SE MANIFESTA EM CARTA AO EDITOR. Enquanto clicava no link com a mão direita, ele sentiu os dedos da esquerda torcendo uma pequena mecha de cabelos próximo à área machucada. PARE. Ele se sentou sobre a mão esquerda e leu.

O texto começava com um parágrafo em itálico. A carta, o parágrafo advertia, não refletia o ponto de vista do jornal. Era um artigo de opinião de um leitor sobre o sistema de justiça criminal. Nick começou a correr os olhos pela carta de Ray. Lia as palavras sem processá-las: "Levei o homem errado pra casa, ele tinha bebido demais, jogo violento". Jogo violento. O estômago de Nick se tornou uma massa quente e sólida, e a adrenalina o engoliu como um tsunami. Jogo violento. Ray estava dizendo que Nick queria aquilo: a coisa toda. Dizia que Nick perseguiu Ray, e não o contrário. Nick pediu para ser ferido — pediu para Ray fazer o que fez com ele. A pancada, o soco, as mãos apertando seu pescoço. *Pare, pare, não pense nisso.*

Nick se curvou todo na cama. Mal conseguia respirar. O sangue fazia seus ouvidos pulsarem. Sua mente estava acelerando, girando, explodindo, mas ele estava paralisado demais para se mover. Aconteceu. Ray havia contratacado. Claro que sim. Ele já tinha provado que não era fraco como Nick. E a ação do promotor para proteger o nome de Nick não havia surtido efeito. Todos sabiam que era Nick. Seria a sua história contra a de Ray. Nick seria transformado numa vítima ou num mentiroso. Por fim, sua mão começou a se mover na direção da cabeça. *Pare. É visível demais.* Nick enfiou a mão debaixo dos lençóis e tocou a coxa direita. Prendeu entre os dedos um tufo de pelos finos da perna e o puxou lentamente.

21

Tony Hall, 2015

TONY ESTAVA DE ROUPÃO NA VARANDA, SENTINDO O vento frio nos tornozelos descobertos e ouviu Chloe descendo as escadas.

Tony desceu os degraus e parou para apanhar o jornal na calçada da frente. Na verdade, sua assinatura do jornal de domingo quase não cabia no seu orçamento. Mas a tradição havia se tornado importante demais para ser abandonada; era quase essencial ao seu senso de identidade. Ele havia começado a ler o jornal no verão em que desistiu da faculdade de direito — o mesmo verão em que começou a namorar sua ex-colega de classe, a então Julia Clark. Enquanto Julia se dedicava à faculdade, ele desistia. Tony jamais admitiria em voz alta, mas ler um jornal impresso o fazia se sentir como se ainda fosse um intelectual. Como se ele ainda fosse capaz de se igualar a Julia numa conversa, ou pelo menos de acompanhá-la.

Tony abriu o jornal enquanto subia as escadas. Nas últimas semanas, ele o havia vasculhado em busca de alguma menção sobre o caso da agressão a Nick. Chegaram a aparecer alguns artigos na internet depois da prisão de Walker, mas o incidente não tinha ganhado as páginas do jornal de domingo. Ele endireitou as páginas. Não havia necessidade de vasculhar o jornal hoje. A bomba estava na primeira página.

Na parte de baixo do jornal, no canto direito, havia uma manchete: HOMEM PRESO POR AGRESSÃO SEXUAL SE MANIFESTA EM CARTA AO EDITOR. Tony escutou a própria respiração pesada. *Que seja outra coisa*, pensou. *Que seja outro caso.*

Mas não era outro caso. Sob o título aparecia o nome de Raymond Walker. Tony começou a ler.

> Comecei a escrever esta carta na prisão em Salisbury. Um dos guardas me deu papel e um lápis sem ponta que eu tive de usar na área comum. Aparentemente, ele não queria que eu golpeasse alguém ou furasse meus pulsos. Do dia para a noite, fui privado da minha humanidade e tenho vivido como se supõe que um animal viva numa jaula, talvez porque de fato fui colocado em uma.
>
> Peço que você, no conforto da sua casa, pare um pouco e se imagine na minha situação.
>
> Você está numa jaula. Como você foi parar lá? É simples. Você levou para casa o homem errado.
>
> Você o conheceu em um bar. Ele se sentou ao seu lado, ofereceu uma bebida, perguntou o seu nome. Perguntou em que você trabalhava, disse que estudava numa faculdade de empreendedorismo, perguntou se você poderia ensinar algo a ele. Tudo fazia parecer que aquele homem jovem e dinâmico, para a sua alegria e o seu prazer, estava a fim de você. O que você não conseguiu perceber era que aquele jovem já havia bebido demais quando você chegou, e ele fez seu coração bater mais forte quando começaram a conversar.
>
> Você esperava que ele ficasse entediado por causa do seu cabelo grisalho e seu estilo nada descolado. Em vez disso, para o seu deleite e a sua destruição, ele pediu que você o levasse para casa.
>
> Ele devia morar perto da faculdade, mas não lhe ocorreu pensar por que ele não queria que você fosse visto na casa dele. Você só estava ansioso demais, e então o levou a um hotel.

Lá, ele o surpreendeu mais uma vez. O convite ao sexo violento foi sutil, um "Você também gosta disso? Temos isso em comum?" implícito. Você já havia aceitado esse tipo de convite com outros parceiros e, naquela noite, você concordou de bom grado. Uma conversa que se desenvolveu por meio de palavras e de linguagem corporal. Um jogo que cresceu e se intensificou.

A visão de Tony se embaçou e perdeu o foco. A cada linha ficava mais difícil ler o que estava escrito. Ele gritou e rasgou a primeira página do jornal, e a segunda, e a terceira. Jogou o jornal nos degraus e girou o corpo, tentando encontrar alguma coisa, qualquer coisa, que pudesse golpear. *Dane-se, inferno. Inferno.* Ele se virou na direção da casa. *A porta.* Investiu contra a porta com o punho cerrado, e sua mão atravessou o vidro na altura do peito. Seu pé escorregou no painel de tela e Tony caiu, arrastando o braço sobre o vidro quebrado.

— Jesus Cristo! — A voz de Julia ecoou por todo o corredor.

Ele se levantou cambaleando e viu a esposa correndo em sua direção, e seus filhos de pé na cozinha atrás dela.

22

John Rice, 2015

ALGUM ADVOGADO DE DEFESA SABICHÃO HAVIA DEIXADO umas dezenas de donuts na delegacia naquela manhã, e Rice encontrou O'Malley debruçada sobre eles no refeitório.

— Eu sou um maldito clichê — ela disse, com a boca cheia de creme.

— Você é tão desagradável — Rice disse com cara de nojo. — Fique de boca fechada. — Ele escolheu um donut simples, sem confeitos.

O'Malley engoliu o bocado que estava mastigando e apontou para o donut que Rice escolheu.

— Você também é clichê.

— Eu sou clássico!

O'Malley revirou os olhos.

— Termine logo o seu café e o seu donut clássico e vá brincar de policial. — Ela olhou para o próprio donut com uma expressão idiota, com os olhos esbugalhados. — Deixe a gente em paz.

— Com prazer.

Rice havia passado boa parte do seu fim de semana pensando na família Hall.

No domingo, ao abrir o jornal, descobriu que Papai Noel havia deixado o seu presente mais cedo naquele ano. Na primeira página havia uma carta ao editor escrita por Raymond Walker admitindo que era de fato o homem que Nick tinha encontrado no bar naquela noite. Chamando de "sexo violento" o que havia acontecido. Era tudo o que Rice desejava, tudo o que Walker não havia dado na delegacia duas semanas atrás: uma admissão e uma defesa inverossímil. Rice quase beijou o jornal.

Porém algo começou a incomodá-lo. Ele até havia pensado em telefonar para Nick no domingo, para saber como o jovem estava, mas também para falar com ele. No entanto, em vez disso, ele rezou pela família Hall.

Então, arrastou a cadeira para mais perto da mesa e acessou a carta no computador. Rolou o texto até encontrar o trecho que tinha ficado gravado em sua mente.

> O convite ao sexo violento foi sutil, um "Você também gosta disso? Temos isso em comum?" implícito. Você já havia aceitado esse tipo de convite com outros parceiros e, naquela noite, você concordou de bom grado. Uma conversa que se desenvolveu por meio de palavras e de linguagem corporal. Um jogo que cresceu e se intensificou. Você se separou dele, sentindo-se compreendido, sentindo-se o homem mais sortudo do mundo.
>
> Uma semana depois, a polícia liga para você no seu trabalho e lhe pede para comparecer à delegacia. Eles mostram uma

fotografia do homem que você conheceu no bar. Você sente uma pontada na boca do estômago e se pergunta se aquele homem cometeu algum crime. Você não diz nada, receando que alguma declaração sua pudesse colocá-lo em apuros.

Então, a polícia informa que aquele homem afirmou que você o havia estuprado.

Dizer que você fica chocado é pouco.

A polícia diz que quer ouvir o seu lado da história. Você está prestes a falar, mas consegue sentir que há uma cilada ali e acaba recuando. Eles o prendem.

Pela primeira vez na vida, algemas de metal são fechadas em torno dos seus pulsos. Você é colocado num carro da polícia e levado para a prisão. Você é revistado. Você recebe um uniforme para vestir e pensa: é como na televisão. Como você foi preso numa quinta-feira e não tem cem mil dólares no banco, tem que passar o fim de semana na cadeia.

Você tem que vestir o uniforme; e quando vai para o tribunal, eles o prendem com correntes, como se você fosse estúpido o suficiente para fugir. Você se encontra com a advogada disponível do dia, que não parece ter mais de dezoito anos, numa cela com todos os outros presos. Não há privacidade, não que a advogada tenha muito tempo para falar com você. Ainda assim, ela fala o suficiente para fazer os seus colegas de cela ficarem curiosos.

— Há uma acusação de agressão sexual grave contra você — a advogada diz. É o início de uma longa manhã de conversas sem sentido que só vez ou outra será traduzida pra você.

— Eles irão indiciá-lo — ela diz —, então você não tem que entrar com a apelação hoje. O único esforço que vale a pena é tentar baixar o valor da sua fiança.

Aguardando você na sala de audiência está a mesma juíza que expediu o mandado de prisão. A mesma juíza que autorizou a polícia a algemar você, a cutucar sua boca para colher DNA e a prendê-lo numa cela durante todo o fim de semana. E por que ela deixou que fizessem isso tudo? Porque ela leu uma história sobre você. Uma história que o homem do bar contou à polícia. Essa juíza já odeia você, ela já escolheu um lado. Ela estabelece uma fiança tão alta que você tem que usar a sua casa como garantia.

— Primeiro é preciso mandar avaliar — explica a advogada disponível —, e você vai ter que registrar a garantia, há um formulário para isso; se esqueceu, você pode entrar em contato com o cartório.

Em vez disso, da prisão você liga para a sua mãe e diz a ela o que aconteceu, porque você precisa pedir que ela providencie a avaliação. Você precisa que ela dê andamento à papelada até que a corte se certifique de que será de fato a proprietária da sua casa, se você violar as condições da sua fiança.

Ao todo, você passa doze noites, treze dias, numa cela, esperando que a sua fiança seja paga. Você está tão obcecado por recuperar sua liberdade que não se dá conta da magnitude do que está acontecendo até sair daquela cela. Você agora sabe o significado de perder a liberdade. Dormir trancafiado, bem em frente a um vaso sanitário. Sentir os presos — e você é um deles — olhando feio para você. Você ouviu seu nome no noticiário junto com as palavras "agressão sexual grave". Você bem sabe: se não puder refutar uma acusação de estupro, irá para a prisão e, quando sair, jamais será livre novamente. Seu nome irá parar numa lista, e, até o dia da sua morte, todos os que virem essa lista acreditarão que sabem quem você é. "Sabem" o que você fez. "Sabem" que você se tornou desprezível, menos que humano.

Você se acalmará quando se lembrar de que essa é a minha situação, não a sua. Minha luta impossível para vencer a batalha contra uma história. Minha vida que dependerá de quem é mais digno de crédito: eu ou o homem do bar. O homem que considerei tão charmoso, tão confiável, o homem com quem fui para a cama.

A história dele pode arruinar a minha vida. Eu não compreendo a decisão desse homem de mentir. Tenho alguns palpites educados: Ódio de si mesmo. Vergonha. Para muitos de nós, não é fácil aceitar a nós mesmos como somos, como homens gays. Junte a isso o tabu do que ele gosta na cama, e, bem, eu posso dizer que não havia planejado compartilhar as minhas predileções com o público.

    Receio que jamais saberei por que esse jovem sórdido fez isso comigo. Minha única esperança é que a verdade se revele a tempo, mas a minha passagem inicial pelo nosso sistema me faz ter pouquíssima fé.

Um acusado insatisfeito com sua prisão, Rice pensou. *Não me diga.* Outro acusado que queria fingir que a polícia não tinha evidências físicas. Eles tinham o estrago que o homem havia feito no corpo de Nick. O sangue de Nick deixado no hotel.

As pessoas não acreditariam que Nick havia pedido por isso, não é? Ele arrastou a cadeira para mais perto da mesa e rolou a página da carta até a seção de comentários. Leu o primeiro comentário que aparecia:

> É uma vergonha esse jornal publicar essa baixeza.

Bom, Rice pensou.
Leu o próximo comentário:

> Deve ser verdade. O cara quer se fazer de vítima. Levar isso adiante é jogar no lixo o dinheiro do contribuinte.

Ruim.
Uma pessoa respondeu:

> Deus odeia v*ados. Espero que isso endireite aquele garoto rsrs.

Repugnante. Rice copiou o link e o enviou por e-mail à promotora Linda Davis. E escreveu:

> Você viu isso?

Pelo menos, a identidade de Nick continuava em segredo. Ainda assim, ler isso devia ter doído demais.

Seu celular tocou sobre a mesa. Era Linda.

— Não dá pra acreditar — ela disse.

— Feliz Natal — Rice respondeu.

Ela riu.

— Não seja metido, Rice.

— Tá bom.

— Recebi uma ligação da Eva Barr ontem. — Havia na voz de Linda uma ansiedade que Rice tinha certeza de que ela queria esconder.

— Não me diga.

— Pois é. Pelo menos sabemos com quem estamos lidando.

Então Walker tinha contratado Eva Barr. Eva era osso duro de roer em casos de estupro. Apesar de ser uma tática óbvia, os jurados sempre pareciam dar mais crédito aos clientes de Eva apenas porque eles tinham uma linda mulher como advogada. Ela era muito boa em fingir que acreditava na inocência dos seus clientes. Eva trabalhava sem problemas em casos degradantes e sujos, que exigiriam de outros advogados o máximo de entrega, e, em geral, ela conseguia uma absolvição ou, no mínimo, uma anulação de julgamento. Rice já havia visto a mulher em ação: Eva possuía um charme conspiratório que levava os jurados a tenderem para o seu lado. Em resumo, os jurados a amavam e demonstravam isso com os seus veredictos. Isso também significava que ela obtinha acordos melhores. Principalmente contra os poucos promotores que temiam um bom combate. Linda não costumava ser assim, mas ela não gostava de perder, e havia perdido feio para Eva cerca de um ano atrás.

— Quer que eu encaminhe a carta para ela também?

Linda riu de novo.

— Eu daria tudo para saber se ela sabia que ele estava fazendo isso.

— Dando pra gente de bandeja todas essas confissões? Duvido.

— Mas o texto está bem escrito — Linda observou.

E ela tinha razão. O homem sabia escrever uma carta, se é que ele próprio a havia escrito. Ainda bem que Walker não era tão eloquente pessoalmente.

— É inverossímil — Rice disse.

— Sem dúvida — ela respondeu. — Nick foi estrangulado.

— E temos as evidências físicas.

— Isso mesmo, o trauma no reto dele.

Rice não pôde evitar que o seu estômago se contraísse. Ouvir palavras como essas sempre era difícil.

— Já sabíamos que isso aconteceria — Linda continuou. — Eu só não esperava que acontecesse tão cedo.

— O lapso de memória do Nick sempre será um problema para ele. Isso te preocupa?

— Não mais do que já me preocupava antes — ela respondeu.

Casos assim eram sempre difíceis num tribunal. O de Nick Hall era complicado. Ele havia bebido. Ele não se lembrava da agressão em si. Porém eles tinham o seu testemunho de que Walker o havia atacado, que o tinha deixado inconsciente com uma pancada, e também contavam com evidências físicas que falavam por Nick depois do nocaute.

Para Rice, a carta de Walker continha algo mais, algo que Rice ainda não sabia bem o que era. Walker parecia ser um narcisista. Mas inteligente, sem dúvida. Articulado. Tinha um emprego. E havia sido tão controlado em seu interrogatório na delegacia antes da prisão. Não parecia se encaixar em nenhum dos perfis de O'Malley.

— Tem tempo para fazer uma pesquisa rápida hoje? — Linda perguntou.

— Claro.

— Pode me trazer mais informações sobre o namorado do Nick, ou quem quer que ele seja?

— O cara com quem ele supostamente iria se encontrar naquela noite?

— Sim.

Uma luz começou a piscar no telefone de Rice.

— Tem alguém na outra linha. O que você quer saber sobre o namorado?

— O que você puder conseguir.

— Tranquilo.

Rice pressionou a segunda linha.

— Britny Cressey — a recepcionista disse — ligando com informações sobre Raymond Walker.

Quem?

— Coloque-a na linha.

A recepcionista fez isso, e Rice se apresentou.

A voz do outro lado parecia jovem.

— Oi, eu gostaria de falar a respeito de Ray Walker.

— E quem é você?

— Hã, eu sou, tipo, uma antiga namorada.

Isso foi inesperado.

— Certo. O seu nome é Cressey, é isso?

— Perdão. Britny Cressey. — Ela riu, divertida.

— Tudo bem.

— Vi que o Ray foi preso e acusado de ter feito aquilo e quis ligar pra falar com alguém.

Será que se tratava de outra denúncia? Talvez Walker não se contentasse em atacar apenas homens.

— Como posso ajudá-la?

— Eu gostaria de falar um pouco a respeito dele, porque, pelo visto, vocês só escutaram um lado da história.

Ah. Não, não se tratava de mais uma denúncia.

— Não sei se você leu os jornais, mas eu já tenho o lado dele da história.

— O Ray foi o meu melhor amigo durante todo o ensino médio — Britny informou. Isso indicava que ela tinha idade próxima da de Walker: cerca de trinta e oito anos. Mas ela parecia ter a voz de uma garota de dezoito anos.

— Bem, agradeço pela informação do passado, mas...

— O Ray sempre foi um cara tão legal. Tão inteligente e talentoso. E bastante maduro. Eu gostaria que a gente tivesse mantido contato depois da formatura, mas ele foi pra faculdade. E a vida seguiu.

— Entendo.

— Eu entrei em contato com ele de novo quando fiquei sabendo do que estava acontecendo pelo Facebook da mãe dele. Vi que vocês tinham prendido o Ray. Eu conversei com ele. Ele é exatamente o mesmo cara que costumava ser. O Ray não teria feito uma coisa dessas.

Isso era perda de tempo. Ela parecia não saber, mas esse era o tipo de conversa que ela deveria ter com a advogada de Walker. Não era trabalho de Rice ajudá-la a entender isso.

— Agradeço por compartilhar o seu ponto de vista, senhora Cressey.
— Se eu pudesse pelo menos explicar — ela disse.
— Explicar o quê?
— Que eu o conheço muito bem, que eu sei que o Ray não teria feito o que aquele cara diz que ele fez.
— Não quero ser rude, mas você não tem meios de saber o que aconteceu naquele quarto de hotel.
— Não, mas eu frequentei muito a casa dele, estive lá todos os dias durante quatro anos. Eu passava cada segundo que podia na casa do Ray.
— Me explique que relação isso tem com a agressão.
— O Ray não é violento — a mulher respondeu simplesmente. — Acredite, ele não é. Eu já tive vontade de socar o pai dele milhões de vezes por ser um nojento, e a mãe dele por ser *tããо* chata. Mas o Ray jamais fazia nada, nem mesmo gritava com eles. Eu não me lembro de ter visto o Ray passar por uma única crise de adolescência em *quatro anos*. Eu costumava gritar com a minha mãe sem nenhuma razão, você não?
— Não me lembro de ter feito isso, mas entendo a sua colocação. — Rice jamais havia gritado com a mãe, mas ele e sua filha, Liz, haviam brigado várias vezes durante o ensino médio dela. — Vou fazer um registro da sua chamada, senhora Cressey. Estou muito ocupado hoje, por isso preciso desligar, tudo bem?

Ela repetiu algumas coisas que já tinha dito, mas Rice não demonstrou mais nenhum interesse e a conversa terminou. Ele apostaria a própria casa em como Walker havia mandado a tal Cressey fazer isso. Será que Walker realmente acreditava que faria uma gota de diferença mandar uma velha amiga encher a bola dele e declarar que ele era um adolescente calmo e bonzinho? Mesmo que ela fosse confiável, suas observações eram de vinte anos atrás.

Rice pegou o casaco. Havia questões mais importantes a tratar.

23

Julia Hall, 2015

FAZIA MESES QUE JULIA QUERIA ENTRAR EM CONTATO COM Charlie Lee.

Quando Julia elaborava os seus projetos, o instituto com o qual ela estava trabalhando aprovava também um orçamento modesto para que um investigador particular ajudasse a localizar os ex-clientes, todos já crescidos. Havia apenas um investigador que Julia tinha interesse em contratar, se fosse possível: o seu favorito, Charlie Lee.

No dia anterior, enquanto Tony estava no pronto-socorro, ela havia pensado em Charlie por outro motivo.

Durante a noite, ela havia refletido até não aguentar mais, e, no final das contas, a melhor ideia que teve foi pedir a Charlie Lee que investigasse Raymond Walker.

Agora, com a família fora, Julia foi para o escritório. Julia puxou das prateleiras um arquivo com uma antiga lista de clientes. Ela folheou as páginas circulando com um lápis os nomes marcados com a letra *M* (de "menor").

Para o relato, ela queria entrevistar pessoas com todos os tipos de ficha criminal, desde aquelas que não tinham absolutamente nenhum registro até as que tinham registro criminal público. Ela vasculhou a lista, mas só conseguiu se lembrar do resultado exato em três casos. Jin Chen: incapaz de ser julgado, sem registro. Kasey Hartwell: caso hilário, registro de motorista. E Mathis Lariviere — esse era um nome de que Julia nunca se esqueceria. O registro dele acabou se tornando privado, contra todas as probabilidades. Os nomes restantes soavam familiares, mas os detalhes eram imprecisos; então ela pegou suas coisas e subiu para o sótão.

Julia olhou o celular: 13h45. Não era à toa que estava faminta.

Ela colocou o arquivo de Mathis de volta na gaveta marcada com as letras L-Q. Fechou o armário de metal em que guardava seus arquivos antigos. Ela tinha reduzido a lista a catorze nomes que queria que Charlie Lee tentasse encontrar. E havia anotado cada uma das suas últimas informações de contato conhecidas para dar a Charlie um ponto de partida.

Ela desceu os degraus de volta para o escritório, sentindo o ar fresco tocar a testa. Largou suas coisas e abriu o contato de Charlie no celular. Ele não atendeu, e Julia deixou uma mensagem.

Ela pegou a lista de clientes para guardá-la, mas se deteve. Sua atenção se prendeu ao nome no centro da página: *Mathis Lariviere*. Seu nome e o nome da mãe dele.

A habilitação de Mathis tinha sido suspensa devido às acusações que pesavam contra ele, e sua mãe, Elisa, o levara de carro até o escritório de Julia. Quando a reunião deles terminou, Julia encaminhou Mathis para o corredor. Supôs que ele e a mãe tinham ido embora, mas então viu Elisa na porta do escritório.

— Tem um momento, Julia?

Elisa fechou a porta e se sentou diante de Julia.

— Você sabe que o Mathis está aqui mediante o meu visto.

— Sim. Estou trabalhando com um advogado de imigração, e temos feito tudo o que podemos para preservar a situação dele aqui.

— Mathis não pode voltar para a França.

— Por que não?

— Você não precisa saber mais do que acabei de dizer. Ele não pode.

Julia tirou um bloco de anotações de debaixo do arquivo de Mathis.

— Nada de anotações — Elisa disse.

— Tenho uma pergunta. O que acontece com o caso do meu filho se o policial que o prendeu não testemunhar?

— Os policiais não perdem julgamentos. Eu não sei como a promotoria conseguiria provar que as drogas e a arma eram de Mathis sem o testemunho desse policial. Mas, sei lá, eu teria que ver. Por que está perguntando?

— É só curiosidade. Não sei muito a respeito de tribunais, de evidências.

Isso não era verdade. Mathis tinha dito a Julia que a mãe era bem versada em casos criminais. Que toda a família era.

Meu Deus. A mulher estava falando... estava falando em subornar aquele policial? Ou coisa pior?

— Não gosto do que você está sugerindo.

— Eu não estou sugerindo nada.

— Pois acho que você está — Julia retrucou, subindo o tom de voz.

Elisa levantou uma mão.

— Calma. Nós temos o mesmo objetivo aqui.

— Eu não trabalho com pessoas que violam a lei.

Os olhos de Elisa se estreitaram.

— Tem certeza disso?

— Certeza absoluta.

Elisa deu de ombros e se levantou.

Quando ela alcançou o vão da porta, Julia voltou a falar:

— Elisa, vou abandonar o caso do seu filho se eu tiver a mais leve suspeita de que você fez algo que não deveria.

— Não precisa dizer mais nada — Elisa disse. — Você foi bastante clara.

Pelo que Julia sabia, a mãe de Mathis nunca havia se intrometido no caso do filho. Ela compareceu a todas as audiências, mas jamais voltou a falar com Julia daquela maneira. E depois de mais de um ano de terapia, duzentas horas de trabalho voluntário e um relatório limpo do agente do conselho tutelar, Mathis obteve um excelente resultado.

No corredor, depois da audição, Elisa pôs gentilmente a mão sob o cotovelo de Julia.

— Parabéns — Elisa disse.

— Foi um trabalho de equipe.

— Gosto de você, Julia. — Ela sorriu, e o canto dos seus olhos se enrugaram sob a maquiagem cinza. — Não sou orgulhosa a ponto de querer o seu mal. Mas, se você estivesse no meu lugar, se fosse com o seu próprio filho, entenderia como eu me senti naquela noite em que conversamos no seu escritório.

A mulher parecia preocupada com a possibilidade de ter perdido o respeito de Julia.

— Sei que não foi fácil para você confiar em mim — Julia comentou.

— É mais difícil seguir as regras quando se trata de alguém da própria família. E eu espero, do fundo do coração, que você jamais tenha que passar por isso.

Julia não sabia o que Elisa tinha sentido ao ver o filho encarando acusações muito sérias. Havia até a possibilidade da deportação, de volta para um lugar onde Elisa acreditava que ele não estaria seguro.

Mas Julia jamais agiria como aquela mãe.

— Eu sei que enxergamos a situação de maneira diferente — Elisa disse. — Mas, na minha opinião, você salvou a vida do meu filho. Se eu puder pelo menos compensar você por...

— Não — Julia interrompeu. — Apenas pague as suas contas.

Julia enfim dobrou e guardou sua lista de clientes. Seria bom, ela pensou, se a mãe de Mathis a visse agora. Se visse que estava errada a respeito de Julia. Assim como havia acontecido com Elisa, havia um jovem cuja vida estava, de certa forma, nas mãos da Justiça criminal — um jovem que Julia amava de todo o coração. E Julia se comportava e confiava no sistema. Não tentava arrancar favores nem facilidades de antigos colegas.

Mas Julia estava de fato sendo tão boa quanto pensava ou simplesmente não se preocupava a ponto de entrar em desespero? Porque, na verdade, não havia nada a fazer a não ser esperar que o caso de Nick tivesse um desfecho, de uma maneira ou de outra.

Debaixo da janela do escritório, Julia ouviu o som dos passos do carteiro passando pela varanda. Julia abriu a porta e parado na varanda estava o detetive Rice.

24

John Rice, 2015

RICE ESTACIONOU NA ESTRADA DIANTE DA CASA DOS HALL e checou o celular. Passava das duas da tarde. Ele ainda não havia recebido notícias de Nick, mas o jovem poderia estar em aula. Com o passar do tempo, Rice começou a ficar ansioso. A carta de Walker era muito invasiva. Não era incomum que uma vítima em um caso de violência doméstica ou agressão sexual desaparecesse de uma hora para outra, sem vontade de continuar com o processo. Aquela carta sem dúvida faria muita gente pensar em desistir. Rice se sentiria melhor se pudesse ao menos falar com Nick. Assegurá-lo de que a carta seria positiva para o seu caso. Certificar-se de que Nick estava bem e de que sabia que isso era apenas parte do processo. E perguntar sobre Chris.

A porta se abriu para o rosto de Julia.

— Detetive!

— Boa tarde, senhora. Eu estava circulando pela sua vizinhança e, já que tenho algum tempo livre, pensei em passar aqui pra ver se vocês estavam em casa.

— Claro, tudo bem. Quer entrar ou...

— Vou entrar um minutinho, se não se importa. Se eu ficar falando aqui, com a porta aberta, a sua casa vai acabar esfriando.

Julia sorriu e se afastou um pouco da entrada, a fim de dar passagem a Rice.

— Não que esteja tão quente assim aqui dentro — ela comentou.

Rice limpou os sapatos no capacho do lado de fora.

— Então, o que aconteceu com essa porta aqui?

— Ah, um acidente — Julia respondeu quando ele entrou. — Foi nesse fim de semana, e eu ainda não tive a chance de limpar tudo.

— O que aconteceu? — Rice voltou a perguntar.

A chaleira na cozinha começou a apitar, e Julia virou-se e se afastou do detetive.

— Tony se chocou contra a porta ontem. — Ela retirou a chaleira e desligou o fogo com um movimento rápido da mão. — Ele passou duas horas no pronto-socorro no domingo e agora está engessado.

— Atravessou o vidro? Nossa. E ele está bem?

— Ah, sim. Na verdade, parece mais feio do que realmente foi. Ele quebrou um dedo, mas, pelo visto, logo estará recuperado. — Ela se virou para encarar Rice. — Chá?

— Não, eu não sou lá muito de beber chá, mas obrigado por oferecer.

— Então, prefere um café? Posso preparar para você.

— Não, querida, não se preocupe. Não quero incomodar. Só vou ficar aqui por um minuto.

— Como posso ajudar, detetive?

— Bem, imagino que você já viu a carta no jornal.

Julia acenou com a cabeça e soltou um tristonho "sim".

— Sinto muito por isso. É terrível que tenham dado esse tipo de divulgação ao caso.

Ela balançou a cabeça.

— Fico muito triste pelo Nick. A coisa em si já era uma violação horrível... E agora isso.

— Ele está bem?

— Parece que sim. Resolvemos ir vê-lo na noite passada. Ele não respondia às nossas ligações, então simplesmente aparecemos lá na casa dele. — Ela hesitou. — Ele parecia distante, meio alheio, mas insistiu em dizer que estava bem.

Rice sentiu algum alívio ao saber que Nick não estava ignorando apenas as suas chamadas. E que a família dele estava a par de tudo, tomando conta dele.

— Bem, tenho certeza de que você sabe que a carta é útil para o caso do Nick.

Julia não respondeu; ela parecia estar tentando entender como aquilo poderia funcionar.

— Ele admitiu que pegamos o cara certo — Rice disse. — E agora sabemos em que a defesa vai se basear. Tudo vai girar em torno de consentimento.

— Hum — Julia disse, surpresa. — Você tem razão. É engraçado, eu nem tinha pensado nisso. Ficamos tão preocupados com o efeito que isso teria no Nick agora que não paramos para pensar em outras possibilidades. Mas você está certo.

Rice acenou com a cabeça.

— Ele admitiu coisas naquela carta — Julia disse. — Ele se ferrou, não acha? Ninguém vai acreditar que uma pessoa consentiria em sofrer as agressões que o Nick sofreu, certo?

— Acho difícil. — Rice acenou com a cabeça. — Pelo menos, é o que eu espero. Você pode me passar o horário das aulas do Nick? Preciso entrar em contato com ele, mas ele não retorna as minhas ligações. Não que seja pessoal, pelo que você me contou.

— Não, acho que ele só está sobrecarregado. Não tem nada a ver com você. Não sei o horário de cabeça, mas...

Julia se calou quando o seu celular começou a vibrar e tocar sobre a bancada.

Rice espiou a tela do celular, na esperança de ver o nome de Nick. Em vez disso, apareceu o nome:

> Charlie Lee.

Charlie Lee? O detetive particular?

— Ah, me desculpe, é coisa do trabalho. Você se importa se eu atender?

— Fique à vontade.

Julia se afastou pelo corredor enquanto atendia ao telefone.

— Oi, Charlie. Agora eu estou meio ocupada, talvez... Sim... Certo, vou ler pra você a lista rapidinho. — Ela não falou mais enquanto subia as escadas.

Rice permaneceu na cozinha, ouvindo a voz abafada de Julia no andar de cima, mas não conseguiu decifrar nem uma palavra. Por que ela trabalharia com um detetive particular, se é que se tratava mesmo *daquele* Charlie Lee? O Charlie que Rice conhecia tinha uma reputação excelente, pelo menos para um detetive particular que nunca tinha sido tira. Ele vinha da área de seguros. Rice e Charlie haviam trabalhado em lados opostos algumas vezes; Charlie geralmente era contratado por réus.

Rice desistiu de tentar escutar e se inclinou na bancada em frente ao fogão. Checou seu e-mail até ouvir uma porta se fechar em algum lugar do andar de cima e passos na escada.

— Me desculpe por isso — Julia disse quando reapareceu no final do corredor.

— Tudo bem, eu é que interrompi você no seu horário de serviço.

Julia sorriu e agitou a mão no ar.

— Perdão pela curiosidade, mas quem ligou foi o Charlie Lee, o detetive particular?

— Sim, eu costumava contratar os serviços do Charlie quando era advogada e esses dias o procurei para trabalhar em um projeto.

— Pensei que você trabalhasse mais com política agora.

Julia colocou o celular de volta na bancada.

— Sim, trabalho. Acontece que eu preciso dele para localizar alguns antigos clientes para entrevistas.

— Ah, sim. Interessante.

Ela acenou com a cabeça.

— Quanto ao horário do Nick — Julia disse. — Acho que as aulas dele terminam às três ou às quatro todos os dias. Sei que ele não tem nenhuma aula à noite neste semestre. Sobre o que você precisa conversar com o Nick?

— Eu só queria conferir como ele está se sentindo depois da carta. E, bom, tem mais uma coisinha. — Rice se endireitou um pouco na bancada. — Já que eu estou aqui, vou perguntar: o Nick disse algo sobre o cara que ele deveria ter encontrado naquela noite?

Julia pareceu surpresa.

— O Chris?

— É.

Ela pensou por um instante.

— Na verdade, eu não me lembro de nada a respeito dele.

— Ele e o Nick estão em um relacionamento?

— Não. O Nick gostou dele por algum tempo, pelo menos eu me lembro dele ter falado sobre o Chris durante o verão.

— Certo — Rice disse.

— O que isso tem a ver com o caso? — Ela franziu o cenho.

— Provavelmente nada. Só estou fazendo o meu dever de casa. Preciso me certificar de que temos todas as informações.

— Entendo... Bem, vai ter que perguntar isso a ele mesmo.

Rice se sentou no carro, mas levou alguns instantes para dar a partida.

Ele havia abordado a questão com aquela vaga conversa de investigação. Talvez Julia tivesse percebido aonde ele queria chegar. Ela tinha sido advogada de defesa.

Walker sabia como escrever uma boa história. E agora eles sabiam disso, por meio da carta. Walker havia feito confissões, mas também tinha contestado as acusações. E, como Linda temia, a mídia parecia acreditar que esse caso atraía mais atenção porque Nick era uma vítima do sexo masculino. Walker havia contratado Eva Barr, que contrataria seu próprio investigador particular. Seria só questão de tempo até que a defesa soubesse de Chris, e ele era um problema. Chris deu a Nick um motivo para mentir sobre a natureza do seu encontro com Walker. Chris era mais um prato cheio no menu da defesa.

25

Nick Hall, 2015
IIIIIIIIIIIIIIIIIIIIIIIIIIIIIIIIIIIIIIIIII

NICK SENTIU UMA PONTADA NO ESTÔMAGO QUANDO O celular tocou. As vibrações curtas indicavam uma mensagem de texto. Ele pausou o vídeo no computador e rolou até a mesa de cabeceira.

Tony:

> Tudo bem com você?

Nick suspirou. Era só a checagem diária.
Como sempre fazia, ele respondeu:

> Sim.

Graças a Deus, ele não estava mais hospedado na casa do irmão. Pelo menos, Nick não tinha que lidar com ele pessoalmente. Tony agora lhe enviava mensagens e fotos o tempo todo, com mais frequência na última semana. Era exaustivo ficar repetindo para Tony que estava bem.

Ouviram-se batidas na porta e a cabeça de Johnny surgiu.

— O detetive está aqui.

— Por quê?

— Ele não disse.

O celular de Nick vibrou.

Tony:

> Precisa de alguma coisa?

Nick teclou depressa:

> Sim. Que você escute quando eu digo que estou bem.

O detetive Rice estava de pé no final da escada, na entrada da casa.

— Tem algum lugar onde possamos conversar a sós?

— Na verdade, não — Nick respondeu. Não queria que aquele homem visse o seu quarto.

— Vamos dar uma volta?

Nick pegou uma jaqueta e um gorro e o seguiu para fora.

O primeiro assunto que o detetive abordou foi a carta.

Seria útil para o caso de Nick, o detetive falou. Que agora eles sabiam qual seria a linha de defesa e poderiam se preparar, ele continuou. E poderiam usar a carta contra Walker no julgamento.

— Bom — Nick comentou.

O detetive Rice logo mudou de assunto.

— Ei, tenho que perguntar: o que há entre você e o Chris?

— Nada — Nick respondeu, dando de ombros.
— Vocês não estão juntos?
— Não. — Nick não havia respondido a nenhuma das mensagens de Chris desde a noite dos acontecimentos. Ele era provavelmente a última pessoa no planeta com quem Nick desejava falar sobre o assunto.
— Estavam juntos naquela noite?
— Não — Nick disse. — Ele me deu o cano.

O detetive balançou a cabeça, como se Nick não o estivesse compreendendo.

— Vocês estavam em um relacionamento naquela noite?
— Não — Nick repetiu. Teria que desenhar? — Ele não quis namorar comigo.

O detetive acenou com a cabeça.

— O Chris ficaria chateado, por qualquer motivo que fosse, se você fosse pra cama com outra pessoa?

Mas eu não fui, Nick pensou. O olhar dele devia ter traído seu espanto diante da pergunta, porque o detetive voltou a falar:

— Eu sei que você não *foi pra cama* com o Walker. O que eu quero dizer é... Bem, a promotora só quer saber mais sobre o relacionamento de vocês, porque achava que isso seria usado no tribunal. Você viu o que o Walker está dizendo. Ele e a advogada dele provavelmente vão tentar fazer parecer que você não queria que o Chris descobrisse. Como se você o tivesse traído.

— Como eles poderiam saber sobre o Chris?
— Bom, ele é parte da sua história. O nome dele está no meu relatório, na sua declaração, em outros lugares. Tudo isso vai estar à disposição deles.

— Espera — Nick disse. — As pessoas vão falar com ele?
— Não sei — o detetive Rice respondeu. — Pode ser. Eles podem interrogá-lo. Talvez eu mesmo precise interrogá-lo.

— Ele não tem nada a ver com o que aconteceu.
— Sei que tudo isso parece confuso pra você.

Nick se lembrou de algo que o seu terapeuta tinha dito na primeira sessão. Jeff estava falando sobre confidencialidade, como se fizesse uma lista mental, e mencionou de passagem que a corte podia ordenar que um terapeuta entregasse os seus registros.

— Como o Chris pode ter algo a ver com o fato de eu ter sido estuprado?

— Se o Walker não puder encontrar um bom motivo para que você tenha mentido, ele vai se foder.

Ouvir o detetive Rice falar de maneira tão vulgar o surpreendeu. O homem parecia durão — era grande, e velho, e levava uma arma debaixo do casaco. Seu rosto era marcado e enrugado. Mas ele nunca havia falado com Nick dessa maneira.

— Ele vai fazer tudo o que puder para que você pareça um mentiroso, Nick. Ele corre o risco de ser preso por anos, por décadas até. E de ser registrado como criminoso sexual pelo resto da vida.

A respiração de Nick ficou ofegante. Ele tinha a sensação de que estavam brigando, mas não sabia ao certo por quê.

O detetive continuou falando:

— Ele vai vir pra cima de você com tudo. Alguém já te disse isso?

— Você poderia ter dito — Nick respondeu.

O detetive Rice arregalou os olhos, surpreso. E baixou o tom de voz.

— Você estava sofrendo.

Ou seja, eu não queria que você sofresse ainda mais. O detetive tinha mimado Nick. Assim como Tony. Assim como todos os que falavam com ele sobre aquele maldito caso. Todos o tratavam como se ele fosse uma criança. Sempre que precisava falar sobre o caso, Nick se sentia pequeno, cada vez mais distante do homem que era antes daquela noite.

O detetive o observava enquanto caminhavam.

— A gente não está namorando. Eu queria; ele não. Ele não ligaria se eu dormisse com outra pessoa. Simples assim. Não há nada aqui que possa ter a menor importância.

— Tudo bem. — A voz do detetive Rice soou tranquila. — Se houver algo que não me contou sobre você e o Chris, é melhor contar agora.

— Por quê?

— Porque não vai ser nada bom você mudar a história mais tarde.

Alguma coisa estava acontecendo. Nick podia sentir as lágrimas ameaçando brotar dos seus olhos.

— Eu não vou guardar os seus segredos — o detetive observou. — Você fala comigo, a promotora fala com ele. Tudo é jogo limpo para ele, é assim que funciona um julgamento justo.

Mas ele não pode ter o que a polícia não tem, Nick pensou. *Você sabe disso. Ray não poderá ter se você não der a ninguém.*

A vontade de chorar se foi.

— Eu não sei o que você quer de mim — Nick disse.

— Apenas a verdade.

Nick deu de ombros.

— Isso você já tem.

26

Tony Hall, 2015

HAVIA UM BURACO NO TÊNIS DE TONY, BEM ONDE O DEDÃO encostava na malha. Ele os usava principalmente para brincar com as crianças e cortar a grama. Não se lembrava da última vez que havia corrido. Calçou os tênis e saiu de casa. Virou à direita, afastando-se do centro da cidade. Ele daria meia-volta, pensou, na pequena ponte a cerca de três quilômetros seguindo pela estrada.

A primeira vez que Tony correu ao ar livre foi no verão depois de se formar na faculdade. Tinha sido um verão de mudanças, e ele se lembrava bem disso. O último verão em que ele deu um soco. Com uma exceção, o último verão em que ele bebeu. Uma coisa estava ligada à outra.

A bebida era o seu ponto fraco: mais de dois copos e era como se o dispositivo de "moderação" no seu cérebro fosse desligado. Quando bebia, ele ria alto e ficava brincalhão e engraçado, sem medo de cantar ou dançar ou de dar em cima de uma garota bonita. Mas, às vezes, ele não ficava engraçado; suas piadas soavam agressivas demais. Às vezes, um cara olhava para ele da maneira errada, como se o achasse muito durão e quisesse que Tony concordasse com ele. Na faculdade, aconteciam algumas brigas entre bêbados motivadas por esse tipo de coisa — atitude misturada a hostilidade: "O que você tá olhando?". Duas dessas brigas terminaram em pancadaria. Seus amigos narravam esses incidentes com júbilo dramático, como se Tony fosse o Rocky. Tony tentava se ver como os seus amigos o viam: um cara durão que não levava desaforo para casa. Contudo, o que ele recordava das brigas era a sensação de que os seus braços estavam quase fora de controle. Como se ele e o outro cara fossem bonecos se chocando um contra o outro.

Sua última briga tinha acontecido no verão depois da formatura. Na manhã seguinte, sua namorada na época ainda estava zangada.

— Você é velho demais para isso.

— Ele me agarrou — Tony respondeu com expressão de espanto.

— Você estava gritando com ele.

— Não gritei tanto assim com aquele cara.

— Estava na cara que ele era um bêbado babaca.

— Ele chamou aquele cara de bicha.

— Aquele cara nem escutou.

— E daí?

— Você não pode vigiar todo mundo. E se você tivesse sido preso por brigar? E se aquele cara perdesse a cabeça e te machucasse, ou me machucasse? Você nem pensa no que está se metendo, simplesmente sai bancando o herói para pessoas que nem pediram a sua ajuda. Eu não gosto de sair com você e ficar esperando alguém te tirar do sério mais uma vez. Você não é assim quando está sóbrio.

— Acha que eu teria deixado passar se tivesse ouvido aquilo sóbrio?

— Não acho que você teria entrado num empurra-empurra por causa disso, não mesmo.

Por causa da briga, e por outros motivos, eles terminaram. Aparentemente, ela enviou um e-mail de término para a mãe dele. Tony nunca o leu, mas nele a sua ex falou sobre a bebedeira. Ele soube disso porque sua mãe tocara no assunto.

— Você sabe que o seu pai explode por qualquer coisa quando bebe.

— Está mesmo me comparando a ele? Sério?

— Não, querido. Sei que você não é de sair por aí arranjando brigas. Talvez você até tenha lá os seus motivos. Mas o discernimento pode sumir quando há álcool envolvido.

Tony havia passado a vida observando o pai se exaltar com coisas que uma pessoa sóbria talvez nem teria percebido e, se percebesse, não daria importância.

— Ele é um completo idiota, mãe, eu não sou assim — Tony comentou, abaixando o tom de voz.

— Sei que você não é. Sóbrio, você é o melhor homem que eu já conheci na vida. Às vezes, eu não consigo acreditar que você se tornou esse homem que é hoje. E que irmão você é para o Nick! Meu Deus, você é tão bom para ele. Eu fiquei com o seu pai por tanto tempo porque tive medo de que um divórcio arruinasse a sua vida. Acho que eu estava tentando tapar o sol com a peneira. Se eu tivesse me dado conta de que você se tornaria um homem tão maravilhoso, eu não teria me preocupado. Eu teria colocado você no carro e partido anos antes. Você não se parece com ele em nada. — Ela fez uma pausa. — Mas a bebida... É um deslize. Seu pai era um homem charmoso quando o conheci. Dançava como ninguém. Não era perfeito, sempre um pouco esquentado, mas era diferente. Havia deslizes, mas acho que o álcool acelerou a queda.

Naquele mês, Tony foi ver uma consultora para dependentes químicos.

— Você acha que tem um problema com a bebida? — a consultora perguntou.

— Não — ele disse. — Mas é possível *estar em risco* de vir a ter problema com a bebida?

— Como se estivesse a um passo de ter o problema, você quer dizer?

— Isso. Acho que é uma suspeita da minha mãe. Ela viu o que o alcoolismo grave fez com o meu pai. Então, saber que ela pensa que...
— As palavras eram dolorosas demais. Ele respirou fundo e soltou o ar, e a vontade de chorar passou. — A última coisa que eu quero na vida é acabar ficando como o meu pai. Minha mãe não merece isso. E o meu irmãozinho... Ele já se espelha em mim, já me tem como exemplo. E eu quero isso. Isso faz com que eu me sinta importante. Eu não quero que ele pense que o nosso pai é normal. Quero que o meu irmão me admire. Mas acho que estou parado à beira do precipício...

Ela acenou com a cabeça e respondeu:

— Então, dê um passo para trás. Recue.

Tony decidiu que deixaria a bebida, ao menos até o final do verão, para ver o que acharia. A conselheira deu a ele um calendário de reuniões do AA local, mas ele nunca foi. Também sugeriu que encontrasse um hobby que lhe permitisse processar o que estava sentindo. Ele começou a correr naquele verão. O verão terminou, mas ele continuou correndo. Suas corridas ficaram mais longas, e seu desempenho, melhor.

Tony parou por alguns meses na época do namoro com Julia. Deixou o hábito muito rápido — quando se deu conta, estava sem correr fazia um mês.

Talvez ele já não tivesse mais a necessidade de correr. Àquela altura, ele já havia se acostumado a não beber. Sentia-se feliz com a pessoa que estava se tornando. E quem precisa da emoção de uma corrida quando tem uma nova namorada? Para ele, nada era melhor do que estar ao lado de Julia. Ela o fazia sentir-se abençoado e seguro de si.

Seus pulmões começaram a doer em contato com o ar frio. Era novembro agora, graças a Deus. Outubro havia sido miserável do início ao fim. Por mais que quisesse Nick sob o seu teto, a longa visita do irmão o havia exaurido. E depois a carta de Walker o fez explodir. Tony havia ficado tão bem por tanto tempo. Quinze anos — era isso mesmo? Sim, era. Quinze anos desde que havia feito todas aquelas mudanças. E elas funcionaram, ele pensou.

Apesar de tudo, a raiva ainda podia dominá-lo com facilidade. Quando leu a carta de Walker, quando leu aquelas palavras repugnantes, Tony ficou cego. Estava certo de que bater em qualquer coisa aliviaria a dor excruciante que estava sentindo. O método de ação do pai estava sempre presente, oferecendo-se a Tony. "Não seja um maricas; seja homem. Dê o troco. Não deixe barato." Quinze anos e o método ainda o perseguia. E o que havia conseguido com isso? Um dedo quebrado, orgulho ferido... e, ainda pior: duas crianças apavoradas. Sebastian chorou primeiro, e depois Chloe. A vergonha que ele sentiu naquele momento foi torturante.

E, mesmo assim, apesar da vergonha, ele continuou com raiva. No fim das contas, Walker era o motivo do seu comportamento. Tony estava até um pouco zangado com Julia, por causa do espanto dela. Sim, sem dúvida o que ele fez não foi racional. Foi assustador. Violento. Tudo que ele não era. Mas Julia não poderia perdoá-lo, depois de ler o que ele havia lido? Aquele homem não apenas tinha violentado Nick, como também alcançava todos em suas próprias casas. Atirava suas mentiras na cara deles. Inventava uma merda de história, buscando distorcer os fatos contra Nick.

Tony começou a sentir uma pontada na parte de baixo das costelas, então desacelerou até passar a caminhar, ofegando e apalpando a região dolorida. Nick disse a ele para deixar pra lá. Nick estava bem. Ele não havia acreditado no início; não parecia possível que Nick ligasse tão pouco para a carta. Mas ele disse que estava bem, e parecia ser verdade. Ele respondeu as mensagens de Tony. Enviou fotos para Tony pela rede social. Uma selfie, com cara de entediado, na aula. Outro dia, uma foto com o colega ao lado, assistindo à TV com ele. Ele estava vivendo a vida como antes. A única coisa que parecia incomodar Nick era a constante preocupação de Tony.

Tony não estava conseguindo melhorar nada; estava apenas piorando as coisas para si mesmo. Ele deu meia-volta e começou a caminhar para casa. Não havia chegado à ponte, mas não se importava.

Julia Hall, 2015

EM MEADOS DE NOVEMBRO, QUANDO O NOME DE CHARLIE Lee apareceu na tela do seu celular, Julia correu para o escritório, para atender a ligação longe de Tony.

Charlie leu depressa e em voz alta a lista de nomes de ex-clientes dela, parando por tempo suficiente para que Julia registrasse o endereço ou número de telefone que ele havia confirmado. Quando terminaram, ele baixou o tom de voz, brincalhão.

— E agora o projeto paralelo. — O modo como ele disse isso sugeriu algo secreto. E era mesmo um segredo. Julia não queria que ninguém, nem mesmo Tony, soubesse que ela havia contratado Charlie para investigar Raymond Walker, na esperança de que ele encontrasse algo que ajudasse a garantir uma condenação.

Charlie disse a Julia apenas duas coisas que ela ainda não tinha ouvido nem de Nick nem do detetive.

A primeira era que o quarto de hotel onde Nick foi atacado não havia sido alugado por Raymond Walker. O homem que trabalhava na recepção disse a Charlie que havia reservado o quarto para uma mulher que tinha pagado em dinheiro. O Hotel 4 não exigia que os clientes pagassem com cartão de crédito, desde que pagassem pelo quarto e tivessem uma carteira de habilitação que o funcionário pudesse xerocar. Charlie não havia localizado a mulher que pagou pelo quarto de Walker, mas com base nos resultados que apareceram numa busca com o nome dela, ela devia estar por ali só de passagem. Walker devia ter oferecido dinheiro à mulher para que ela reservasse o quarto.

— Acontece com mais frequência do que você imagina — Charlie comentou.

Julia não sabia se a polícia tinha conhecimento que Walker havia pagado alguém para reservar o quarto com um nome diferente, mas suspeitava de que sim. Eles deviam ter verificado na recepção quando ainda estavam tentando localizar Walker. Era difícil pensar num motivo inocente para fazer algo desse tipo. A expressão *malícia premeditada* veio à mente dela. Era uma expressão que os advogados não usavam muito no Maine, mas Julia a havia aprendido na faculdade de direito. Era como o reconhecimento interno do próprio mal que essa pessoa mais tarde perpetraria. Reservar um quarto no nome de outra pessoa antes de levar alguém lá... Isso sugeria que Walker havia planejado algo. Era estranho pensar que o detetive Rice soubesse de algo assim e não tivesse compartilhado essa informação com eles — ou com Nick, pelo menos. Por outro lado, não era justo pensar assim. Não era trabalho do detetive contar as coisas a eles.

A segunda surpresa que Charlie lhe trouxe foi que as buscas em suas bases de dados haviam mostrado que Raymond Walker não tinha ficha criminal.

— Eu não esperava por isso — Charlie disse. — Mas acredito que a gente esteja lidando com um tipo de crime que as pessoas estão menos inclinadas a denunciar. Como ele viaja a trabalho, vou procurar informações fora do estado.

— Não tem nem como eu te pagar o suficiente por mais um minuto do seu tempo.

— Não se preocupe. É sério. Não estou tão ocupado. E estou interessado. Esse cara parece limpo demais, ninguém é tão limpo quanto ele. — Charlie deu uma risadinha. — A não ser você, talvez.

28

Nick Hall, 2015

DA JANELA DO SEU QUARTO, NICK VIU TONY PARAR O CARRO na rua.

Nick se deteve diante do espelho uma última vez. Camisa azul-clara, calça cáqui de Tony, sapatos marrons desgastados. Ele parecia respeitável e adulto, ainda que sem graça. A combinação parecia adequada para testemunhar diante de um grande júri.

Nick entrou no carro de Tony.

— Obrigado pela carona.

— Não é nada — Tony respondeu. — Eu queria mesmo levar você.

Quando já estava de saco cheio da preocupação de Tony, Nick disse ao irmão que queria ir ao grande júri sozinho. Tony pediu algumas vezes que o deixasse acompanhá-lo, mas Nick disse não, e Tony desistiu. Então, naquela manhã, Nick acordou com falta de ar, com a garganta arranhando e levou longos segundos para perceber que estava seguro em sua própria cama. O som de uma risada desapareceu de sua mente. Ele estava seguro.

Seguro, porém sozinho. Enviou uma mensagem para Tony. Perguntou se o irmão ainda queria levá-lo.

Quando eles chegaram ao fórum, Nick usou o banheiro pela quarta vez naquela manhã. Seu estômago o estava matando. Ele havia comido algumas torradas, mas nem isso tinha descido bem.

Linda chegou ao saguão e viu Tony. Sugeriu que se sentassem no banco encostado à parede. Avisou que ainda demoraria um pouco e voltou à sala no fim do corredor.

Os irmãos se sentaram no banco. Conversaram sobre televisão, as aulas de Nick, uma história engraçada sobre a sobrinha dele — falaram sobre tudo, menos sobre o motivo de estarem ali. Tony estava tentando distraí-lo, e, naquele momento, Nick não se importou.

A torrada e a acidez no estômago de Nick estavam se rebelando, e o barulho já ficava perceptível. Nick percebeu que algumas vezes os olhos de Tony baixavam na direção do seu estômago e então se desviavam.

— Parece até que tem um ninho de cobras aí dentro — Tony disse por fim.

Nick caiu na gargalhada, chocado e deliciado com o absurdo de tal ideia.

Tony riu também, claramente satisfeito.

— Você deve ter cagado até o seu cérebro hoje.

— Estou nervoso — Nick se lamentou, ainda sorrindo. Ele estava de fato nervoso, mas a risada estava estabilizando o seu estômago.

A porta da sala se abriu. Era Linda novamente.

— Pronto?

De súbito, Nick sentiu a mão de Tony se fechar na sua. Tony a apertou três vezes: *Eu te amo*, como quando Nick era pequeno. Nick respondeu com quatro apertos. Ele amava Tony. Provavelmente o amava mais do que qualquer outra pessoa. Seu irmão era um pé no saco, mas ninguém tomava conta de Nick como ele.

Primeiro, Nick reparou nas pessoas. Sherie, a defensora designada para o caso, havia ligado para ele na semana anterior para falar sobre o grande júri e, segundo ela, provavelmente haveria vinte e três jurados. Vinte e três jurados que decidiriam se Linda tinha ou não evidências suficientes para acusar Ray de ter estuprado Nick. Vinte e três estranhos que revelariam o que pensavam de Nick.

Havia revestimento de madeira e as bandeiras do Maine e dos Estados Unidos no canto, mas a sala era um pouco diferente de um tribunal. Não havia juiz, nem assentos para uma audiência. Nick se sentou numa pequena cabine, igual às que já tinha visto em filmes de tribunal. Linda se posicionou ao lado dele. Nick estava diante dos jurados.

Linda começou fazendo perguntas simples. O nome dele, a idade, onde morava, o que estava cursando.

— Agora tenho algumas perguntas sobre os acontecimentos do dia 2 de outubro deste ano.

O *tum-tum-tum* no peito de Nick se acelerou. Ele acenou com a cabeça.

Por que ele saiu? Quem o acompanhou? O Chris apareceu? Ele estava namorando o Chris? O que Nick fazia com a Elle no bar? Quanta bebida ele ingeriu? Em que ritmo? Mas por quanto tempo? Então ele não estava bêbado, correto? Quando ele notou o homem que se apresentou como Josh?

— Quando fui até o balcão. A Elle queria mais uma rodada.

— A que horas isso aconteceu?

Nick não se lembrava. Isso era ruim? O suor brotou em sua testa.

— Eu não me lembro.

— Você se lembraria se visse a sua declaração?

Nick acenou com a cabeça.

De uma pasta numa mesa ao seu lado, Linda tirou um conjunto de folhas grampeadas. Ela dobrou uma das páginas e sublinhou algo com um lápis, então entregou o material a Nick.

Era um relatório policial. No topo, lia-se: DETETIVE JOHN RICE. Uma frase estava sublinhada a lápis: *Nick me disse que foi em algum momento depois das 22h30 e antes das 23h que ele conheceu, no Bar do Jimmy, o homem que mais tarde identificaria como* RAYMOND WALKER.

— Está lembrado agora? — Linda perguntou.

— Sim — ele disse. — Foi em algum momento depois das dez e meia e antes das onze.

— Certo. Ele estava no balcão quando você chegou?

Os olhos de Nick baixaram para o carpete. Ele se concentrou para lembrar.

— Não — ele respondeu. — Ele se sentou ao meu lado quando eu já estava lá.

— Quem iniciou a conversa?

Ele não precisou pensar para responder.

— Ele — Nick disse rápido.

Nick não queria recordar aquela noite — queria deixar que essas lembranças se apagassem. Mas Ray havia escrito uma carta na qual fazia parecer que Nick o estava perseguindo. Comparando a sua versão com a de Walker, foi inevitável que Nick se lembrasse. Essa parte simplesmente não era verdade.

As perguntas de Linda continuaram. Que nome o homem deu a Nick? Sobre o que eles conversaram? Por quanto tempo conversaram? Quantos drinques Nick consumiu? E "Josh", quantos consumiu? Quem convidou quem para ir a outro lugar?

— Ele — Nick disse. Podia ouvir as palavras: "Vamos dar o fora daqui?". Isso deveria ter soado grosseiro, mas Josh, ou Ray, tinha a voz perfeita para essa fala.

— Como vocês decidiram aonde iriam?

— Ele disse que tinha um quarto, então fomos para lá.

— Onde ficava o quarto?

— No Hotel 4.

— Como vocês chegaram lá?

— Pegamos um táxi.

— O que aconteceu no táxi?

Nick sentiu o rubor tomar conta do seu rosto.

Ele havia gostado tanto de Josh. Nick tinha se sentido tão solto e flexível por causa da bebida, da rejeição de Chris. Josh era tão bonito, maduro, com rugas ao redor dos olhos claros. Josh era tão descontraído. Eles entraram no táxi, Josh disse "Hotel 4" e se inclinou sobre Nick. Josh não ligava para o que o taxista pensava, e, naquele momento, Nick também não.

— A gente se beijou.

Agora as coisas começavam a se complicar de verdade. Afinal, ele não apenas era gay — o que já poderia ser um problema para algumas das pessoas na sala —, como também havia feito tudo por vontade própria. *Só no início*, ele lembrou a si mesmo. *Você foi por vontade própria só no início.*

Ele olhou para os integrantes do júri, e acidentalmente encarou um homem da fileira da frente. O homem desviou o olhar às pressas.

— Só se beijaram? — Linda indagou.

As mãos de Nick estavam em seu colo. Estava escuro no táxi, a respiração deles estava acelerada, e Josh havia colocado uma mão na virilha de Nick. Nick não tinha contado esse detalhe a ninguém ainda.

— Sim — Nick respondeu.

Ele mexeu o polegar para cima sob a manga.

Quando Nick passou pelas portas duplas, Tony o esperava no final do corredor.

— Ei! — Tony chamou e caminhou depressa até Nick.

— Linda disse que eu já posso ir, se quiser — Nick avisou.

— Como foram as coisas lá?

— Acho que me saí bem.

— Ele vai ser indiciado?

— Ela ainda não terminou.

— Você não quer esperar?

Nick balançou a cabeça. A adrenalina que o havia impulsionado enquanto ele testemunhava estava se escoando.

— Quero ir pra casa, Tony.

No estacionamento, Tony propôs que fossem almoçar primeiro, mas Nick estava cansado demais.

Ele entrou no carro e se afundou no banco da frente. Pensou que até poderia pegar no sono durante o trajeto. Enquanto passava o cinto por sobre o torso, a parte interna do seu antebraço ardeu ao raspar no lado de dentro da manga. Depois de travar o cinto, ele virou o pulso para cima. Olhou para baixo o mais sutilmente que pôde. Uma pequena gota de sangue havia marcado o tecido da manga.

29

John Rice, 2019

JULIA NÃO TINHA DITO NADA EM RESPOSTA. ELA APENAS continuou bebericando o chá. Mesmo agora, era inevitável para Rice lembrar-se de Irene quando olhava para ela. Irene era firme como uma rocha. Julia costumava parecer firme também, mas hoje as mãos dela tremiam.

— Você nunca foi a um grande júri — Rice disse.

— Não.

— Costuma ser bem entediante, mas o do Nick foi interessante.

— Por quê?

— Pra começar, a vítima nem sempre testemunha, mas você já sabe disso. Linda queria praticar com ele, ver como ele se saía.

— Ah, sim — ela respondeu.

— Você sabia que ele cometeu um erro?

— Não.

Foi algo tão sutil que Linda Davis, a promotora, nem mesmo percebeu — e ela prestava bastante atenção aos detalhes. Mas algo incomodou Rice. O garoto havia chegado à parte da história em que eles entraram no quarto do hotel. Ele testemunhou que fechou a porta e Walker bateu na cabeça dele. Ele disse que caiu no chão, então Walker acendeu a luz, e nesse momento a visão e a memória dele desapareceram. Porém, de repente, ocorreu a Rice um fato que o fez remexer-se na cadeira, como se ele quisesse se levantar. Rice esperou até que o garoto deixasse a sala e Linda começasse a falar aos jurados, então inclinou-se para trás na cadeira, bem discreto, e abriu a sua pasta. Retirou dela as anotações que havia feito na ocasião em que interrogara Nick, mas teria que ouvir a gravação para ter certeza.

De volta à delegacia, Rice pôs para rodar o interrogatório gravado de Nick. Curvado para a frente, as mãos no colo, escutou a coisa do início ao fim. Sim, era pouco material, mas não havia dúvida. Nick jamais chegou a mencionar que Walker acendera as luzes.

No interrogatório, Nick tinha afirmado que estava escuro quando Walker o atingiu na cabeça e que foi essa a última coisa de que se recordava. Agora, diante do grande júri, ele disse que caiu no chão e que Walker acendeu a luz. Um detalhe bastante sensorial. O tipo de coisa que uma pessoa não poderia deixar passar: a escuridão total de um quarto de hotel que de repente é inundado de luz. Então, por que Nick não havia mencionado isso antes?

— Ele mudou uma coisa na história — Rice disse.

— Diante do grande júri?

— Pois é. E por mais louco que pareça, aquele foi o momento. Foi quando o caso escapou de mim.

Um caso jamais ficava sob controle total do Estado do início ao fim — isso era impossível. Não foi isso que Rice quis dizer. Ele havia entrado naquele grande júri sentindo-se bastante confiante em relação a um caso como o de Nick. A história era consistente. As evidências físicas estavam do lado deles. Até Chris Gosling parecia ser um problema bem menos sério do que eles imaginavam — Chris contou a O'Malley a mesma coisa que Nick havia contado a Rice: eles não estavam namorando. Tudo levava a crer que Nick não tinha qualquer motivo para inventar uma agressão sexual.

E então, diante do grande júri, Nick fez uma estranha confusão.

— Por que disse que o caso escapou de você?

— Eu sabia que algo estava errado e me agarrei a isso.

De olhos arregalados e com uma expressão desalentada, Julia o encarou.

Não existia reparação para os pecados que Rice havia cometido. Mas, pelo menos, ele podia se confessar.

— Você sabe por que chamei você aqui, não sabe?

Julia Hall, 2015

NA SEMANA ANTERIOR, RAYMOND WALKER FOI INDICIADO. Eles não dispunham de muitos detalhes com relação ao procedimento do grande júri: sabiam apenas que tinham sido bem-sucedidos. Essa boa notícia foi logo acompanhada por algo que poderia ser considerado uma má notícia: cobertura da imprensa.

Linda havia sido esperta mantendo em sigilo o nome de Nick, porque a imprensa parecia interessada demais no caso de estupro com uma vítima do sexo masculino. Até mesmo um jornal da região norte do estado tinha publicado um artigo sobre o caso depois do indiciamento.

Por alguma razão, as pessoas se sentiam compelidas a irem à internet dar sua opinião sobre o caso. As únicas pessoas que sabiam que a "vítima" mencionada nos artigos era Nick Hall eram os outros integrantes da família Hall e alguns dos melhores amigos de Nick, além dos profissionais envolvidos. A hipótese de que alguém pudesse denunciá-lo on-line parecia improvável, mas mesmo assim a preocupava. Um dia depois do indiciamento, ela passou depressa pelas seções de comentários de cada artigo que pôde encontrar. No início, buscou apenas pelo nome e pelo sobrenome de Nick, mas acabou lendo os comentários; foi impossível resistir. Muitos dos comentários eram desfavoráveis a Walker. Alguns não eram.

Havia o sexista:

> Eu até poderia engolir essa história se a "vítima" fosse uma mulher pequena, mas um homem de 20 anos que é nocauteado e fica inconsciente com uma simples pancada? Bem difícil de acreditar.

E o preconceituoso:

> Mas não é assim que dois caras transam?

A maioria dos comentários negativos questionava a história de Nick.

>Fala sério, essa não parece uma noitada bem bizarra?

>A gente precisa mesmo que juízes, ou seja, os contribuintes, deliberem sobre níveis de consentimento quando uma grande quantidade de álcool está envolvida e dois adultos foram para o quarto?

>Está na cara que esse sujeito apagou, não levou pancada coisa nenhuma na cabeça... Só não quer admitir que bebeu até cair. Se ele não se lembra do que aconteceu, não significa que ele não consentiu.

Os comentários ainda aborreceram Julia por horas depois de lê-los. E aborreceram Tony por dias. Ele continuava tentando mostrar a Julia novos comentários. Granadas de ódio atiradas em qualquer um que as lesse.

— Pra mim chega dessa droga — ela disse.

— Por quê?

— É cruel demais. Não há nada de novo aí e as pessoas são horríveis. Não preciso continuar lendo esse show de horrores.

— E se o Nick estiver vendo essa merda?

Os dois estavam na cama; Tony com o celular, Julia colocando de lado o livro que ele não a deixava ler.

— Talvez ele esteja — ela disse.

Tony olhou para ela, *exatamente*. Como se Julia pudesse tomar uma atitude a respeito da seção de comentários do *Seaside News*. Ele estava revoltado com os usuários anônimos que deixavam os comentários, e a única pessoa com quem ele podia falar sobre o assunto era Julia. Ela entendia. Mas já estava começando a perder a paciência.

— É terrível — ela comentou, enfática. — Mas eu não sei mais o que fazer.

— Eu queria matar essa gente toda.

— Nossa, isso é *bem* razoável. — Ela se aconchegou nele.

Ele deu uma leve risada.

— A gente poderia deixar alguns corpos expostos lá fora — ela acrescentou.

Durante alguns dias, Tony demonstrou mais calma diante de toda a situação, mas, aparentemente, não o bastante para parar de seguir as notícias on-line. Julia estava no chuveiro quando ele entrou.

— O filho da mãe fez de novo.

Ela empurrou a cortina para o lado.

— Quem fez o quê?

— O Walker. — Tony pôs o celular diante do rosto dela.

Era uma página do Facebook. Ela leu alto.

— "Confirmado: o acusador do meu filho tem um namorado." Jesus — Julia disse, bufando. — É a mãe dele?

— A própria. Continue lendo.

— Mas estou no banho. — Era a declaração mais óbvia que ela já havia feito na vida. — Dá pra esperar?

Tony continuou lendo.

— "Será que ele tem algum motivo para não querer admitir que fez sexo?"

— Que horror — Julia comentou, fechando a torneira.

— O cara deve ter dito a ela para postar isso.

— Pode me passar a toalha? — ela disse, tirando o excesso de água do cabelo.

Tony lhe entregou uma toalha através da cortina.

— Podem usar isso contra o Nick nos tribunais?

Ela enrolou a toalha em torno do torso e a segurou.

— Uma declaração da mãe dele? Eles podem pedir isso à mulher, mas não sei que bem faria.

— Por que você não parece mais aborrecida?

Ela abriu a cortina.

— Talvez porque já sabíamos que isso iria acontecer. Sabíamos que eles tentariam fazer alguma coisa usando o Chris.

— A juíza não pode fazer ele fechar a boca?

— A postagem não é dele.

— Mas isso não é uma coisa que um juiz pode fazer?

Ela suspirou.

— Uma ordem de silêncio?

Os lábios de Tony se comprimiram numa linha reta.

— Eu estou te irritando.

— Pois é. Estou tentando me aprontar; preciso ir fazer compras.

O Dia de Ação de Graças seria na quinta-feira. O supermercado ficaria lotado.

— Eu posso ir — Tony se ofereceu.

— Não — ela disse rápido. — Sei que isso é difícil. Ele é o seu irmão. É uma droga. Deixe as compras comigo.

Na verdade, Julia queria um pretexto para sair de casa e relaxar um pouco.

A lista do mercado era longa. Abrangia refeições para uma semana normal e um jantar para dez pessoas, já que Nick traria a sua amiga Elle. Em poucos dias, eles celebrariam em sua casa o Dia de Ação de Graças, como todos os anos. Julia considerava o seu núcleo familiar — ela, Tony e as crianças — como o centro da família. Sua mãe viúva, os pais divorciados de Tony e Jeannie, e Nick eram os ramos que eles conectavam. Chegaria o ano em que Nick teria um namorado sério e poderia ir ao jantar de outra família, mas ela esperava que, quando Nick estivesse casado, e se tivesse filhos, continuasse a celebrar a data com eles. Ela amava Nick. Naquele outono, houve momentos em que Tony agia como se não acreditasse que ela amava o irmão dele. Julia ficou de coração partido quando ele foi atacado. Ela se sentia miserável por ele a cada nova injúria que o processo trazia. Porém seus sentimentos não tinham a mesma energia e resistência que os de Tony. A coisa toda era muito mais pessoal para Tony. Talvez ela compreendesse se Nick fosse o seu irmão, mas parecia ser mais que isso. O relacionamento entre os dois era diferente do da maioria dos irmãos que ela conhecia. Tony se sentia responsável por Nick.

Ela esperava que Tony se acalmasse nas horas em que ela e Sebastian passariam no mercado.

Naquele fim de semana, o supermercado estava uma verdadeira loucura, e Sebastian sentia-se no céu. Na seção de cereais, Julia estava agachada para pegar uma caixa de flocos de aveia quando ouviu seu filho exclamar:

— Detetive!

Ela se virou e viu o detetive Rice de pé diante dela. Devia estar com uma expressão de espanto no rosto, porque Rice pediu desculpa por tê-la surpreendido.

— Tudo bem — ela disse, levantando-se. — Oi.

— Oi — ele respondeu, sorrindo.

Uma mulher surgiu ao lado do detetive com o seu carrinho, e ele se afastou para que ela passasse no estreito corredor.

— Eu não tinha percebido que você morava aqui perto — Julia disse.

— Não, eu não moro, mas a minha cunhada e os filhos dela moram. Vou almoçar lá e parei aqui para comprar pão.

Ele tinha um único pão redondo na mão. Era da padaria do outro lado da loja. Será que ele a estava seguindo?

— Você vai fazer sanduíches com as sobras? — Sebastian perguntou, alegre.

— Acho que sim, menino.

— Sua mulher está aqui também? — Julia perguntou.

— Na verdade, a minha esposa faleceu, há pouco mais de cinco anos.

O semblante de Julia se entristeceu; Rice continuou antes que ela pudesse falar:

— Tudo bem, não se preocupe.

Vi vocês passando e quis conferir como estavam as coisas. Muitas notícias por aí ultimamente. — Ele falou em código por causa de Sebastian. — Espero que você e a sua família estejam bem.

— Estamos bem. — O cansaço pesou sobre os ombros dela. Ela sustentou o olhar dele por um instante. O que o detetive esperava que ela dissesse? Não havia mais nada a fazer a não ser sobreviver. As rodas da justiça se moviam devagar, e, nesse meio-tempo, nem o detetive Rice nem ninguém poderia acabar com o falatório público.

O detetive Rice se despediu com um "até logo" silencioso para Julia e um aceno de mão para Sebastian. Julia observou o detetive afastar-se, um pouco encurvado, parecendo mais velho e, talvez, mais baixo agora. Seria apenas impressão dela por saber agora que ele era viúvo? Ou era a imagem dele, apenas um homem no fim de semana, fora de serviço, preocupado com a situação da família dela? Ela havia presumido que um homem com a experiência do detetive Rice seria imune a tais sentimentos de fracasso, mas agora suspeitava de que não o conhecia tão bem quanto pensava.

31

Tony Hall, 2015

PELO MENOS VINTE MINUTOS HAVIAM SE PASSADO DESDE que ele escutou a mudança na respiração de Julia e soube que ela estava dormindo. Tony, por outro lado, podia sentir a mente acelerar em vez de se aquietar se preparando para o sono. A comemoração do Dia de Ação de Graças aconteceria em questão de horas, e havia muito ainda a ser feito pela manhã. Tony se encarregaria do fogão: o peru, o purê de batatas e a torta; Julia cuidaria da salada, da entrada e da mesa. As crianças "ajudariam", o que significava que levariam o dobro do tempo para fazer tudo. As pessoas começariam a chegar ao meio-dia. As mães deles chegariam no horário; Nick não; Ron e Jeannie eram uma incógnita. Na primeira vez que Tony e Julia receberam a família para o jantar de Ação de Graças, Ron apareceu já meio bêbado. Enquanto a família comia, esvaziou uma caixa com seis cervejas. Tony acabou pedindo a ele que fosse embora. Ron e Jeannie se retiraram fazendo menos estardalhaço do que Tony esperava, mas não apareceram nos dois anos seguintes.

Se Nick não existisse, Tony provavelmente já teria excluído Ron da sua vida há muito tempo. Mas Nick existia, e isso mantinha Ron na jogada. Por mais difícil que Jeannie fosse, Nick a amava, e ela e Ron estavam juntos. Nick provavelmente amava Ron também. Ele havia conhecido uma versão um pouco modificada de Ron — que continuou sendo uma merda de pai, mas teria sido pior se Tony não interferisse.

Aconteceu no mesmo verão em que Tony parou de beber. No mesmo verão em que ele desferiu seu último soco.

Nick tinha cinco anos na época. Tony tinha acabado de se formar na faculdade. Voltou a morar com a mãe enquanto buscava descobrir o que faria da vida. Ele tinha um emprego de garçom e geralmente trabalhava nos turnos da noite. Algumas vezes, via Nick durante o dia.

Certo dia, ele apareceu para visitar Nick e o encontrou brincando do lado de fora da casa. Nick estava sentado na frente da casa térrea, batendo bonecos uns contra os outros na grama. Quando viu Tony, Nick correu até o carro e abriu a porta com um puxão.

— Tony, Tony, Tony!

Tony saiu do carro da mãe e levantou Nick no ar, pegando-o no colo.

Quando fez isso, percebeu um cheiro ruim e sentiu algo em contato com seu braço. Colocou o menino no chão. Nick havia se sujado.

Agachando-se para falar com Nick, Tony perguntou em voz baixa:

— Você teve um acidente?

Nick sorriu para o irmão, colocou uma mão em seu ombro e ignorou a pergunta.

— Posso olhar?

Tony fez Nick girar e percebeu que ele usava uma fralda. *Que porra é essa?*

Ele deu a mão para o menino e o levou para dentro da casa.

Ron e Jeannie estavam no sofá, cada um segurando uma cerveja, e viam-se várias latas vazias aos pés deles. A televisão estava retumbando.

— O Nick precisa de uma fralda limpa — Tony disse.

— Tá — Jeannie respondeu.

Tony os observou por um instante. Eles obviamente sabiam que Nick estava vestindo fralda, o menino não poderia tê-la colocado sozinho. Tony não sabia ao certo o que esperava.

Levou Nick para o quarto dele e trocou a fralda.

— Você pode fazer queijo? — Nick perguntou. Isso significava macarrão com queijo.

Ainda estavam no início da tarde.

— É cedo demais para jantar — Tony observou.

Nick fez beicinho.

— O que você almoçou?

— Hum, nada.

— Você não almoçou?

Nick balançou a cabeça numa negativa.

O que estava acontecendo, afinal?

Tony foi até a sala.

— O menino já almoçou?

— Ainda não — Jeannie respondeu.

— Já são quase três da tarde.

Jeannie levantou a cabeça e olhou para Tony pela primeira vez.

— Eu tentei por volta de meio-dia, mas ele não estava com fome.

— E por causa disso você pula uma refeição?

— Ele tem idade suficiente para decidir quando tem fome, Tony.

— Se ele está fome, vá dar comida a ele e pronto — Ron falou.

Tony teve vontade de gritar com os dois — *ele ainda usa fraldas, mas já tem idade para pular refeições?* —, mas Nick estava de pé bem ao lado dele. Ele mordeu o interior da bochecha, foi para a cozinha e pôs água no fogo para fazer macarrão. Pegou uma caixa de molho e uma lata de vagem.

Tony se sentou com Nick enquanto ele comia. Nick devorou o macarrão, mas nem tocou na vagem.

— Posso comer mais?

Ron se levantou do sofá para pegar uma cerveja na geladeira.

— Depois que você comer a vagem — Tony disse.

Ron riu atrás dele. Abriu a lata com um estalo.

— Não é tão fácil assim, né?

— Muito mais fácil do que vocês fazem parecer — Tony retrucou.

— Como é?

— Eu não gosto disso — Nick disse, empurrando o prato.

Ron foi na direção do menino.

— Cale a boca e coma! — ordenou, dando uma pancada na orelha de Nick.

Tony se levantou tão rápido da cadeira que nem percebeu. Suas mãos agarraram a camisa de Ron e *bam*, ele já havia empurrado Ron para trás, fazendo-o bater na geladeira. A lata de cerveja foi ao chão, e o líquido gelado espirrou nas pernas de Tony. A lembrança ficava confusa a partir desse ponto — Jeannie gritava: "Pare, pare!"; Ron dizia alguma coisa; as mãos de Ron estavam erguidas, e Tony o esmurrou. Não foi um soco para valer, mas Tony chegou a acertá-lo, pois sentiu os dentes de Ron raspando nos nós de seus dedos. Mais gritos, mais barulho, Tony recuou e Ron não o enfrentou.

— Cai fora da minha casa!

Na mesa, Nick chorava.

— Tudo bem — Jeannie disse à criança. — Tudo bem, tá tudo bem.

Tony tentou se aproximar de Nick.

Ron entrou na frente dele, com uma mão sobre o local onde Tony o havia atingido.

— Cai fora daqui, já!

No dia seguinte, Tony retornou à casa do pai. Ele estacionou, e Ron foi para fora.

— Não tem nada pra você aqui — Ron disse quando Tony saiu do carro.

Tony começou a caminhar na direção da casa.

— Vá embora ou vai arranjar encrenca — Ron ameaçou.

— Eu só quero ver o Nick.

— Azar o seu.

— Eu não preciso ver nem você, nem a Jeannie. Só quero ver o garoto.

— Está perdendo o seu tempo. — Ron deu de ombros.

— Vou fazer uma denúncia ao órgão de proteção à criança.

Essas palavras pesaram no ar entre os dois.

— Vai denunciar o quê?

— Ele não sabe usar o banheiro, não aprendeu a usar o penico. Anda por aí faminto, cacete. E você *bate* nele!

— Você me atacou; e se eu mandasse os tiras pra cima de você?

— Pode mandar. Eu não ligo. Mesmo assim, eles tirariam o menino de vocês.

— Então, tá — Ron disse com um sorriso infame. — Liga pra eles. Que coloquem o Nick num orfanato, então.

— Sabe o que eu aprendi? — Tony sentiu o mesmo sorriso infame se abrir em seu rosto. — Eles vão buscar gente da família antes.

— Não vão dar o Nick pra você.

— Talvez não, mas eles o dariam para a minha mãe.

O semblante de Ron se tornou sombrio.

— Ela nem é da família dele.

— Ela é a mãe do irmão dele. E ela o aceitaria. — Ele não havia discutido nada com Cynthia, mas Ron não precisava saber.

— Ela não vai querer se meter comigo.

— Ela *odeia* você. — Ele frisou a palavra entre os dentes cerrados. — Sabe o tamanho do *esforço* que eu tive que fazer para ter permissão pra te ver depois que ela chutou o seu rabo?

— É, você queria me ver — Ron disse como se fosse um insulto. Como se querer ficar perto do próprio pai fosse uma característica patética de Tony.

— Eu não sabia das coisas. Agora eu sei.

— Então por que você continua voltando pra cá?

— Por ele. — Tony apontou para a casa. — Sei que ele precisa muito de mim, porque eu precisei de alguém que se importasse comigo também. Eu estava tão desesperado, por isso que me contentei com um monte de lixo feito você.

— Você tá me irritando — Ron disse.

— Encoste um dedo no menino de novo e eu aviso as autoridades. Se eu aparecer e ele estiver com fome, com frio ou sentado na própria merda, eu denuncio vocês. Se cuidarem direito dele, não vou fazer isso.

Ron deve ter levado a sério a ameaça de Tony, porque mudanças começaram a acontecer a partir de então. Tony nunca mais viu Ron bater em Nick.

Tony consultou as horas em seu celular. Quase meia-noite, e ele ainda estava pilhado. Precisava desligar o cérebro e se preparar para dormir; caso contrário, não serviria para nada pela manhã. Ver Nick o faria se sentir melhor. Eles haviam trocado algumas poucas mensagens desde o grande júri, na semana anterior, mas seria bom vê-lo pessoalmente. Assim, Tony teria certeza de que Nick estava tão bem quanto dizia. Nesse momento, ele pensou na postagem de Darlene Walker no Facebook e decidiu checar a página dela.

Tony inclinou o celular para evitar que a luz incidisse sobre Julia e acessou a página de Darlene. Foi um erro.

"Escutem todos", ela havia escrito no mural na quinta-feira daquela semana. "Se forem sair com alguém que gosta de sexo selvagem, filmem tudo para garantirem que não serão acusados de estupro depois."

O sangue dele ferveu. Ele rastejou para fora da cama. Atravessou o corredor escuro até o banheiro. Fechou a porta e leu o texto novamente.

Não havia motivo para acreditar que Nick havia visto algum dos posts daquela mulher, mas isso o preocupou. Nick se sentiria atacado se visse aquelas coisas. E mesmo que não visse, Walker estava envenenando as pessoas contra ele. Tony ficou parado, de pé, olhando para o texto no celular.

A defesa de Walker era absurda, mas era o ano de 2015, e ainda havia pessoas que pensavam que homens gays eram lunáticos por sexo. Existiam pessoas que acreditavam que Nick tinha pedido para Walker fazer o que fez a ele. Pessoas que achavam difícil que Nick tivesse sido estuprado, que achavam que ele tivesse pedido para ser espancado, estrangulado e ter acabado todo machucado e sangrando.

E se uma dessas pessoas integrasse o júri? E se Walker incitasse as pessoas o bastante para que a promotora se assustasse; e se isso resultasse num acordo judicial ridículo? Tony sabia que a corte não podia mudar o que havia acontecido a Nick, mas o nome de Nick precisava sair limpo de tudo isso. E Ray Walker merecia sofrer por ter feito o que fez.

Tony acessou o Google pelo celular. Teclou as palavras que ele tinha na cabeça fazia mais de um mês — uma busca que não tinha se dado ao trabalho de fazer. Ele clicou no link. Havia outra barra de busca. Um menu suspenso. "Busca por proprietário." Ele ouviu um rangido no corredor e ficou atento. Pôs a cabeça para fora do banheiro. Não era ninguém — apenas um ruído da casa. Por um segundo, ele se sentiu como se estivesse prestes a ser apanhado fazendo algo errado. E talvez ele estivesse mesmo. Estava se consumindo novamente por algo que todo mundo, inclusive Nick, parecia ter aceitado. Walker jogaria a culpa em Nick para tentar se safar. Nick teria que esperar, um ano talvez, até que o caso deixasse de chamar a atenção. E a identidade de Nick estava protegida, pelo menos por enquanto. Finalmente, fechou o navegador do celular. Precisava dormir um pouco.

Tony havia acordado naquela manhã com um nervosismo que ele só fez aumentar ao beber duas canecas de café e jejuar até que eles se sentassem para almoçar, por volta da uma hora. Com uma generosa porção de comida no estômago, ele finalmente começou a sentir quão cansado estava. Tudo caminhava bem. A comida havia ficado excelente e todos estavam se dando bem. Marjorie, a mãe de Julia, trouxe à tona o lado divertido da mãe dele, e as duas riram juntas durante toda a tarde. Ron e Jeanne apareceram sóbrios e simpáticos. Nick parecia estar bem. Ele havia trazido sua amiga Elle. Por alguma razão, a ideia de vê-la causava nervosismo em Tony; mas, quando Nick perguntou se poderia trazê-la, claro que ele disse sim.

— Primeiro, que tal aproveitarmos o momento para expressar nossa gratidão por tudo? — disse a mãe de Tony. Cynthia estava segurando uma etiqueta com seu nome escrito à mão, claramente encantada com seus netos. Julia havia encarregado as crianças de fazerem cartões indicando o lugar dos convidados. Depois que Julia juntou a mesa de cartas dobrável com a mesa da sala de jantar e as cobriu com uma grande toalha, Tony percebeu que ela havia deixado os cartões dos pais dele bem distantes um do outro.

— Vamos lá. — Ele olhou para Julia, que levantava o copo.

— Bem, eu só queria dizer que me sinto imensamente agradecida por ter todos vocês na minha vida. Amo muito vocês. — Ela estendeu a mão à direita e apertou a bochecha de Chloe. A menina riu e se esquivou. — Tenho a melhor família do mundo e estou muito feliz por estarmos todos juntos. Todos nós.

Obedecendo o sentido anti-horário, a mãe de Julia foi a próxima e depois Elle. Tony não pôde evitar de reparar que Nick parecia um pouco aflito quando a sua vez de falar se aproximava — ele estava torcendo as mãos debaixo da mesa.

Mais aflito ainda estava Sebastian, que já não aguentava mais permanecer à mesa. Ele começou a escorregar para fora da cadeira, bem devagar.

— Amigão, fique no seu lugar — Tony sussurrou, mas Sebastian continuou escorregando.

Elle agradeceu aos Hall por deixá-la participar do evento da família, depois se dirigiu a Nick.

— Estou grata por ter você na minha vida, Nick. Você é o meu melhor amigo, e é a melhor pessoa que conheço. Você tem sido muito corajoso.

— Seb, querido, suba e sente-se direito nessa cadeira — Tony disse em voz alta.

Então se ouviu uma voz abafada debaixo da mesa:

— O que é isso?

Nick bateu as mãos na parte de baixo da mesa, fazendo os talheres chacoalharem sobre ela. Seu rosto ficou branco.

— Meu amor, volte para a sua cadeira — Julia disse a Sebastian.

— O que foi? — Elle perguntou, levantando a toalha da mesa.

— O que é isso no seu braço, tio Nick? — Sebastian insistiu.

Jeannie então olhou para o filho. Nick estava puxando as mangas da própria blusa.

— O que é *isso* no seu braço? — Jeannie foi até Nick e levantou a manga esquerda da blusa dele.

Do seu assento, Tony pôde ver uma longa e feia ferida vermelha subindo pelo antebraço de Nick e estendendo-se por debaixo da manga.

— Que porra é isso aí? — Tony disse sem pensar.

— *Tony!* — Julia o repreendeu no mesmo instante por xingar na frente das crianças.

— Ai, meu Deus! — Jeannie puxou para cima a manga, expondo os cortes no braço dele.

— Mãe! — Nick ralhou, puxando o braço e levantando-se num movimento brusco. Ele abaixou a manga, forçou passagem entre os assentos dos seus pais e saiu correndo pela sala de estar.

Tony empurrou a cadeira para trás e o seguiu.

— Tony! — Ele ouviu Julia chamar.

Ele subiu as escadas até o banheiro, apenas para ver a porta se fechar com força bem na sua cara. Tony hesitou.

— Nick? — ele chamou, por fim.

— Vá embora, Tony. — Nick falou com rispidez, dando ênfase a cada palavra.

Tony resistiu à vontade de virar a maçaneta — as portas da sua casa não trancavam. Em vez disso, ele se inclinou para a frente e encostou a testa na porta.

— Por favor — Tony disse baixinho. — Me deixe entrar, por favor. Eu estou tão assustado. — O alívio ao pronunciar essas palavras em voz alta quase o esmagou.

Depois de alguns instantes, Tony ouviu Nick mover-se do lado de dentro, e a porta se abriu com um rangido.

Nick já estava se desmanchando em lágrimas. Tony puxou-o para si em um abraço. Nick estremeceu e soluçou, e Tony sentiu o hálito quente do irmão em sua nuca.

Mas o que estava acontecendo?

Tony cerrou os dentes ao redor dessa pergunta. Ele sabia o que estava acontecendo. Começou a chorar e abraçou Nick com mais força.

Os dois permaneceram assim, abraçados, até caírem em si. Eles estavam de pé no corredor, e vozes nervosas soavam na sala de jantar no andar de baixo. A voz de Jeannie era a mais alta de todas.

Nick se mexeu, interrompendo o abraço.

— Podemos conversar, por favor?

Nick assentiu com a cabeça.

Os dois se sentaram na cama do quarto de Tony e Julia, e Nick exalou um suspiro trêmulo.

— Tudo bem. Então. Quando... você começou a fazer isso?

— Acho que não faz muito tempo.

— Você não está bem, Nick.

Nick deu de ombros. Seus braços estavam cruzados sobre o torso, e as pernas também estavam cruzadas. Era como se ele quisesse se dobrar numa bola. Tony percebeu que estava inconscientemente fazendo a mesma coisa. Descruzou as pernas para sentar-se mais à vontade.

— O seu terapeuta sabe?

— Ainda não.

— Vai ter que dizer a ele.

— Eu vou — Nick respondeu rápido.

— Tenho medo de que você não diga a ele.

— Prometo que vou.

Tony olhou para os braços cobertos de Nick.

— Tenho a impressão de que você está mentindo para mim.

Nick franziu a testa e desviou o olhar.

— Você está se cortando?

— Não. Eu só... Não estou me cortando.

— O que é isso então?

— São como arranhões ou coisa assim — Nick respondeu após uma longa hesitação.

— Nick — Tony sussurrou. Nick *estava* sofrendo. E mais do que Tony havia imaginado.

— Todos sabem que sou eu.

Tony ficou confuso. O que ele queria dizer com isso?

— Que você é a vítima? No caso?

Nick acenou com a cabeça. Lágrimas frescas começaram a rolar por seu rosto.

— Como?

— Isso não importa.

— Quem sabe?

— Todo mundo no campus.

— Puta que pariu — Tony ralhou com voz contida.

— É — Nick disse. Ele esfregou o rosto e depois deixou as mãos caírem sobre o colo.

— O que eu faço agora? Porra, Nick. O que eu posso fazer por você? Nick olhou para o chão. Tony segurou a mão dele e a apertou três vezes. Nick suspirou.

— Pode me arranjar um lenço de papel?

— Claro. Posso chamar a Julia?

— Tá.

Cerca de uma hora depois, Tony, Nick e Julia juntaram-se novamente a Marjorie e Elle, que estavam com as crianças na sala. Julia tinha dito aos dois no andar de cima que os demais convidados iriam para casa, a fim de dar privacidade a eles. Tony havia escutado Jeannie mais cedo. Ela foi embora zangada. Julia provavelmente tinha dito a ela para ficar no andar de baixo, para não sobrecarregar Nick.

— Me desculpe por tudo — Nick disse à mãe de Julia, constrangido.

Marjorie sorriu com doçura e deu um abraço em Nick. Ela sussurrou algo que ele não conseguiu ouvir.

Elle estava no sofá com as crianças, ambas sentadas em seu colo. Na tela atrás dela, viam-se imagens do filme *Mogli, o menino lobo*. Elle se virou para encarar os adultos. Ela não disse nada, e Nick não olhou para ela.

Nick recusou o pedido de Julia e Tony para dormir na casa deles, e Tony ficou envergonhado por ter sentido alívio quando Nick disse a Elle que poderiam ir embora assim que ela quisesse.

Da janela, Tony observou os dois entrarem num carro que ele não reconheceu e partirem.

O quarto estava escuro.

Lentamente, Tony empurrou os pés para fora da cama. Deslizou para fora das cobertas e ficou de pé. *Apenas caminhe, como se estivesse indo ao banheiro.* Tony caminhou com determinação para fora do quarto, e Julia não disse nada.

Ele se arrastou escada abaixo e foi para a sala. Não estava lá. Perambulou pelo andar de baixo até que o encontrou na cozinha — o seu celular. Ele se inclinou na bancada e abriu o navegador. Pretendia terminar o que havia começado na noite anterior. Gabinete do assessor da cidade de Salisbury. Banco de dados on-line. Busca por proprietário. Walker. E lá estava: o endereço de Raymond Walker.

Julia Hall, 2015

JULIA ACORDOU E SE DEPAROU COM O ROSTO DE CHLOE A centímetros do seu.

— Jesus!

— O Seb tá comendo os cookies e não tomou o café da manhã ainda. — Chloe franziu o cenho, contrariada.

Julia esfregou os olhos.

— Que horas são? — Ela se virou e viu que Tony já não estava mais na cama. Eram 8h23 no seu celular. Como pôde ter dormido até tarde?

— Querida — Julia argumentou. — A gente não fica dedurando. Só quando alguém fizer algo que não deve.

— Mas você disse que não é saudável comer doce antes do café da manhã. — Chloe ergueu as sobrancelhas e olhou para a mãe como se elas estivessem em lados opostos num tribunal.

Maldita criança esperta. Julia ainda não havia despertado o suficiente para elaborar uma definição melhor para "dedurar".

— Por que você está me contando isso em vez de falar ao seu pai?

— O papai saiu — Chloe respondeu.

Foi correr de novo, Julia pensou, *que bom.* Talvez assim ele aliviasse a ressaca emocional com que, sem dúvida, havia acordado. Julia engoliu em seco só de se lembrar do dia anterior. Coitado do Nick.

— Venha aqui me dar um abraço.

Chloe subiu na cama e se aninhou nos braços da mãe, enterrando o rosto no cabelo dela.

— Posso comer um cookie também? — Chloe perguntou com a voz abafada.

Julia apertou a filha com mais força.

— Tá, hoje vamos comer cookies no café da manhã.

Lá embaixo, na cozinha, Julia viu os tênis do marido no lugar de sempre, no canto encostado à porta do corredor. Se ela tivesse prestado atenção nesse detalhe, que Tony não havia saído para correr, tudo poderia ter sido diferente.

33

Tony Hall, 2015

DURANTE HORAS, TONY FICOU SENTADO NA RUA EM FRENTE à casa de Raymond Walker, esperando para ver o que aconteceria. Em algum momento, ele tomaria uma decisão, ou Walker forçaria uma decisão quando saísse de casa.

Tony havia checado de novo o site para ter certeza, mas não havia dúvida de que estava no endereço certo. Era uma espécie de chalé cinza numa rua sossegada em Salisbury. Parecia a casa errada, não era como Tony tinha a imaginado. Havia flores de várias cores do lado de fora. A entrada para carros estava vazia, e a porta da garagem estava fechada.

Tony sabia o que queria dizer. Sua mulher era advogada, e se Walker e sua mãe não parassem de postar coisas on-line contra Nick, ele os processaria por invasão de privacidade ou calúnia. Julia já lhe explicara que eles provavelmente não poderiam processá-lo, mas Walker não precisava saber disso. Tony ficaria de pé, olharia bem nos seus olhos e diria que as intimidações contra Nick precisavam acabar. E também diria que ele tinha muita sorte, já que era a corte quem decidiria o seu destino, e não Tony.

Mas agora que Tony estava lá, alguma coisa o impedia de sair do carro. No instante em que ele batesse à porta daquela casa, não haveria mais volta. À medida que a luz do sol subia pelo seu para-brisa, o pensamento de que seria inútil ameaçá-lo com um processo se tornava mais forte. Walker era descarado. Sentia prazer em machucar outras pessoas — Tony apenas daria a Walker o que ele desejava. E o que aconteceria se Tony o enfurecesse?

Então, a porta lateral se abriu. Ninguém mais, ninguém menos do que Raymond Walker saiu da casa. Raymond Walker. O homem que havia machucado tanto Nick que o garoto começou a ferir a si mesmo. Walker fechou a porta e começou a caminhar na direção da garagem. Espere, ele estava prestes a sair.

Tony abriu a porta, atrapalhado, e saiu do carro.

— Ei! — ele gritou.

No final do acesso de veículos, a porta da garagem começou a subir; Walker estava de pé diante da garagem, esperando que a porta se abrisse. Ele se voltou na direção da voz de Tony.

— Raymond Walker — Tony disse, atravessando a rua. A voz dele soou vigorosa.

— Sim?

Tony agora já estava no acesso a veículos da casa. Suas pernas o impeliam para a frente mais rápido do que ele esperava. Ele estava se aproximando de Walker, que recuou na direção da traseira do carro na garagem.

— Ei, ei, ei... *Ei!* — Walker gritou.

Tony o agarrou pela jaqueta e o empurrou contra a traseira do veículo.

— Você vai deixar Nick Hall em paz, seu *bosta*, filho de uma puta! — A voz de Tony soou instável.

Walker levantou as mãos e fechou os olhos com força.

— Tudo bem — ele disse. — Calma.

Tony estava tão perto dele, podia até ver os poros do seu nariz.

Tony soltou as lapelas da jaqueta de Walker e deu um passo para trás. Virou-se e caminhou pelo acesso da garagem. O que foi que ele fez? O que acabou de fazer?

Ele alcançou a rua.

— Ei, para referência futura, você é o irmão ou o namorado? — Walker falou.

Walker o estava provocando. Tony precisava entrar no carro e ir embora. Mas seus pés não se moveram. Ele hesitou, parado na rua. Não se virou. *Só continue andando. Entre logo nesse carro.*

— Ele falou do irmãozão. — A voz de Walker era dotada de uma jovialidade tensa. — Você sem dúvida parece grandão.

Comece a andar, é só colocar um pé na frente do outro. Entre no carro.

— Quando isso tudo passar, quem sabe a gente...

— Abra de novo essa boca e eu te *mato*. — Tony se voltou para Walker. Sua voz agora não soava vigorosa; não soava nem mesmo trêmula.

Lágrimas quentes brotavam enquanto ele falava, e sua voz se transformou num sussurro. — Eu vou *matar* você. Deixe o Nick em paz.

Walker riu, repugnante e satisfeito.

Tony se voltou na direção do carro, andou até o veículo e arrancou, enquanto Walker, de pé, ficou apenas observando.

34

John Rice, 2015

— DETETIVE, LIGAÇÃO PRA VOCÊ.

— Mas eu não estou na minha mesa, estou? Anote o recado.

— Desculpe, senhor — Thompson disse. Ele era novato, e sabia muito pouco a respeito dos costumes na delegacia. Rice havia sido chamado às quatro daquela manhã para um caso de assalto e agressão corporal e acabara de chegar à delegacia. Ele não precisava levar um susto no instante em que passasse pela porta.

Rice continuou andando na direção do refeitório e, enquanto caminhava sem pressa, ainda teve tempo de ouvir Thompson dizer:

— Desculpe, senhor Walker, vou ter que anotar o seu recado para quan...

— Ei! — Rice girou o corpo e acenou para Thompson com a mão livre, espirrando o café do copo de isopor que segurava com a outra mão. — Vou atender — ele falou baixo, mas com ênfase.

— Ah — Thompson disse, observando Rice. — Ele está aqui. Vou transferir a chamada.

Rice ativou o viva-voz do telefone para que pudesse ficar de pé. A unidade estava relativamente silenciosa, e suas costas estavam doendo.

— Detetive Rice falando.

— Boa tarde, detetive. Que bom que consegui encontrar você. — A voz traiçoeira de Walker soou quase sarcástica; ele se esforçava muito para parecer amável.

— Então, Ray, o que eu posso fazer por você? — Rice respondeu, usando o mesmo tom de voz que o outro.

— Eu só queria notificar um incidente. É que o irmão do Nick Hall foi até a minha casa e ameaçou me matar.

Rice pegou o fone do aparelho.

— Ele fez isso? Fez mesmo?

— Sim, senhor. Eu entendo que isso não seja nada fácil para ele, pois com certeza ele acredita nas mentiras que o irmão contou.

Rice mordeu a língua. Ray poderia facilmente estar gravando a conversa. Nos tempos atuais, jamais diga ao telefone algo que você não queira que seja reproduzido nos tribunais.

— Eu lamento pela família dele, lamento mesmo — Ray continuou. — Mas não posso permitir que uma pessoa vá à minha casa, coloque as mãos em mim e me jogue de um lado para o outro.

Rice fez uma careta. Tony teria mesmo feito algo tão estúpido?

— Alguém foi longe demais, você não acha? Entendo a situação dele, mas compaixão deve ter um limite e eu preciso traçar o meu.

Rice adoraria responder "compaixão o caralho", mesmo correndo o risco de ouvir isso reproduzido na corte várias vezes. Em vez disso, ele respondeu:

— Tem certeza de que era o irmão de Nick Hall?

— Ah, sim, eles têm feições bem parecidas. E eu estou certo de que você sabe que ele dirige um Ford Explorer cinza.

Merda. Mas o que deu em Tony? Intimidar um acusado é crime, sem mencionar as denúncias de agressão e de intimidação. Isso só complicaria ainda mais as coisas.

— Tudo bem, Ray. Pode vir até aqui para dar a sua declaração?

— Ah, não, eu não vou apresentar queixa.

Hein?

Rice ficou em silêncio, então Ray continuou:

— Vou prestar queixa se acontecer de novo, mas, por enquanto, só quero relatar o acontecimento. Ele me assustou, detetive. Disse que me mataria. Mas sou um homem razoável. Sei que ele está sofrendo. E ele não tem motivo para duvidar do irmão mais novo e acreditar em mim... ainda.

Qual era o jogo dele? Rice tirou uma caneta do bolso da camisa e numa folha em branco sobre a mesa escreveu: *27-11-2015 Ligação de RW. TH ameaçou matar RW. RW não prestou queixa, só relatou o fato, sabe que TH está sofrendo.* Rice pensou um pouco, então acrescentou aspas em *só relatou o fato*.

— Bem, a escolha é sua de apresentar queixa ou não.

— E escolho não apresentar.

— A que horas aconteceu?

Um instante de silêncio.

— Esta manhã, por volta de nove e cinquenta.

— Certo. — Rice consultou o seu relógio. — Mas são quase duas da tarde. Por que esperou até agora para telefonar?

— Fui comer um lanche primeiro. Eu tinha acabado de sair de casa quando ele me surpreendeu. Ele estava me esperando na rua.

— Sei. E em que lugar você foi comer?

— Por quê?

— Para registro. Melhor perguntar agora detalhes do acontecimento, para que você não precise se lembrar deles mais tarde, caso mude de ideia. — Aquilo não estava cheirando nada bem. Rice escreveu os horários em sua folha.

Ray respondeu rápido e em seguida concluiu:

— Preciso desligar. — Havia algo na voz dele. Ele queria que Rice registrasse exatamente aquilo... mas não queria falar sobre o restaurante.

— Aquele em Ogunquit? Bom demais lá. Tudo bem, Ray, pode ir. Vou registrar o seu relato e finalizar o procedimento.

— Obrigado — Ray disse apenas, e desligou.

Rice pôs lentamente o aparelho no gancho. O que aquele sujeito pretendia?

Quando Rice ligou para o restaurante, uma mulher de voz jovem atendeu e disse que tiveram a manhã bem movimentada no restaurante, como geralmente acontecia no dia seguinte ao feriado de Ação de Graças. Contudo, ela se lembrava de um homem que havia aparecido lá, cujo nome ela não sabia. Ele tinha cerca de trinta anos, talvez mais, talvez menos; ela era péssima em avaliar a idade das pessoas. Mas o homem chamou a atenção dela.

— Ele disse que estava atrasado para uma reunião às dez e me passou alguns sobrenomes para checar; eu encontrei a reserva, mas ninguém havia aparecido. Além dele, quero dizer. — Ela disse o nome de quem tinha feito a reserva, foi em vão. E continuou: — Ele pareceu triste quando eu disse que só ele havia aparecido. Acho que ele se levantou e foi embora.

Rice agradeceu à garota e desligou. Pelo visto, ao menos alguns dos amigos de Ray Walker tiveram o bom senso de se distanciar dele. Bem que alguns dos idiotas que concordavam com ele on-line poderiam fazer isso também.

Tony Hall merecia um belo corretivo. Se a menor parte da história de Walker fosse verdadeira... Como ele podia ter sido tão tolo? Tony era uma figura paterna para o irmão, de certo modo. Era óbvio que toda aquela situação estava enlouquecendo Tony. Mas ele acabou dando mais munição a Walker: *Viram só? Os Hall são instáveis.* Ele estava prejudicando justamente a pessoa que tentava proteger.

Sua mente se deteve na mulher de Tony por um momento. Sempre que o rosto de Julia surgia em sua mente ele o afastava, mas dessa vez deixou que a imagem dela permanecesse. O cabelo banhado de luz do sol, como na primeira vez que ele a viu na pia da cozinha. Quanto mais Rice pensava em Julia, mais a semelhança dela com sua falecida esposa ficava evidente para ele. Não tinham o mesmo cabelo, nem qualquer correspondência física; mas os olhos, o sorriso, a ternura. Sem dúvida, nisso ela se parecia com Irene. As duas carregavam a marca das mulheres *boas* no grau mais elevado. Mulheres boas que haviam se casado com homens que tinham que se esforçar para serem bons.

35

Julia Hall, 2015

O CELULAR DE TONY TOCOU NA COZINHA. JULIA AUMENTOU o volume da televisão, deixou as crianças no sofá e caminhou rapidamente para estar ao lado de Tony quando ele atendesse a ligação. Depois de voltar tarde para casa naquela manhã, Tony havia contado à esposa o que tinha feito. Julia gritou com ele e depois disso, nada aconteceu durante horas. Ela tinha certeza de que a paz não duraria muito. E estava certa. Era o detetive no telefone.

— Acabo de receber um telefonema do Ray Walker — disse o detetive Rice.

Julia achou que seu coração fosse saltar do peito. Tony seria preso. Tony abriu a boca para falar e Julia levantou a mão. Ela não queria que a polícia ouvisse o que o marido tinha a dizer, fosse o que fosse. Nada de admissões.

— Você está aí? — o detetive perguntou após um instante.

Julia fez um aceno para Tony.

— Sim — Tony respondeu.

— E Julia?

— Estou aqui — ela disse.

— Certo. Tony, Ray Walker disse que você o agrediu na casa dele esta manhã.

O olhar de Julia foi do telefone para o rosto do marido. Suas pálpebras inchadas estavam fechadas e seu cenho, franzido pela preocupação.

— Disse que você ameaçou matá-lo.

Ela sentiu um calafrio na espinha e estremeceu.

— Então temos agressão, intimidação e perseguição contra um acusado.

Julia levou as mãos ao rosto. Todo o drama que eles já viviam agora recomeçaria, desta vez com Tony como réu. Sua mente começou a listar as possíveis consequências: prisão preventiva, pena de prisão, ficha suja. O escritório de Tony acabaria descobrindo. *A mídia* descobriria. Toda a mídia já acompanhava o caso de Nick.

— Você poderia ter sido acusado dessas coisas — o detetive Rice observou, depois de uma longa pausa.

Julia tirou as mãos do rosto. Tony olhou para ela, confuso.

— Ele não vai prestar queixa — disse o detetive.

— Quê? — Julia perguntou.

— Pois é. Você teve mesmo muita sorte.

Tony passou o celular para Julia e se deitou no chão da cozinha.

— Então... é isso? — ela perguntou.

— Por enquanto — Rice disse. — Tony, eu não sei o que você estava pensando. Mas esse tipo de coisa não ajuda em nada. Você me ouviu?

No chão, Tony acenou com a cabeça. Sua cabeça estava apoiada no piso, seus braços imóveis junto ao corpo.

— Eu não sou um grande fã de justiceiros, ouviu? — Rice continuou. — Deixe a gente cuidar disso.

— Obrigada — Julia disse.

— Não agradeça a mim. Essa conversa seria bem diferente se o Walker quisesse prestar queixa.

Eles desligaram.

— Eu não sei o que estava pensando. — Tony olhou para o teto. — Eu não sei.

Mas Julia sabia.

Tony sempre foi um solucionador de problemas. Ele gostava de resolver problemas: principalmente os de outras pessoas.

Agora, Tony queria cuidar de Nick. Seu irmãozinho, o menino que ele havia salvado várias vezes. Ele não tinha onde descontar toda essa raiva e desespero.

Julia se deitou no chão frio da cozinha ao lado de Tony e segurou a mão dele.

Na tarde do dia seguinte, todos estavam reunidos no quintal, jogando um jogo parecido com futebol americano. A versão de Chloe do esporte incluía arremessar a bola de plástico para os participantes e os gols das duas equipes serem na mesma macieira.

O celular de Julia tocou. Naquele momento, havia poucas pessoas cujo telefonema ela atenderia — e Charlie Lee era uma delas.

— Preciso atender essa ligação, mas já volto — Julia disse, acelerando o passo na direção da casa e fora do alcance deles. Ela parou no patamar da entrada e se sentou.

Charlie se desculpou por telefonar bem no fim de semana.

— Tá brincando? Eu não via a hora de receber a sua ligação.

— Ah — ele suspirou.

E, nesse instante, ela desejou não ter atendido.

— O quê? Não achou nada?

— Me desculpa, Julia. Se ele fez isso a alguma outra pessoa, eu não a encontrei.

Merda.

— Não tem problema.

— Houve um momento em que eu pensei ter encontrado alguma coisa, mas... — ele hesitou.

— O que você quer dizer?

— Ah, era um beco sem saída. Um bartender em Providence acha possível que tenha visto Ray Walker no bar em que trabalha, *dois anos atrás.*

— Providence, Rhode Island?

— É. A empresa do Walker vende para toda a Nova Inglaterra. Então, procurei em vários bares gays em algumas das maiores cidades.

O coração de Julia se acelerou em seu peito.

— E?

— E não encontrei nada, infelizmente. Ele se lembra de um sujeito bem bonito que apareceu no bar duas noites seguidas, que estava falando com um cliente, um jovem tímido. Na segunda noite, o garoto saiu com o cara. O bartender planejava perguntar ao cliente, no fim de semana seguinte, o que tinha rolado, mas o garoto nunca mais voltou.

Um grito de Chloe fez Julia olhar na direção do quintal. Tony estava correndo atrás dela com a bola.

— Muito tempo depois disso, o bartender viu o jovem em uma feira com uma garota. Parece que era um relacionamento de fachada, eles estariam fingindo que eram namorados. O bartender acha que ela estava por dentro das coisas. Ele nunca pensou que algo de ruim tivesse acontecido. Até que recebeu o meu e-mail.

— Ele se lembra do nome desse cliente?

— Não. Não do sobrenome, de qualquer maneira.

— Então... — Eles realmente não tinham nada.

— Estou bastante desapontado — Charlie disse. — Deve haver outras pessoas por aí que sofreram o mesmo que o seu cunhado nas mãos desse cara. Só que não é nada fácil encontrá-las.

— Foi muita gentileza sua procurar isso para mim, de verdade.

— Eu ainda posso ter alguma resposta de outros bares. Se eu...

— Tudo bem, daí então você me liga. Mas não gaste mais nem um minuto do seu tempo fazendo isso.

Charlie ficou em silêncio.

— Sei que você está preocupada com o julgamento, mas tente não ficar.

Julia estava começando a sentir vontade de chorar.

— Eles têm muitas evidências para condená-lo — Charlie disse. — Na minha opinião, Raymond Walker é um homem que está prestes a ser abandonado pela sorte que teve a vida inteira.

Depois que se despediram, Julia sentou-se e girou o celular nas mãos. Sorte a vida inteira — isso fazia sentido. Charlie era bom, mas se ninguém tinha denunciado Raymond Walker, se ninguém tinha fotos nem DNA dele...

Julia estremeceu. Uma vida inteira de sorte. Ela levantou a cabeça e olhou para o gramado. Tony estava segurando Chloe pela cintura e rodopiando-a no ar. As crianças tagarelavam e davam gritinhos de alegria. Tony riu, pôs Chloe no chão, girou os ombros, e seu sorriso foi se apagando. Quando Tony observou as crianças correndo até a árvore, um olhar meio melancólico surgiu no rosto dele. E quanto ao longo tempo de felicidade deles? Será que isso também iria se apagar?

35

Julia Hall, 2019

JULIA OLHOU PARA O DETETIVE RICE.
 Se nunca mais tivesse visto esse homem, Julia teria morrido feliz.
 — Você sabe por que chamei você aqui, não sabe?
 Sim.
 — Não — ela respondeu.
 Será que ele conseguia ver o suor na testa dela?
 — Eu penso no caso do Nick — disse o detetive — e vejo todos os erros que cometi. Os que enxerguei. E os que deixei passar. Quando o Walker me ligou e me contou o que Tony havia feito… Penso nesse dia e queria ter percebido o que estava por vir.
 Uma emoção que ela não experimentava havia muito tempo ressurgiu na boca do seu estômago, enquanto ela estava sentada diante do detetive, a encarnação do processo de justiça criminal. Julia sabia o que ele era. Um policial era sempre um policial: aposentado ou não, morrendo ou não. E a história sempre exigiu justiça, não é mesmo?
 Sim, ela sabia por que estava ali. Sabia o que a esperava. O detetive não tinha pressa, mas eles agora estavam se aproximando do verdadeiro motivo daquela conversa: o inverno em que Raymond Walker desaparecera.

III.
DEZEMBRO

Ouvi um pássaro cantar
Na escuridão de dezembro
Que magia sem par
Tão doce quando me lembro.
"Estamos mais perto de ver chegar
a primavera do que setembro",
Ouvi um pássaro cantar
Na escuridão de dezembro.

OLIVER HERFORD, "I HEARD A BIRD SING"

37

Nick Hall, 2015

O ESCRITÓRIO DE JEFF ERA PEQUENO E ACONCHEGANTE.
Como de hábito, Jeff estava usando suéter e calça social. Nick havia retirado as botas na porta e agora esfregava os pés com meias para a frente e para trás no tapete macio, enquanto os dois conversavam.

— Então, isso te dá uma sensação de alívio — Jeff disse.

— Sim.

Eles estavam falando sobre o que Nick vinha fazendo no próprio corpo. O ato de cutucar, arranhar, ou o que quer que fosse.

Nick já havia falado sobre o assunto na sessão de aconselhamento de emergência que tivera depois do feriado de Ação de Graças. Falar sobre a mesma coisa com Jeff não iria ajudar. Ele sabia por que estava fazendo isso. Era uma distração para escapar da verdade. Ele quase havia contado a Jeff certa vez. E quase contou a Tony no Dia de Ação de Graças. Achava que pudesse alterar a verdade se contasse a si mesmo a história falsa várias e várias vezes, mas as coisas só pioravam.

Jeff estava dizendo alguma coisa, e Nick o interrompeu.

— Pode me explicar de novo como funciona com a gente, tipo, nos tribunais?

— Não entendi.

— Tipo, sei que você pode contar a alguém se eu quero me ferir ou ferir outra pessoa, mas você comentou algo sobre a corte uma vez.

— Comentei?

Nick fez que sim com a cabeça.

— Na primeira vez que nos encontramos, você disse que um juiz podia obrigá-lo a entregar os meus registros.

— Ah. Bem, isso é possível. Gosto de dizer aos clientes, antes de mais nada, que existem alguns limites para a confidencialidade. Saiba que eu vou guardar os seus segredos, mas saiba também que algumas vezes eu não poderei guardá-los. Acho que é mesmo importante te dizer isso *antes* que algo aconteça.

Nick levou a mão à cabeça. A casca de ferida ainda estava lá. Mais seca e menor, mas ele ainda a cutucava com frequência suficiente para impedir que cicatrizasse.

— Nick... — Jeff disse, acenando em sua direção. — Eu não consigo conceber um cenário em que o Ray tenha acesso aos seus registros, se é isso o que te preocupa. — Eles usavam o nome "Ray", Nick não gostava de chamá-lo de "Walker", como a promotora e Tony faziam. — Sobre o que você gostaria de falar comigo?

O braço de Nick começou a coçar, e ele o esfregou.

— Nick.

Nick entrelaçou as mãos sobre o colo. Não era forte o bastante para guardar o segredo por mais tempo. Tentou reprimi-lo, sufocá-lo, mas era fraco demais. Precisava contar a alguém, pois não sabia mais o que fazer.

— Quero contar a você o que aconteceu de verdade.

Nick ouviu o Volvo enferrujado de Johnny antes de vê-lo. Johnny havia chegado cedo e estava esperando pelo amigo, como vinha fazendo após cada sessão desde que Nick tinha deixado a casa de Tony.

Seu rosto estava inchado por ter passado boa parte da última hora chorando. A esperança se instalou em seu peito, diferente de tudo o que ele já havia sentido. De volta ao escritório de Jeff, ele finalmente fez o que tinha pensado em fazer tantas vezes durante aquele outono. Revelou a alguém toda a verdade. Quando terminou, Jeff se inclinou para a frente na cadeira e disse o nome de Nick. Ele levantou a cabeça e encarou Jeff, que então pronunciou as três palavras mais inesperadas.

"Eu te perdoo."

Jeff disse muitas outras coisas depois disso, mas essas três palavras ecoavam na mente de Nick quando ele chegou ao carro de Johnny.

"Eu te perdoo."

Ele poderia ser perdoado pelo que havia feito.

Nick abriu a porta e se sentou ao lado de Johnny. O Volvo parecia uma sucata velha e fazia uma barulheira quando passava de sessenta por hora; mas era quente, limpo e cheirava bem.

— Como foi?

— Legal. Foi bom mesmo. — Nick colocou o cinto de segurança e sorriu para Johnny. — Obrigado por vir me pegar.

Johnny sorriu enquanto dirigia.

— Você não precisa dizer isso todas as vezes. — Então o sorriso sumiu do seu rosto. — Pelo menos não enquanto estiver pagando a gasolina.

Nick deixou escapar uma risada. Como Johnny era o único que tinha carro, seus serviços de motorista eram requisitados com frequência pelos colegas. Depois de um tempo, ele começou a se incomodar com isso, mas então todos passaram a lhe pagar a gasolina e as coisas melhoraram. Agora, o sistema era simples: sem pagamento, sem táxi Maserati — Nick havia criado esse apelido em setembro. Fazia meses que ele não chamava o Volvo pelo nome.

Em casa, Nick entregou cinco dólares a Johnny e subiu direto pela escada rumo ao seu quarto. Fechou a porta assim que entrou.

Sentou-se na cama, pegou o celular e procurou o telefone do escritório da promotoria. Jeff havia sugerido a Nick que tentasse falar com a advogada que orientava vítimas, Sherie. Provavelmente Sherie seria a melhor pessoa para lidar com isso. Nick pressionou o número divulgado no site da promotoria. Se ele não ligasse agora, enquanto ainda lhe restava alguma confiança de que era a coisa certa a fazer, talvez jamais o fizesse.

Nick selecionou no menu a opção de falar com um funcionário.

— Escritório da promotoria, Jodi falando.

— Oi, hã, estou ligando para falar com a Sherie, a advogada, por favor.

— A Sherie está fora esta semana. Você é uma vítima num caso em aberto?

Lá estava aquela palavra de novo.

— É, eu... Sim, sou. Sim.

A voz do outro lado se abrandou.

— A Sherie teve uma morte na família, mas deve voltar na próxima segunda. Gostaria de falar com o defensor designado para o seu caso?

Será que ele deveria? Não. Ela o intimidava. Tudo o que Sherie precisava fazer era estar lá quando Nick precisasse. Deveria ser mais fácil falar com ela.

— A defensora é a pessoa certa para alguém falar a respeito da sua história, ou do seu testemunho? Quero dizer, se eu precisasse de... se...

O que é que eu estou fazendo?

— Deixa pra lá. Volto a ligar na semana que vem, obrigado.

— Eu pos...

Nick desligou. Ele precisava falar com Sherie. Não com outra pessoa. Podia aguentar uma semana. O que tinha que falar já não era mais um segredo absoluto — ele havia contado a Jeff.

Nick delicadamente puxou as mangas da blusa para cima, uma de cada vez, tomando o cuidado de não deixar que o tecido arranhasse as feridas mal cicatrizadas. Elas tomavam toda a parte de baixo dos seus antebraços e imploravam para serem coçadas. Em vez disso, ele apenas as observou.

Desceu a escada, foi até o congelador e pegou um cubo de gelo da bandeja. Segurou-o na mão esquerda, apertando-o com força. O frio penetrou dolorosamente na palma. Ele estendeu a mão latejante e deixou que o gelo transformado em água escoasse para dentro da pia. Tudo o que ele conseguia sentir era a dor em sua mão, do jeito que ele queria.

Julia Hall, 2015

NO FINAL DA ESCADA, JULIA PODIA OUVIR OS SONS VINDOS da cozinha. O bacon fritando, o crepitar da cafeteira, as vozes familiares do noticiário na televisão. Os âncoras do canal oito apresentavam um programa estúpido chamado *Sábados com Michelle e Miguel*, no qual Tony às vezes colocava enquanto preparava o café da manhã.

Ela parou na entrada da sala. No final do corredor, na cozinha, uma terceira voz se somava às vozes de Michelle e de Miguel. Julia não reconheceu a voz, mas soube imediatamente o que estavam discutindo.

"O que torna esse caso tão interessante é que a vítima é um adulto do sexo masculino", disse a voz. "Não dá para afirmar que isso seja inédito, mas é quase."

Julia foi rapidamente para a cozinha, onde Tony estava imóvel.

— O que é isso? — Julia perguntou, aproximando-se de Tony.

— Shhh!

Na tela, um homem estava sentado diante de Michelle e Miguel.

"Vai ser fascinante ver como um júri reagirá à situação", o homem comentou.

Julia avançou até a televisão.

— Por que você está vendo isso? — Ela estendeu a mão para desligar o aparelho.

Tony afastou a mão dela para o lado.

— Não mexa aí. Estou tentando ver.

— Por que está fazendo isso com você mesmo?

Ele arregalou os olhos em irritação, mas não os tirou da tela.

— Pode parar de falar?

Julia se pôs sobre os calcanhares e cruzou os braços.

Miguel se inclinou na direção do homem.

"E o que sabemos até agora sobre *a situação*?"

"Os dois homens se encontraram em um bar, o Bar do Jimmy, em Salisbury. Em algum momento, eles se deram conta de que estavam interessados um no outro, então saíram do bar juntos e foram para o quarto de hotel do sr. Walker. Basicamente, o Estado buscará provar que o sr. Walker espancou a vítima no hotel, e que a agressão sexual aconteceu enquanto o homem estava inconsciente."

"E de que importa que a vítima seja do sexo masculino?", Michelle perguntou.

"Na verdade, importa mais com relação às histórias que a defesa e a acusação contarão, e isso pode afetar o que os jurados acreditam saber.

Tudo pode acontecer. Será que um júri vai acreditar que um homem forte e saudável foi nocauteado e acabou sem nenhuma lembrança do evento? Existe muita especulação a respeito da quantidade de álcool que a vítima ingeriu; mas, sendo a vítima um homem, a tolerância é maior, claro. E, provavelmente, não haverá perguntas sobre o que ele estava vestindo", o homem disse com um sorrisinho rude.

Sem aviso, Julia levantou a mão e desligou a TV. Tony ficou sem ação, parado, olhando para a tela escura. Ela estendeu a mão, mas encontrou apenas o espaço vazio de onde ele estava segundos antes.

Sem dizer uma palavra, ele saiu da cozinha e seguiu pelo corredor. Depois de um momento, ouviu-se a porta bater. Ela escutou o som de passos sobre o cascalho, e Tony foi embora.

Tony estava sentado na cama com um livro no colo, olhando para a janela. Julia se sentou no outro lado da cama e se preparou para começar a ler o seu livro, mas Tony falou com ela.

— Eles têm que prender esse filho da puta.

— Ele provavelmente vai ser preso. — Julia tinha mais a dizer, mas Tony a interrompeu.

— Provavelmente?

— Não dá pra ter certeza. Mas, mesmo que ele vá pra cadeia, isso não vai fazer o Nick parar de se machucar.

— Talvez faça.

— Acho que você está simplificando demais os problemas que o Nick vem enfrentando.

— Como assim?

— A prisão do Walker não vai ajudar o Nick a aceitar o que quer que tenha acontecido com ele naquela noite.

Um sorrisinho surgiu no rosto de Tony. Um sorriso amargo — como se ele tivesse pensado consigo mesmo "Aí está". Como se ela acabasse de confirmar que Tony estava certo sobre alguma coisa.

— Que foi?

— Nada — Tony respondeu, abrindo o livro.

— Não é hora de brincar de passivo-agressivo.

— Tudo bem. — Ele fechou o livro. — Às vezes, sinto que você não acredita no Nick.

— Quê? De onde você tirou isso?

— É o que eu sinto. Pelo modo como você fala dele.

— E de que modo eu falo dele?

— Como você acabou de falar. Como se o Nick não soubesse o que aconteceu a ele.

— Eu só quis dizer que, se ele desmaiou, não podemos saber se...

— Pare. — Ele jogou a manta de lado e pulou para fora da cama.

— Nossa!

Ele estava diante da penteadeira agora.

— Antes que você diga o que eu acho que vai dizer, quero que você se lembre do estado em que ele estava no hospital. Na nossa casa. Do que a enfermeira falou. E quer saber? Eu não quero ouvir o que você acha.

— Tony...

— Não vou nem conseguir olhar mais pra você se você acha que...

— Tony...

— Não. Pare, eu já estou cheio disso.

Eles estavam falando ao mesmo tempo.

Julia não queria levantar a voz já que as crianças estavam no final do corredor.

— Tony. *Tony.* Pode prestar atenção? Eu acredito que o Nick esteja dizendo a verdade, mas *ele disse* que não sabe o que aconteceu. Não acha estranho que o Walker não tenha feito isso a mais ninguém?

Tony a fitou de maneira significativa.

— Bom, há uma primeira vez para tudo.

— Para discordarmos, por exemplo?

— Não sabemos se há outras vítimas por aí.

— E se soubéssemos?

— E como poderíamos saber? A polícia não tem tempo para sair à procura de outras vítimas.

— Não a polícia.

— Do que você está falando?

E agora? Ela queria mesmo contar a ele sobre Charlie Lee? Julia achou que quisesse manter isso em segredo, para evitar que Tony ficasse decepcionado ao saber que Charlie não havia encontrado nada que ajudasse a garantir uma condenação. Porém ela queria contar tudo a Tony — ela própria o havia conduzido nessa direção.

— Pedi ao Charlie Lee que investigasse umas coisas para nós.

— Quem é Charlie Lee?

— Aquele investigador particular com quem eu costumava trabalhar.

Tony a encarou por um momento.

— Você contratou um detetive particular?

Os serviços de Charlie não foram caros, mas ela não tocou nesse assunto.

— Eu já estava usando os serviços dele no trabalho com registros de menores infratores.

— Quando você falou com ele?

— Você quer um horário?

— Está *trabalhando* com um detetive particular e não me contou?

— Eu não sabia se *deveria* contar a você. Entrei em contato com ele logo depois que o seu braço atravessou a porta da entrada na frente das crianças.

Tony franziu o cenho, e, de súbito, o seu semblante ficou igual ao de Sebastian, à beira das lágrimas. Isso foi cruel; ela não deveria ter dito uma coisa dessas.

Julia suavizou a voz.

— Me desculpa. Mas acho que precisamos considerar de maneira realista o que a corte pode oferecer ao Nick. Sei que há outras evidências, mas, no final das contas, será a palavra do Nick contra a do Walker, e o Nick dirá que não se lembra do que aconteceu. Por isso eu pedi ao Charlie para tentar encontrar mais alguém, alguma outra vítima, mas ele não achou nada. E ele é muito bom no que faz.

— E o que ele fez? Ligou para *todos os homens gays do mundo* e perguntou "Ei, alguma vez você já...".

— É óbvio que não — Julia o interrompeu. — Mas ele investigou em vários bares gays na Nova Inglaterra, lugares que o Walker pode ter frequentado em suas viagens de negócios. Apenas uma pessoa mencionou que talvez o tenha visto por lá.

O rosto de Tony se iluminou.

— Alguém o reconheceu?

— Talvez. O cara, um bartender, não tem certeza. Só informou que o Walker se parece com um cara que saiu com um cliente, mais jovem, mas não passa disso. Charlie não conseguiu descobrir quem era o cliente; então, tudo o que sabemos é que alguém que se parece com o Walker saiu com um jovem tímido, e que o bartender nunca soube de fato o que aconteceu.

— Prestou atenção no que você mesma está dizendo? Ele tem um tipo. Tem um *modus operandi*. Isso precisa chegar à promotoria, tem que ser levado aos tribunais.

— Meu Deus, claro que não! Se eu fosse advogada do Walker, eu faria uma festa com isso. "De onde veio essa informação?", "A família do Nick Hall contratou um detetive particular". "E *tudo* o que ele descobriu é que alguém parecido com o meu cliente saiu com um cara que conheceu num bar dois anos atrás?" Isso é ainda pior do que não ter encontrado nada.

— Aí é que está — Tony disse, apontando para ela. — Esse é o seu problema.

— Qual?

— "Se você fosse advogada dele." Mas você já foi advogada dele antes, Julia. Você já defendeu vagabundos como ele.

— E daí?

— Você está avaliando o caso do ponto de vista do Walker, quando deveria avaliá-lo do ponto vista do Nick.

— Isso é uma *grande* ofensa! Aquilo era trabalho. Isso é pessoal, envolve a *família*. Eu só quero que você tenha uma visão realista dessa parte do caso e de como pode terminar. O Walker pode ir a julgamento, e, se for, o Nick terá que testemunhar, e é possível que o Walker ganhe.

Tony ergueu a mão no ar.

— Preciso dar uma volta.

— Agora? — A janela do quarto parecia um espelho negro. — Está escuro. E muito frio.

— Vou vestir um casaco.

Estava frio demais para sair a pé. E se em vez de sair a pé ele resolvesse entrar no carro e dirigir por aí? E se esse passeio de carro o levasse de volta à casa de Walker?

— Por favor, não saia de casa agora. — Se Julia dissesse o que estava pensando, isso só os faria mergulhar ainda mais naquela *disputa*, ou o que quer que fosse aquilo. Mas ela precisava saber se ele seria capaz de fazer algo de que se arrependeria. — Por favor, não vá de novo.

Talvez Tony temesse a mesma coisa que ela, porque ele cedeu.

— Tá bom. — Ele puxou com força o travesseiro ao lado dela e pegou o livro que estava debaixo das cobertas. Ele não olhou para ela.

— Tá bom — ela disse.

Ele parou na porta.

— Eu só queria comentar uma coisa... Você acha que eu não te conto as coisas, mas contratar esse cara foi um segredo enorme que você guardou.

Julia tentou pedir desculpa, mas não conseguiu. Não estava arrependida.

— Boa noite — ela disse, estendendo a mão na direção da luminária ao lado da cama. E apagou a luz, deixando Tony na escuridão.

39

John Rice, 2019

RICE ACHOU ESTRANHO QUE JULIA, SEM SE QUEIXAR, O DEIxasse arrastá-la com suas lembranças através do outono até o inverno — *aquele* inverno. Sem perguntar aonde ele queria chegar. Talvez Julia não precisasse perguntar aonde ele queria chegar; talvez ela já soubesse.

— Aqui estou falando sobre o que eu estava sentindo, mas não fazia ideia do que o seu cunhado estava enfrentando.

Julia acenou com a cabeça.

— Eu também não, acredite.

— Você já descobriu por que ele... — Rice hesitou.

— Tentou uma overdose — ela respondeu, sem resquício de remorso na voz.

— Isso.

— Acho que por uma porção de coisas, todas juntas e somadas. — Ela virou a cabeça para o lado e pensou. — Pelo que me lembro, ele havia tido uma semana bastante ruim.

Nick Hall, 2015

NO SÁBADO À NOITE, NICK BEBEU SOZINHO. ELE ACABOU A noite no banheiro, se ajoelhou no chão e forçou o vômito, esperando evitar uma ressaca. Então ele se levantou, lavou a boca e fixou o olhar no espelho sobre a pia. Essa pessoa era mesmo ele? As linhas de seu rosto estavam duras, os olhos, úmidos e vazios. A imagem era nítida, mas sua mente estava se derretendo, turvando-se. Se pudesse, ele se dissolveria na água fria e escoaria pelo ralo.

No domingo, Nick acabou ficando de ressaca, no final das contas.

Sherie telefonou na segunda-feira. No início, Nick pensou que ela soubesse, de algum modo, que ele a havia procurado por telefone na semana anterior. Mas ela logo começou a falar da corte, e ele percebeu que se tratava apenas de uma coincidência. Ela informou que haveria uma audiência na próxima terça-feira. Ela disse que o estava lembrando da data, mas ele não se recordava de ter combinado esse compromisso.

— A audiência de conciliação — ela disse — é como chamamos quando o promotor e o advogado de defesa se reúnem para falar sobre o caso na corte, tentando chegar a um acordo para resolver a questão.

— Então tudo pode terminar na terça-feira?

— Talvez, mas não fique esperançoso demais, por favor.

Tudo bem. Nick se recordava da reunião no escritório da promotoria. Se chegassem a um acordo para o caso, provavelmente aconteceria mais próximo da data do julgamento. Dois meses já pareciam uma eternidade para Nick; mas, pelo visto, o caso estava apenas no início.

— Como vai funcionar?

— Na corte? O réu estará lá, um juiz, mas na maior parte do tempo serão apenas os advogados falando. Linda dirá a Eva, a advogada de defesa, por que ela acha que vai ganhar no julgamento e o que ela acredita ser uma sentença justa. Eva dirá a Linda por que acha que Linda perderá e qual sentença eles aceitariam para encerrar o caso.

— Que tipo de sentença seria?

— Linda quer saber se você acha satisfatório que ele cumpra quatro anos de prisão, mas com um total de dez anos que ele poderia cumprir caso violasse a condicional.

Nick não sabia o que dizer. Quatro anos na cadeia pareciam ser um longo tempo. Mas talvez não. Se eles encerrassem o caso agora, sem que Nick contasse a verdade a Sherie, significaria que todos considerariam os quatro anos um castigo a Ray pelo que Nick o tinha acusado de fazer: convidar Nick para um quarto de hotel, nocauteá-lo e violentá-lo enquanto ele estava indefeso. Quatro anos não pareciam ser tanto tempo assim, afinal.

— Essa é apenas uma oferta para chegarmos a um acordo com ele — Sherie continuou. — Se ele não aceitar, e se Linda vencer no julgamento, ela brigaria por um tempo bem maior.

— Então seriam quatro anos se evitarmos o julgamento?

— Isso — Sherie respondeu.

Se não houvesse julgamento, não haveria razão para contar à promotora a história — a história verdadeira. Haveria? Ele se sentiria mais livre, de verdade, só por revelá-la, se no fim seria inútil?

— Parece bom — Nick disse a Sherie. E ele não contou a ela.

Na terça-feira, Nick teve sessão de terapia. Ele foi à sessão pronto para contar a Jeff o que tinha decidido quando falou com Sherie: que ele esperaria até depois da audiência para enfim contar o que tinha revelado a Jeff uma semana atrás. Mas, quando o viu pessoalmente, Nick se deu conta de que gostava muito dele. Ao longo dos últimos meses, Jeff lhe havia mostrado como era ser um homem que também tinha sido uma vítima. Provou que uma pessoa poderia ser uma vítima sem que isso a definisse. Jeff era casado. Ele era divertido, gentil e seguro de si. Era o tipo de homem que Nick queria ser. E Nick poderia perder o respeito desse homem se contasse a ele que queria esperar para ver se o caso terminaria. Jeff talvez o considerasse um covarde — talvez até pensasse *"Acho que ele não é tão valente quanto eu acreditei que fosse"*. Por isso, mudou de ideia e decidiu mentir.

— Você já conversou com a advogada?

— Liguei para ela na semana passada, mas ela não estava. Teve que se ausentar por causa de uma emergência de família. — *E nem é mentira*, Nick pensou, mas se sentiu culpado mesmo assim.

— Ah. Falou com a promotora, então?

— Não. Eu prefiro esperar para falar com a advogada esta semana. — *Uma mentira, sem dúvida.* — Vou tentar entrar em contato com ela de novo assim que sair daqui.

— Não precisa fazer isso, se não se sentir pronto — Jeff disse. — Você é que tem que tomar as decisões. Ninguém mais. E como eu disse na semana passada, fico mais do que satisfeito em poder ajudar sempre que você precisar.

Quando Nick contasse a Sherie — se ele fizesse isso, caso o processo não terminasse na próxima semana —, isso seria bom. Familiar.

— Talvez — disse Nick. Talvez fosse bom, talvez fosse mais do mesmo. Como se ele fosse uma criança que derramou um copo de leite e está esperando que alguém vá limpar tudo.

Nick saiu do consultório sentindo-se ainda pior do que quando havia chegado. Enquanto Johnny o levava para casa, ele torceu para que um acidente acontecesse. Imaginou um carro batendo em cheio no lado do passageiro do Volvo e deixando Nick inconsciente e em coma. Johnny escaparia ileso, de algum modo, e ninguém se angustiaria — todos saberiam que o coma não duraria muito. Sua mãe, Tony, Johnny e Elle, nenhum deles teria que se preocupar. E Nick poderia dormir apesar de tudo. E acordaria depois que o caso tivesse chegado ao fim, depois que todos tivessem esquecido que estavam tão interessados na vida dele.

Sherie voltou a ligar na sexta-feira. A audiência foi adiada, disse ela, para o dia 12 de janeiro.

Espere aí. Dia 12 de janeiro. Um mês de adiamento.

— Por quê?

— A advogada dele tem um conflito de horário na próxima semana.

E daí? Por que isso tinha que custar a Nick mais um ano de sua vida?

— Então... — O que ele poderia dizer? O que ela poderia fazer?

— Certo — ela respondeu. — No momento, não há nada a ser feito. Vou telefonar para você depois da audiência em janeiro, para colocá-lo a par do que foi decidido. E, agora, que tal deixar os problemas de lado e pensar nas festas de fim de ano? — ela disse, como se isso fosse uma boa notícia. — Algum plano especial em mente?

Até agora, a única coisa em que Nick havia pensado sobre as festas era que talvez, apenas talvez, todo esse pesadelo já tivesse terminado até lá.

John Rice, 2015

NO DIA 13 DE DEZEMBRO, RICE SAIU DA MISSA SENTINDO-SE calmo e centrado.

Rice desceu os degraus da catedral e caminhou até seu carro.

Ele se sentou dentro do carro e pegou o celular. Naquela manhã, havia duas chamadas perdidas da delegacia, uma mensagem de voz e uma mensagem de texto de Brendan Merlo.

> Nick Hall no YCMC. Tentativa de suicídio. A caminho do local agora.

A mensagem tinha sido enviada às oito e três da manhã.

Rice releu o texto.

Ele enviou uma mensagem avisando que não apareceria para o café da manhã, então se dirigiu ao hospital.

Brandon Merlo tinha acabado de chegar ao seu carro de patrulha quando Rice apareceu na entrada do pronto-socorro do hospital, dando duas rápidas buzinadas. Merlo parou e esperou que ele estacionasse.

Ele assobiou quando Rice fechou a porta do carro.

— Vejam só, nem parece tão durão.

— Fui à missa — Rice disse. — O que houve?

Merlo se aproximou de Rice, sem pressa.

— Você não precisava ter vindo. Está tudo sob controle.

— O que aconteceu?

— A Ellen, amiga do garoto, ligou por volta de três da manhã de hoje. — Merlo pescou um pequeno caderno de anotações da sua jaqueta enquanto falava. — Ellen não, Elle. Disse que eles estavam no apartamento deles, bebendo desde ontem à noite. Ela achou que estivessem se divertindo, esfriando a cabeça e relaxando. E que o Nick avisou que ia ao banheiro, e, como demorou demais para voltar, foi atrás dele. Ela o encontrou desmaiado no chão, ao lado de um frasco de medicação psiquiátrica. É difícil dizer se foi uma tentativa genuína ou não.

— O que *isso* significa?

— É só uma suposição minha — Merlo respondeu. — Nick diz que não se lembra de ter feito isso e não se vê como um suicida agora. Óbvio que engolir um frasco inteiro de comprimidos parece tentativa de suicídio; eu só quis dizer que eu não sei se ele queria *mesmo* morrer.

— Que comprimidos ele tomou?

— Um genérico do Zoloft. Ele diz que não quis se ferir. — Merlo deu de ombros. — Eu acredito nele.

Rice não acreditava. Na verdade, ele sentia o pânico e a frustração crescentes.

— Eles não vão deixar que o Nick volte pra casa, não é?

— Nem vão precisar. A cunhada dele o pressionou para que entrasse num programa oferecido pelo hospital.

— Valeu, Brendan — Rice disse, passando por Merlo e dando um tapinha no ombro dele. Ele precisava entrar.

— Tudo certo — Merlo respondeu enquanto Rice se afastava.

Rice fez um aceno com a mão sem se virar.

Pela terceira vez, Rice se viu caminhando por um corredor higienizado do York County Medical Center a caminho do quarto de Nick Hall. Dessa vez, seus passos eram impulsionados por uma urgência que não existia nas duas primeiras visitas.

Entrar no setor de emergência do hospital era como acordar. Ele estava na emergência. Fora de serviço. Para ver um garoto que havia tentado se matar.

— Posso ajudá-lo? — Um enfermeiro perguntou de trás do balcão do setor de emergência.

— Não — Rice respondeu. — Não, eu...

— Detetive Rice? — Do outro lado da unidade, Julia Hall estava parada diante da porta do que parecia ser um banheiro.

Merda.

— Oi, Julia.

Ela caminhou na direção dele, com uma expressão não muito satisfeita no rosto.

— Está aqui por causa do Nick? — Ela olhou para a roupa de domingo dele. — Ou... veio por algo particular?

— Bom, eu estava aqui por um assunto pessoal, mas acabei de me encontrar com o policial Merlo. Pensei em dar uma passada para saber se... — Ele se calou. *Para saber o quê? O que poderia fazer por eles?*

Por um segundo, Julia deu a impressão de que pensava a mesma coisa. Então ela abriu um sorriso discreto e disse:

— É muito gentil da sua parte, mas acho que vamos ficar bem.

— Ótimo, que bom. Fico feliz. Ouvi dizer que ele vai ser enviado para um programa de apoio.

— Hum, não foi decidido ainda, mas parece que vai. Por quê?

— Ah, só perguntei por perguntar.

— Se isso afeta o caso, então que afete o caso. É assim que eu vejo as coisas.

— Julia, eu... eu nem estava pensando nisso. Quero que o Nick consiga se cuidar, de verdade.

— Eu também. Obrigada por vir, detetive.

— Não foi nada — Rice respondeu, virando-se para ir embora, antes que ela tomasse a iniciativa.

42

Tony Hall, 2015

— ESCUTEM, VOU LÁ NA CAFETERIA. VÃO QUERER ALGUMA coisa? — Julia perguntou.

— Sim! — Nick respondeu, na sua maior demonstração de entusiasmo desde que eles haviam aparecido naquela manhã para vê-lo. — Um café, com creme e açúcar.

As sobrancelhas de Julia se ergueram.

— A cafeína é algo que você deveria cortar neste momento, sabe. Pode estimular os sentimentos de ansiedade.

— Ah...

— Minha nossa, Julia. Deixe-o tomar o café. — Tony pressionou os dedos na têmpora. Podia sentir uma dor de cabeça chegando.

— Tá, me desculpa, foi estupidez minha — Julia disse, com voz acanhada.

— Não, não foi — disse Nick. — Posso tomar chá em vez de café.

— Não, você pode tomar um café. — Tony apontou a mão para Nick.

— Bom, se eu tenho que...

— Um café não fará absolutamente nenhuma diferença — Julia comentou. — Eu nem sei por que disse aquilo. Quer algo para comer com o café?

Nick pensou um pouco.

— Um cookie, se eles tiverem. Ou alguma outra coisa doce.

— Certo. Tony?

— Acho que vou com você — ele respondeu, levantando-se. — A gente pode pensar em um plano para as crianças hoje.

Julia se afastou do caminho de Tony quando ele passou pela porta. Ela estava com certa impaciência com relação a Tony, como se receasse chegar muito perto dele. Era exaustivo.

— Vamos dar um pulo na cafeteria — ela disse ao enfermeiro atrás da mesa.

O homem acenou com a cabeça.

— Tudo bem. Fico de olho nele — o enfermeiro disse em voz baixa, enquanto os dois passavam.

Eles andaram em silêncio por quase toda a extensão do corredor. Tony se perguntou se Julia estava preparando um pedido de desculpa. Pedir desculpa depois de uma atitude arrogante dele era típico dela. Ela era bem rápida com os seus pedidos de desculpa, o que sugeria que nem sempre eram sinceros.

Em vez disso, ela disse:

— O detetive Rice apareceu.

— Lá em casa?

— Aqui, na emergência do hospital.

— Quando?

— Agora mesmo. Dei de cara com ele quando estava saindo do banheiro. Foi meio estranho.

— Espera. Ele veio aqui para tratar de algo particular ou...

— Não, veio ver Nick.

Tony avaliou essa informação enquanto eles cruzavam o saguão.

— Mas ele não entrou no quarto — Tony comentou.

— Eu disse a ele que já tínhamos tudo sob controle. Não vejo por que o Nick precisaria falar com *outro* policial sobre o assunto. E por que ele viria até aqui para vê-lo, se os dois não são amigos, em primeiro lugar?

Tony concordou com um aceno de cabeça.

— Eu só não sei dizer se ele apareceu aqui por preocupação ou se foi mais que isso — ela prosseguiu. — Tipo, talvez ele tenha vindo para checar uma testemunha importante, sabe?

Perfeito. Simplesmente perfeito. Era provável que ele tivesse *aparecido* ali para dar uma olhada na sua testemunha principal, para se certificar de que Nick não ficaria *instável* demais para testemunhar. Com certeza a promotora seria a próxima a aparecer.

— Se veio por isso, ele que se foda — Tony disse.

Julia ficou em silêncio por um instante, então disse:

— Estou tão feliz que ele tenha concordado em ir pra Goodspring!

— Você sabe alguma coisa sobre o que fazem por lá? — Tony imaginou que Julia talvez soubesse, por causa do antigo emprego dela.

— Sobre Goodspring especificamente não, mas sei o suficiente para acreditar que lá ele vai ficar melhor do que em casa.

— Melhor até do que na nossa casa?

Julia parou de andar e agarrou o braço dele.

— Querido, não podemos lidar com isso sozinhos. Precisamos de ajuda profissional. O Nick precisa... ser vigiado de perto depois do que aconteceu.

— Podemos fazer isso. Você já fica em casa, e eu poderia tirar folga por uma semana.

— Não — ela respondeu. — Sinto muito, mas não, eu não quero assumir essa responsabilidade, muito menos com as crianças lá.

— As crianças? O Nick jamais faria nada na frente delas, ele ama as crianças.

— Sei que ama, mas a situação está claramente fora do controle.

— Ele nem mesmo quis se ferir, isso nunca teria acontecido se ele não tivesse misturado bebida com os remédios! E ele sabe que nunca mais vai poder fazer isso.

— Não quero falar sobre isso agora. — Julia começou a caminhar novamente.

Tony a seguiu.

— Ele vai perder o Natal se estiver preso lá naquele lugar. Isso já passou pela sua cabeça?

— Natal?! — ela quase gritou a palavra quando se virou para encará-lo, e ele involuntariamente deu um passo para trás. — Tony, ele quase perdeu *todos* os Natais! O que você está... Veja bem, ele poderia ter morrido na noite passada.

— O médico disse...

— Não estou falando sobre isso. Ele podia ter feito isso de maneira diferente. Não me interessa o que ele teria feito se estivesse sóbrio. O Nick não estava sóbrio. Estava bêbado e tentou se matar.

Ela tinha razão, mas continuou a falar:

— Estou *tão* cheia de te ver agindo como se você soubesse mais que todo mundo. Jesus Cristo! O Nick precisa estar com profissionais, ele *quer estar* com os profissionais, e, por algum motivo, você não suporta essa ideia. Você não é o único que pode cuidar dele.

Tony sentiu o peito se apertar e o rosto ficar vermelho e quente. Seus olhos começaram a arder.

— Eu sei.

— Sabe mesmo? — O rosto de Julia se suavizou, mas ela não se aproximou dele.

Um homem passou por eles no corredor. Ela voltou a falar quando ele se foi.

— Sei que você está apavorado. — Ela levou a mão no peito e falou com a voz embargada. — *Eu mesma* mal consigo suportar isso. Não dá pra acreditar que quase o perdemos.

Tony iria começar a chorar se ela não parasse de falar. Ele enxugou os olhos antes que as lágrimas acumuladas escorressem pelo rosto.

— Eu também me sinto impotente e odeio isso tanto quanto você. Mas a única coisa que podemos fazer por ele é deixar que ingresse na Goodspring.

Ele não sabia o que dizer, então não disse nada.

Os dois percorreram em silêncio a distância que restava até a cafeteria. As palavras de Julia se repetiam em sua mente.

Nick quase havia morrido. Por pouco Tony não o perdeu.

Agora, a realidade deles era outra — a vida de Nick corria perigo. Não se tratava apenas do que as pessoas pensavam dele na faculdade. Nem de que rumo tomaria o processo judicial. Tratava-se da vida dele.

A viagem até Goodspring foi longa e silenciosa. Tony tentou puxar conversa com Nick algumas vezes, mas não conseguiu afastar o irmão do que o mantinha em silêncio. Nick não tirava os olhos do GPS, como se estivesse acompanhando cada minuto que ainda teria que passar com

Tony no carro. A certa altura, Tony parou de tentar, e eles seguiram caminho em silêncio.

Como eles haviam chegado àquele ponto? Dois meses antes, Nick era como qualquer outro aluno de faculdade. Tinha notas boas, morava com os amigos, era divertido até demais. Ele já era incrível desde o nascimento, e Tony cuidou para que ele permanecesse assim. Parecia estupidez, mas era verdade: foi por causa de Tony. Pois de que outra maneira Nick teria dado tão certo após ter sido criado por *dois* alcoólatras? Tony sempre esteve por perto. Quando Nick era pequeno. Quando ele passou pelo horror da puberdade masculina. Tony estava lá quando Nick saiu do armário. Quando Nick fez dezesseis anos, Tony e Julia o receberam em sua casa por semanas, depois que Ron flagrou Nick beijando um garoto na sala e o expulsou de casa. Mais tarde, Tony serviu de mediador entre o pai e o irmão, para que Nick pudesse voltar para casa e terminar o ensino médio sem ter que mudar de escola.

Ele conseguiu tirar Nick da casa dos pais e orientá-lo para uma vida adulta bem resolvida, apenas para vê-lo ser destruído por um sujeito qualquer?

Quando eles saíram da estrada e dirigiram para a Rota 3, caminho que os levaria a Belfast, Tony percebeu que Nick estava tenso. Foi uma mudança no ar, como uma onda de umidade. Pelo canto do olho, ele viu Nick mexer nas mangas da roupa, tocar a testa e se controlar para não fazer mais que isso.

Goodspring era um prédio de aparência industrial, no final de uma longa estrada na floresta. Havia trilhas de caminhada ao redor dele, de acordo com uma enfermeira do hospital. Nick poderia fazer caminhadas enquanto estivesse lá. Tony pensou em dizer algo sobre isso, qualquer coisa, enquanto entrava no estacionamento.

— Preciso te contar algo — Nick falou.

— Tudo bem — Tony disse, estacionando o carro.

Nick esfregou as mangas, então enfiou as mãos debaixo das coxas.

— Você pode me dizer qualquer coisa — Tony respondeu.

— Eu... Eu não tenho... — Nick parou. Respirou fundo.

O coração de Tony começou a bater tão forte que ele podia sentir.

— O que foi, Nick?

Nick soltou o ar pela boca aos poucos, como uma criança tentando assobiar.

— Eu não tenho sido honesto com você — ele disse. — Sobre aquela noite.

Tony sentiu calafrios atravessarem a espinha quando algum ponto do seu cérebro o alertou de que algo terrível estava prestes a acontecer.

— E sei que não é só por esse motivo que estou passando por um momento difícil. Eu sei disso. — Parecia que ele estava tentando se convencer de alguma coisa. — Mas a mentira... a mentira fez tudo ficar muito pior.

A mentira. O que isso significava?

Que Deus tenha piedade. Tony pensou em Julia e nas coisas que ela tinha dito sobre Nick.

E, só por um segundo, Tony considerou a possibilidade de que Nick tivesse inventado a coisa toda.

43

Nick Hall, 2015

TONY OLHAVA PARA NICK COMO SE PUDESSE ENXERGAR dentro da cabeça dele — como se pudesse ler num letreiro as palavras que Nick estava prestes a dizer.

— Eu me lembro de tudo.

Tony balançou a cabeça, como se não estivesse entendendo.

— Eu não perdi a consciência. Inventei isso.

Nick levou as mãos ao rosto e começou a chorar convulsivamente. Da mesma maneira que chorou quando contou a Jeff — a dor dessa verdade o invadiu de uma vez, incontrolável e devastadora. O que Ray havia feito a ele. O que ele havia feito a si mesmo. A vergonha que ele sentiu, e a raiva por ter sentido vergonha.

— Eu me lembro de tudo o que ele fez. — Sua própria voz soou como um lamento na caverna entre as suas mãos. — Pensei que fosse morrer.

— Nick! — Tony estava dizendo seu nome como se Nick não pudesse ouvi-lo, como se Tony não pudesse fazer contato com ele. — Nick!

As mãos de Tony estavam nos ombros de Nick, pressionando-o, puxando-o de encontro ao seu abraço.

— Me desculpa. — Nick gemeu. — Me desculpa, Tony.

— Pelo quê?

— Por ter mentido, por foder tudo.

Nick se moveu um pouco para trás a fim de olhar para o rosto de Tony.

— Você não fodeu tudo — Tony disse.

— Sim, fodi — Nick retrucou. — Eu menti demais. Menti *sob juramento*. Quando eles descobrirem... vão todos me odiar. Até a promotora e os detetives. Todos eles vão me odiar.

Tony balançou a cabeça.

— Eles vão entender. Você estava em choque.

— É, mas o choque passou. E eu continuei mentindo. Continuei fingindo que não me lembrava das coisas que aconteceram comigo. Do que aconteceu naquele quarto com ele.

Tony franziu a testa. Ele queria perguntar o óbvio: *Por que* a mentira? Nick resolveu que não o obrigaria a perguntar.

— Decidi a caminho do hospital — Nick disse. — Tudo aconteceu tão rápido, eu estava tão transtornado, não conseguia respirar! Eu não conseguia pensar. E então pensei: vou apenas dizer a todos que ele me nocauteou. Ele me bateu de verdade.

— Eu sei — Tony disse.

— Foi uma mentira tão cômoda. E foi fácil contá-la. Foi fácil dizer que eu não me lembrava; eu não queria me lembrar.

— Tudo bem, Nick.

— Quando você apareceu... — Nick parou para esfregar o nariz na manga. — Eu já tinha mentido para a polícia. Então pensei: *É melhor não contar para ninguém, nunca, e no final das contas não vai nem parecer uma mentira.*

Tony estendeu a mão por sobre o painel e esfregou o braço de Nick.

— Por que você... Por que não queria ter que falar sobre... o que ele fez?

— Não. Eu... — Nick hesitou. — Eu estava sangrando.

Lágrimas começaram a rolar pelo rosto de Tony.

— As pessoas iriam saber que fui estuprado por ele. Não pensei que pudesse esconder isso. Eu só não queria que ninguém soubesse o que aconteceu antes disso.

— O quê?

— Eu estava tão envergonhado — Nick continuou. — Tudo foi tão confuso. Com o Ray. Ele vinha agindo de um jeito e, de repente, num instante... Eu mal tive tempo de pensar. Eu não queria aquilo.

— Não é sua culpa — Tony disse rápido. — O que quer que você tenha feito ou deixado de fazer. Isso não significa que...

— Você não entende, Tony. Eu disse a ele para parar. Tentei fazer com que parasse. Mas eu não... — Nick parou. E se permitiu recordar.

Eles entraram no quarto. Nick estava nervoso, mas animado. Josh — Ray — fechou a porta. Nick se sentou na cama, e as molas estalaram abaixo dele. Ray sorriu, caminhou até ele, colocou-se diante dele. Beijou-o. Foi bom, um pouco desajeitado, um beijo mais intenso do que no táxi. Ray afastou o rosto do de Nick. E foi então que bateu nele.

Não como Nick contou à polícia. Foi esquisito; era a melhor palavra para descrever isso. Foi com a mão aberta, num movimento lento, não violento, mas chocante em sua grosseria.

— Gosta disso? — Ray perguntou.

Nick disse algo estúpido, ele não conseguia lembrar o quê. Algo do tipo "eu não sei".

O olhar de Ray era travesso.

— Menino mau — ele disse.

Nick sentiu um calor no estômago.

Ray o estapeou de novo, dessa vez com força.

Os olhos de Nick lacrimejaram, e suas orelhas zuniram. O choque o fez ficar com a boca aberta.

— Não — Nick disse. A voz que saiu foi fraca, infantil, e sua respiração ofegante.

— Não? — Ray se inclinou para a frente e beijou seu pescoço. — Desculpa, bebê.

Nick ficou parado. Ele queria ir embora. Queria empurrar Ray para trás e sair pela porta, mas ficou parado. Ele não sabia dizer por que ficou parado. Mas ficou.

Ray começou a empurrá-lo na direção da cama.

Nick plantou os pés no chão e, lentamente, levou as mãos aos ombros de Ray.

Ele começou a dizer algo. Não conseguiu se lembrar do que era.

Se logo tivesse dito à polícia, ele se lembraria agora. Ele não sabia. Tudo o que ele sabia era que as coisas aconteceram rápido depois disso. Nick revidou os golpes, arranhou os braços de Ray, tentou até dar uma cabeçada nele, mas Ray ganhou. E Ray o estuprou.

— Eu não esperava por isso — ele disse a Tony. — Eu não estava pronto. Não consegui sair de debaixo dele. — Lágrimas quentes desceram pelo rosto de Nick, molhando o seu colarinho. — Eu não fui forte o suficiente. Lutei contra ele, revidei, mas perdi.

Quando Tony falou, sua voz soou áspera:

— Eu vou matá-lo.

Nick balançou a cabeça.

— Quando eu contar à promotora o que aconteceu, ela terá que dizer para o Ray e para a advogada dele. Isso vai mudar tudo. Ele usará a minha mentira contra mim mesmo. E essa história irá parar nos jornais. Todos vão saber.

— Eu vou matá-lo — Tony repetiu.

— Não seja estúpido, Tony — Nick disse. — Não fale assim. Eu só tenho que decidir se conto a verdade a eles ou não.

— E o que mais você poderia fazer?

Nick deu de ombros.

— Desistir do caso. Eu nem mesmo sei se tive interesse em abri-lo.

— Não faça isso. Você contou à polícia a parte que eles precisavam saber, o que ele tinha feito.

— Mas eu não contei. A Elle contou. Já estava feito quando eles me perguntaram o que eu queria fazer.

— Não deixe que ele leve a melhor — Tony disse.

— Você não está escutando. Eu perdi, seja lá o que for, eu perdi.

Os dois ficaram em silêncio por um minuto.

— Queria que você não tivesse escondido isso de mim.

— Me desculpa, Tony. — A culpa fez o estômago de Nick se contrair.

— Não, eu não estou culpando você. Quis dizer que teria te apoiado se soubesse.

— Você me apoiou — Nick respondeu. — Acontece que... eu deveria ter contado para você, mas não quis.

— Por quê?

— Eu não sei. — Havia emoções ligadas a isso, sentimentos esmagadores que ele podia nomear vagamente. Orgulho, vergonha, medo, proteção. Ele apenas não sabia como falar sobre o assunto ainda.

— Por que me contou agora?

Nick deu de ombros.

— Pra ser honesto, eu já me cansei de esconder isso de você.

— Foi por isso que você tomou todo aquele medicamento, não é?

— Eu ainda não sei por que fiz aquilo. Não estava pensando direito.

— Nick. — Os olhos de Tony já estavam secos. — Você sabe que eu seria capaz de fazer qualquer coisa para salvar a sua vida, não sabe?

Julia Hall, 2015

— MOCHILAS — JULIA AVISOU E ATRAVESSOU A SALA NA direção da escadaria. Ela teria que levar as crianças para o ponto de ônibus em questão de minutos, mas primeiro ela quis trocar a calça do pijama por uma mais quente. O vento batia forte contra as janelas naquela manhã, e parecia estar bem frio lá fora.

No topo da escada, ela ouviu a voz de Tony no seu escritório. Ele usava o espaço de vez em quando, principalmente para falar ao telefone sem ser incomodado pelo ruído das crianças. Ele havia feito a mesma coisa na noite passada. Era algo do trabalho, mas Julia não sabia o quê.

— Acho que você deveria esperar até depois disso — ele disse. — É.

Ela parou um instante na porta do quarto, curiosa para saber com quem ele falava tão cedo pela manhã.

— Certo — Tony disse. — Se você contar para eles antes, não vai acontecer. Exatamente. Isso. Acordei pensando nisso e quis perguntar. Você está tomando a decisão certa.

Ela não conseguiu perceber quem era a pessoa do outro lado da linha até Tony se despedir.

— Amo você também, amigão.

Era Nick. Que estranho. Sobre o que estariam conversando?

Ela abriu a porta do armário do quarto, tirou a calça de pijama e vestiu sua calça jeans forrada com lã.

Tony estava fechando a porta do escritório quando ela saiu do quarto.

— Era o Nick?

Ele pareceu surpreso, como se tivesse sido apanhado em flagrante.

— Sim.

— O que houve?

— Nada — ele respondeu rápido. — A gente só... conversou sobre o julgamento durante o trajeto ontem.

Tony havia levado Nick ao Goodspring um dia antes. Ele disse que Nick tinha ficado em silêncio. Que não haviam conversado sobre a overdose nem sobre nenhum assunto.

— Ah, vocês conversaram?

— Só por um segundo. Muito pouco. Ele está bem nervoso por testemunhar, sabe?

Julia acenou com a cabeça. Seria horrível. A chance de que tudo se resolvesse em janeiro parecia remota, mas às vezes essa possibilidade era a única coisa que trazia paz a ela quando pensava no que Nick teria que enfrentar de outra maneira.

— Você estava dizendo a ele para não contar à promotora que está nervoso? Mas ela vai entender.

— Não é que ele não possa dizer a ela. Acontece que ele não precisa mesmo pensar nisso. — Havia uma nota defensiva na voz dele. — Até a próxima audiência. Já que talvez cheguem a um acordo. Só isso.

Julia concordou com a cabeça. Isso fazia sentido. Tony deve ter ficado tão aborrecido com tudo isso — Nick ter tentado uma overdose, ingressado no programa... Ela pensou na briga — tinha sido uma briga? — no hospital e se arrependeu de ter dito palavras tão duras a Tony. Mas ele precisava compreender a gravidade da situação relacionada à saúde mental de Nick. Que eles não seriam capazes de mantê-lo seguro.

E agora, os dois, Nick e Tony, já estavam de volta ao julgamento. Embora fossem prematuros, os medos de Nick não eram descabidos. Se houvesse um julgamento no próximo outono, seria péssimo. Eva Barr tentaria mostrar Nick como um bêbado e entusiasmado. Fotos do corpo de Nick seriam exibidas no tribunal. Eva argumentaria que a evolução dos atos de Nick tinha apenas um objetivo: um encontro sexual consensual com o seu cliente.

E, no final do julgamento, um júri decidiria a situação de acordo com o ponto de vista de cada um. A corte tentaria controlar a intolerância — tentaria remover do júri todas as pessoas que tivessem preconceito contra homossexuais ou vítimas do sexo masculino. Mas com certeza inclinações inconfessas e crenças ocultas acabariam passando pela vigilância. E essas pessoas veriam nas evidências uma confirmação de suas crenças a respeito de homens como Nick ou Walker e do que devia ter acontecido entre eles.

Era cedo demais para se preocupar. Ela se aproximou de Tony e deu um beijo em seu rosto. Ela estava feliz que ele pensasse assim também.

45

Tony Hall, 2015

TONY FOI ACOLHIDO PELO CALOR QUANDO ABRIU A PORTA da frente da Biblioteca Pública de Portland.

Ele desceu a escada até o piso inferior e se dirigiu à sessão de não ficção, evitando olhar para o balcão de atendimento. Ele se lembrou dos últimos dois dias em que procurou pela sequência geral de 363-364. Em algum momento, ele acabaria entrando na seção farmacêutica, mas teria que abordar um tópico de cada vez.

Parecia que as chances de que encontrasse algum conhecido em Portland eram maiores, mas ele estava cansado de usar quase todo o tempo do seu almoço indo e vindo de bibliotecas cada vez mais distantes. Além do mais, Tony já havia antecipado essa possibilidade no início da semana durante esses vários deslocamentos.

"Ah, isso?" (Risada encabulada). "É meio embaraçoso falar sobre isso, mas estou tentando escrever um romance policial…"

Talvez fosse uma ideia estúpida usar a biblioteca dessa maneira, mas usar seu celular ou um computador para planejar algo parecia perigoso. Ele havia deletado o histórico do computador de Julia mais cedo naquela semana, mas não conseguia tirar da cabeça a vaga ideia do que tinha feito. Para a polícia, todo dispositivo eletrônico era rastreável.

Tony caminhou pela extremidade da sala, lendo os números nas laterais das estantes até encontrar a sequência certa. Para seu alívio, ele logo reconheceu a lombada de um livro promissor que ele havia descoberto em uma ida anterior. *Agora, pegue-o e vá se sentar.*

— Tony?

Tony sacudiu a mão e fez o livro saltar da prateleira. Pegou-o sem jeito, escancarando as páginas abertas entre as mãos.

— Epa, perdão! — disse a voz.

Ele se voltou e viu Walt Abraham, um colega de classe do primeiro ano da faculdade de direito.

— Oi, Walt! — Eles se encontraram no meio da seção e trocaram um aperto de mão. — Tudo bem com você? — Tony dobrou os braços sobre o livro e o pressionou contra o peito.

Walt deu início à mesma conversinha que Tony escutava sempre que encontrava um antigo colega de classe...

— Bem — Walt disse por fim. — Eu estava passando por aqui, mas não pude deixar de parar quando vi você. É muito bom saber que você e a Julia estão bem. Sabe como é... — ele disse, aproximando-se mais de Tony e baixando a voz. — Muitos caras que encontro depois de sete anos já não espero mais ver casados com a mesma mulher. Mas veja só: você ainda parece feliz! Como vocês dois conseguem?

— Ah, questão de sorte, acho — Tony respondeu.

— Foi ótimo voltar a te encontrar — Walt disse, virando-se para ir embora.

— Bom te ver também, Walt. — Seu coração batia acelerado contra o livro. Walt nem o havia percebido. E por que perceberia?

Ele abaixou a cabeça e olhou para o livro. *Vá se sentar e leia. Ficar aqui de pé olhando para o livro dá muito mais na cara do que se sentar e lê-lo.* Ele atravessou a sala do acervo, sentou-se numa poltrona e começou a ler.

Enquanto voltava a pé para o escritório, Tony provavelmente deveria ter refletido sobre o que havia lido nos últimos quarenta minutos; em vez disso, ele não conseguiu tirar da cabeça a pergunta de Walt. Como ele e Julia tinham conseguido se manter felizes — a não ser pelo abalo atual — por tanto tempo?

45

John Rice, 2015

Rice e O'Malley estavam no refeitório tomando o café da manhã quando Merlo apareceu na porta e disse a Rice que ele tinha visita.

— Britny Cressey? — Merlo disse.

Rice gemeu.

— Quem é essa Britny? — O'Malley perguntou.

— Ela me ligou faz alguns meses. É uma velha amiga do Ray Walker. — Ele deu de ombros.

— Já vi tudo — O'Malley comentou, enquanto Rice saía do refeitório com Merlo. — "Não, ele não é um cara violento, eu só queria que você soubesse disso" etc. etc.

— Bem isso — Rice respondeu. Havia trabalho esperando por ele. Ela só o faria perder tempo.

Ele pôs o café na mesa, então foi à sala de espera falar com a mulher que tinha voz de menina.

— A que eu devo o prazer?

— Eu nem sei por onde começar — Britny disse. Apesar da sua voz, ela aparentava ter a idade que tinha. Trinta e tantos anos.

— Tente dar o seu melhor.

Seu cabelo longo estava tingido de um vermelho pouco natural, e ela empurrou para o lado uma mexa caída sobre o ombro.

— Eu disse antes que o Ray e eu éramos amigos no ensino médio, mas perdemos contato.

— Sim.

— Eu o procurei quando fiquei sabendo de tudo o que aconteceu, e, no início, a gente apenas conversou um pouco, mas começamos a nos reaproximar. Acho que ele anda perdendo amigos por causa de tudo isso. Está ficando sozinho. — Ela afastou o cabelo do ombro e o alisou.

— Tudo bem, continue — Rice disse.

— Bebemos juntos algumas vezes e conversamos bastante por telefone. No início, eu me senti mal por ele, de verdade, mas depois comecei a achar que ele estava escondendo alguma coisa.

— Sério?

Britny acenou com a cabeça e ergueu as sobrancelhas.

— Tipo, acho possível que ele tenha mesmo machucado aquele garoto.

Rice sentiu arrepios na nuca. Será que Walker havia confessado à sua amiga?

— Ele disse a você alguma coisa sobre o Nick ou sobre aquela noite?

— Não, mas acho que ele diria se eu perguntasse do jeito certo. Ele tem conversado comigo sobre quase tudo. Está bem estressado por causa de dinheiro e do processo. Ele me conta tudo sobre a advogada dele. Ela quer que o Ray faça um acordo judicial e vá para o cadastro de agressores sexuais. Ray pegou emprestado *muito* dinheiro para pagá-la. Briga com ela com frequência e não pode se dar ao luxo de substituí-la. Acho que ele queria testemunhar que você não quer prender uma pessoa que o atacou.

É claro. O telefonema sobre Tony Hall em que Walker disse que não queria prestar queixa.

— Ele está dizendo que eu não quero prender alguém?

Ela acenou com a cabeça, presunçosa.

— O Ray me contou que *disse* a você para *não* o prender, mas ele ia dar um testemunho diferente. Ele ia dizer que essa era apenas mais uma prova de que todos vocês já decidiram que ele era culpado. E também mostrar que vocês estavam errados sobre o estupro. Mas a advogada não quer deixar que ele minta no tribunal. Ele está muito irritado com isso. Acho que eles estão passando por grandes problemas, e ela adiou a audiência por causa disso.

— Pare — Rice pediu, levantando a mão. — Eu... Eu estaria mentindo se dissesse que não estou interessado, mas não acho que você deveria me contar isso. Quero dizer, acho que o Walker abriu mão de qualquer privilégio sobre essa conversa quando contou essas coisas para você, mas... — A mente dele estava acelerada. O que Walker e a advogada conversavam deveria ser privilegiado, confidencial. Mas se Walker contou a Britny, Rice poderia deixar que Britny falasse, não? Mas por que ela estava fazendo isso? — Você não é amiga dele?

Os olhos dela se arregalaram.

— Não se ele for um estuprador, coisa que eu agora acho que ele é.

— Tá, mas...

— Acho que posso ajudar você.

— Como?

— Ele está me contando muita coisa. Está bastante estressado. Até a mãe dele o está deixando louco. Sou a única amiga que restou para o Ray. Acho que posso fazê-lo me dizer o que você precisa saber, seja lá o que for.

— Não quero que você faça nada por mim.

Os braços dela tombaram junto ao corpo.

— Quê?

— Espera. Vou ser bem claro, senhora Cressey: eu jamais te pedi para fazer qualquer coisa por mim.

— Eu sei, só...

— Deixe-me explicar uma coisa. Ele tem uma advogada. Ele reivindicou seus direitos. Eu não posso e não vou tentar obter, através de você, declarações dele tentando encontrar um jeitinho com a advogada. Entendeu?

— Sim — ela respondeu com os lábios trêmulos.

— Sei que você está tentando ser útil. Mas não seja útil para mim.
— Isso era mais do que querer ser útil. Britny era uma daquelas pessoas que buscavam ser o centro das atenções. Ela queria testemunhar. Provavelmente fora por essa razão que ela havia entrado em contato com Walker: para se introduzir nos noticiários ou coisa parecida. E pouco importava a Britny de que lado ela estivesse, contanto que houvesse holofotes sobre ela.

— Melhor você ir agora. — Rice fez um gesto na direção das portas da frente. — Eu não quero tomar parte em nada disso.

Rice se virou e caminhou na direção das escadas.

A voz infantil dela soou como uma lamúria atrás do detetive.

— Mas você não quer uma confissão?

— Não desse jeito. — Rice deixou a porta do saguão bater sem esperar para ver se ela havia saído.

O café sobre a sua mesa ainda estava quente. O'Malley estava ao telefone do outro lado da sala, mas perguntaria sobre Britny Cressey assim que desligasse. Quem tinha uma amiga como ela não precisava de inimigos. Rice não precisava ser acusado de usar uma civil como sua agente a fim de obter uma confissão de Walker. Eles não precisavam de uma.

Mas ela teria dito a verdade? O caso agora era de Linda Davis. O sistema teria que dar o seu melhor para resolver o problema.

John Rice, 2019

— ESSE É UM ARREPENDIMENTO QUE TENHO — RICE DISSE. — Eu não passei a Nick confiança suficiente para que ele me contasse a verdade.

Julia pareceu surpresa.

— Não acho que tenha sido culpa sua.

— Eu acho que foi — ele respondeu. — Um detetive mais hábil teria feito as coisas de maneira diferente. Saberia como proceder para que o Nick se sentisse seguro. Eu deveria ter dito a ele desde o início que nunca era tarde demais para me revelar novas informações.

— Num trabalho como o seu, é bem possível acabar cometendo erros com as pessoas. É terrível, mas não há nada que se possa fazer a respeito.

— Eu poderia ter feito melhor. Não deveria ter me preocupado tanto em insistir com a história e ver as coisas continuarem na mesma.

Julia balançou a cabeça.

— Eu não sei o que aconteceu entre vocês dois. O que exatamente você disse ou deixou de dizer. Mas sei que você é um homem bom, e ele sabia que você estava se esforçando ao máximo por ele. E é seu trabalho insistir com a história, levá-la adiante. Você tem que esperar por declarações consistentes, porque essas declarações serão cruzadas, comparadas.

A imprensa as reproduz de novo e de novo. É assim que o nosso sistema funciona. Ele não é projetado para casos de agressão sexual.

— Mas nunca descobriremos.

— O quê?

— No caso do Nick. Nunca chegamos a descobrir se o sistema fez justiça a ele.

Ele avaliou o semblante de Julia. Ela olhava para a caneca dela na mesa.

— Porque o réu desapareceu — Rice disse. — *Estranho*, não é?

A boca de Julia se contraiu: um sorriso ameaçou se formar.

Era espantosa a frequência com que as pessoas sorriam quando eram interrogadas. Em seus primeiros anos na polícia, Rice supôs que isso fosse uma tentativa de relaxar — uma ingênua ideia de que uma pessoa culpada não sorriria. Mais tarde, ele se perguntou se isso seria algum tipo de instabilidade psicológica — o cérebro sorrindo diante da estranha situação de ser interrogado, como na televisão. Por fim, ele aprendeu outra explicação possível num treinamento de linguagem corporal: um resquício evolutivo pelo qual nós sorrimos por medo.

— É — Julia disse e pigarreou. — Pensamos que ele tinha fugido da cidade desde o início.

Rice não desviou o olhar do dela.

— Você pensou — ele respondeu com voz suave.

Julia Hall, 2015

JULIA ESTAVA EM SEU ESCRITÓRIO, TENTANDO TRABALHAR no relatório dos antecedentes.

Nas últimas semanas, ela vinha sentindo um pouco de ansiedade, que não tinha relação com o relatório. Ultimamente, Tony ficava mais tempo fora de casa. O motivo parecia óbvio: a overdose de Nick o havia abalado. Ela não o culpava por se entristecer, mas havia algo mais acontecendo além disso. Como quando ele tinha mentido dizendo que iria visitar Nick no sábado.

No final da primeira semana na Goodspring, Nick se sentia sozinho. Tony reservou o sábado para ver o irmão. Ele disse tudo isso a Julia, e ela acreditou, pelo menos até o dia anterior, quando ela ligou para Nick a fim de saber como o horário de visitas funcionaria no dia de Natal, que se aproximava depressa.

A ideia de levarem as crianças para visitar o tio na Goodspring deixou Nick ansioso.

— Você não quer que a gente leve as crianças?

Houve uma longa hesitação.

— Na verdade, eu não sei. Não quero que eles pensem que estou louco.

— Isso não vai acontecer, querido. Podemos abordar isso de muitas maneiras, inclusive apenas dizer a elas que você está aí para se sentir melhor. Poderíamos até dizer que é uma escola, ou coisa parecida, se preferir. Mas encontraremos alguma solução que pareça boa pra você. Só quero que você saiba que não temos nenhuma intenção de escondê-lo das crianças.

— Valeu — Nick respondeu em voz baixa. — Seria bom ver vocês todos.

— Eu também quero ver você. E as crianças são loucas por você, saiba disso.

— Mas e o Tony?

Julia riu.

— É óbvio que ele vai querer te ver. Aliás, ele acabou de ir aí.

— Ah — Nick disse. — É, acho que sim. Essa semana mais pareceu um mês.

— Eu estaria falando demais se eu dissesse que foi ontem?

— O que foi ontem?

— Que você viu o Tony.

Nick não respondeu de imediato.

— Mas eu não vi ele ontem.

Naquela noite, Julia tentou surpreender o marido. Esperou até que ele se trocasse para dormir e perguntou, da maneira mais casual possível, se Nick havia mencionado algo que quisesse ganhar no Natal quando ele o visitou. Tony respondeu que não, que ele não falou nisso.

— Você perguntou?

Tony não disse nada.

— Porque o Nick comentou hoje que você não esteve lá ontem.

Tony gaguejou um pouco, então respondeu que ela o havia apanhado na mentira.

— Compras de Natal — ele disse. Uma explicação bem tosca de três palavras que nem precisava de codificação.

Mesmo que ela acreditasse que Tony esteve ocupado durante todo o sábado com compras de Natal para ela, isso não explicaria o comportamento dele nos dias que se seguiram à tentativa de suicídio de Nick. Todos os dias, Tony saía cedo para ir ao escritório e chegava tarde em casa. E, quando estava em casa, parecia ausente, desligado, enquanto as crianças falavam com ele. Isso não era do feitio dele, de jeito nenhum.

Outras coisas a estavam incomodando também — coisas mais difíceis de identificar. O tom de voz ensaiado dele, por exemplo, quando ele respondia a uma pergunta sobre o seu dia. Era a mesma voz que ele usou quando fez um brinde no casamento de um amigo. O tom de voz dele era diferente quando se tratava de falas que ele havia ensaiado.

Julia mal conseguia se concentrar no seu trabalho. Ficou aliviada quando percebeu o seu celular vibrando sobre a mesa. Era Charlie Lee.

Havia se esquecido completamente de que Charlie ainda estava investigando Walker para ela.

Atendeu depressa, ansiosa por alguma boa notícia sobre o caso.

O cumprimento dele foi como um balde de água fria:

— Não há nada que eu deseje mais do que dizer a você que encontrei alguma coisa.

— Ah, Charlie, não faz mal. Eu nem lembrava que você ainda estava procurando.

— Eu quis refazer os meus passos para ter certeza de que não perdi nada. Sondei os bares uma última vez, desde o último até o primeiro. Não descobri nada de útil. Ele foi cuidadoso, é o que eu acho. Cuidadoso e sortudo. E agora ele vem se comportando bem, ao que parece.

Julia pensou em contar a Charlie o que havia acontecido com Nick — sobre a overdose e a hospitalização. Mas de que isso adiantaria?

Provavelmente, só conseguiria deixar Charlie ainda mais frustrado, já que ele não tinha descoberto nada.

— Valeu por tentar, Charlie.

— Eu sei que, em público, esse cara tem sido um grande babaca, com os noticiários e tudo o mais, mas, pelo menos, ele não é agressivo. Com o seu marido, quero dizer.

— Pois é — Julia respondeu, tentando entender o que o comentário dele queria dizer.

— Ele não é agressivo, é? O cara ainda não estaria solto sob fiança se ameaçasse ou fizesse algo contra o seu marido na academia.

— Que academia?

— A academia que eles frequentam, ele e o seu marido.

Mas Tony não frequentava academia.

— A academia em Orange?

— Não, a Weight Room, em Salisbury.

— O Tony não vai lá.

Charlie ficou em silêncio.

— Eu o vi no carro dele, lá no estacionamento da academia. Passei por lá de carro na semana passada.

Os pelos da nuca dela se arrepiaram.

— Posso garantir que se parecia muito com o seu marido — Charlie continuou. — Eu me lembro dele pela foto no seu antigo escritório. Ele estava num SUV cinza, no estacionamento lateral da academia.

— Que dia?

— Deve ter sido na quinta-feira.

Nesse momento ela sentiu calafrios.

— Não, deve ser só alguém que se parece com ele — Julia disse. — O Tony não frequenta nenhuma academia, e Salisbury fica bem longe.

— É, pode ser, faz mais sentido. Imagino que você teria mencionado se eles estivessem se cruzando em algum lugar.

— Charlie, muito obrigada por tentar. Obrigada mesmo. Agora, você já pode parar de procurar. De verdade.

— Eu continuo com tempo livre, fico feliz em procurar um pouco mais a…

— Por favor, pare. Deixa pra lá. Por favor.

— Tudo bem.

— Me prometa que você não vai mais investigar o Walker.

— Tá bom, eu prometo. — Houve um silêncio, e Charlie prosseguiu: — O Nick vai conseguir justiça, Julia. Sei que é duro esperar, mas vai acontecer, no devido tempo.

Na quinta-feira, Tony havia chegado tarde em casa. Porque teve uma emergência no trabalho, segundo ele. Quais eram as chances de haver um sósia dele num SUV cinza na academia de Raymond Walker, lá em Salisbury?

Quando viu a recepcionista através das portas de vidro do escritório de Tony, Julia percebeu que pareceria meio lunática se partisse para cima dele no meio do expediente de trabalho. Não que ligasse a mínima para o que Tony pensaria disso, mas havia outras pessoas no escritório dele. Shirley, a recepcionista, por exemplo.

— Julia Hall! — Shirley cantarolou. — Que surpresa! O que faz aqui?

— Preciso ver o Tony com urgência.

Shirley franziu o cenho.

— Ele veio hoje?

— Quê?

— Ele tirou o dia de folga, ou eu estou confundindo? — ela se sentou e começou a mexer no computador. — Eu sempre checo a folha de ponto de todos quando chego, e ele está fora hoje e durante toda a próxima semana. A menos que ele tenha aparecido por algum motivo e eu não o tenha visto. Aí está. Sim, hoje ele não veio.

Julia agarrou com força a borda da mesa de Shirley.

— Você poderia chamar na sala dele para ter certeza de que ele não está aqui?

— Claro, querida. — Shirley digitou um número e deixou o aparelho tocar no viva-voz. Ele tocou, e tocou, e tocou, até que a secretária eletrônica de Tony foi ativada.

— Eu devo ter me enganado — Julia disse em voz baixa.

— Ah, droga! — Shirley soltou. — Julia, acho que eu acabei de estragar algum tipo de surpresa de Natal.

— Pode ser — Julia disse. — Me desculpe por sair correndo, mas eu tenho que ir.

A expressão de Shirley murchou com simpático desapontamento.

— Ah, tudo bem. Na próxima vez, a gente coloca a conversa em dia!

Julia acenou com a cabeça ao sair. Talvez Shirley nem tivesse visto o aceno, mas ela não pôde oferecer nada mais educado — ela nem conseguia falar.

Ela foi direto para o elevador. O ar em torno dela parecia sufocá-la. Um calor subiu por seu estômago, peito, pescoço, rosto. Ela continuou andando pelo corredor, encontrou as escadas e começou a descer; ainda pôde ouvir o toque do elevador atrás dela. Desceu até um patamar da escada e se sentou no degrau. Colocou a cabeça entre as pernas. Inspirou fundo pelo nariz. Soltou o ar pela boca. Outra vez, e outra. O ar ficou mais suave e sua pele começou a esfriar.

Julia pegou o celular. Pressionou o número de Tony. Depois de dois toques, ele atendeu.

— Que foi? — Sua voz soou entrecortada, como se tivesse sido interrompido.

— Onde você está?

— No trabalho.

— Maravilha. Eu estou na frente do prédio. Me encontre no saguão.

Ela saboreou a hesitação dele.

— Está no meu trabalho?

— Acertou. Estou subindo.

— Espera.

Houve um silêncio. Se ele mentisse novamente...

— Vou entrar em reunião, não posso ver você agora.

— Conversa fiada — ela respondeu com raiva contida. — *Conversa fiada!* Eu já subi lá. Você não está aqui.

— O que está fazendo no meu trabalho?

— *Ótima* pergunta. Eu apareço no trabalho do meu marido, esperando que ele esteja lá numa quinta-feira depois de me dar um beijo de despedida pela manhã e me dizer que ia trabalhar. Ótima pergunta. Por acaso sou *eu* que devo explicações? Mas eu tenho uma, Tony, e já que você *não* está no trabalho, me encontre em casa em uma hora e eu te conto por que vim te procurar.

Tony ficou em silêncio por alguns instantes. Julia estava soltando fogo pelas narinas.

— Quer fazer isso em casa?

— Não temos tempo para fazer em outro lugar. Tenho que pegar o Seb no ponto de ônibus.

— E a Chloe?

— Minha mãe vai pegá-la para passarem um tempo juntas, falamos sobre isso na última...

— Certo, certo, eu esqueci. Deixa que eu vou buscar o Seb.

— Eu posso buscá-lo.

— Por favor. Me deixa pegar o Seb, e a gente se encontra em casa.

Julia quis dizer não. Não até que Tony dissesse por onde andava, o que estava fazendo, que porra estava acontecendo. Mas isso não tinha nada a ver com Sebastian. Isso não respingaria nas crianças.

— Tudo bem.

Ela desligou sem esperar para saber se Tony diria alguma coisa. Agora ele teria tempo para se preparar. Ele apareceria com alguma desculpa esfarrapada, por isso Julia não revelaria as informações que tinha sobre a academia até que eles estivessem cara a cara.

Quando foi que isso aconteceu? Quando foi que ele começou isso — esse esquema, ou o que quer que fosse — pelas costas dela? E onde ele estava agora?

Tony Hall, 2015

JULIA TINHA DITO QUE ELE PODIA BUSCAR O SEBASTIAN. ELE precisava ver o filho. Bagunçar o cabelo do menino, dar um abraço apertado nele. Porque o que estava por vir, fosse o que fosse — uma discussão, uma briga, uma verdadeira tempestade —, seria devastador. Julia parecia pronta para virá-lo pelo avesso.

Tony fez alguns cálculos rápidos e concluiu que de fato poderia chegar antes do ônibus se se pusesse a caminho naquele instante. Ele ficou satisfeito — ligar para ela e confessar que não conseguiria teria sido brutal.

Ele deu uma última olhada na casa de Walker e deu a partida no carro.

Tony viu Julia pela janela da sala quando ele e Sebastian entraram no acesso à garagem. Ele se perguntou, inutilmente, se ela já teria se acalmado desde que descobriu que ele não estava no trabalho.

Sebastian entrou em casa correndo, na frente do pai. O menino já estava tagarelando com Julia quando Tony entrou.

— O papai disse que eu posso jogar videogame — Sebastian anunciou.

— É mesmo? — Julia disse.

Tony entrou na cozinha.

— Podemos conversar enquanto ele joga.

Julia concordou com a cabeça, desmanchando o sorriso que dirigia a Sebastian.

— Só enquanto embrulhamos alguns presentes extras — Julia disse ao filho. — Isso significa que você fica aqui embaixo, entendeu?

Sebastian acenou com a cabeça, os olhos arregalados e sorrindo largamente.

Tony ligou o jogo para Sebastian. Ele se inclinou para beijar o topo da cabeça do filho, através dos cachos macios do garoto. Quando se endireitou, Julia olhava para ele da escada. Ela o apressou, gesticulando, impaciente, com a mão.

Ele sabia o que estava por vir, e Julia começou a falar antes mesmo de alcançarem o topo da escada.

— Então, o que tem a dizer sobre esse seu dia de folga? — Ela parou no patamar e se voltou para encará-lo.

— Será que um homem não pode ter um pouco de privacidade na época do Natal? — Ele sorriu, passou por Julia e caminhou na direção do quarto. Talvez uma atitude descontraída, mas ele a havia praticado bastante.

Julia fechou a porta do quarto e respirou fundo.

— Seria pedir demais que você não mentisse para mim? Por favor? Pelo visto, eu não posso esperar que você simplesmente me conte a verdade, mas não me venha com mentiras deslavadas. E não me olhe assim.

— Assim como?

— Como se eu estivesse ferindo os seus sentimentos.

— E como eu deveria me sentir? Está me chamando de mentiroso.

— E do que mais eu poderia te chamar? Você se veste, põe a gravata e me diz que vai para o trabalho, mas tira o dia de folga.

Tudo o que Tony não havia dito estava transbordando de sua garganta.

— Podemos fazer o que temos que fazer antes que o Seb fique impaciente e suba até aqui?

— Não, *isso* — ela apontou para si mesma e para Tony — é o que precisamos fazer agora. Você se vestiu para ir trabalhar esta manhã. Levou a mochila. Você foi para a academia dele.

Tony se moveu tão bruscamente que derrubou uma caixa no chão. Ele jogou os outros presentes na cama.

— É isso aí — ela disse.

Ele se voltou para Julia. Ela o olhava como se o odiasse. Por um segundo, ele pensou que Julia soubesse de tudo.

— Você estava me seguindo?

— Porra — ela sussurrou. — Como eu poderia saber que seguir o Walker significaria seguir você?

— Você estava seguindo esse cara?

— Não — ela respondeu. — Charlie só quis checar o cara uma última vez.

Charlie Lee de novo.

— Quando foi que ele me viu?

— Então você já esteve lá mais de uma vez? — Ela não parecia zangada. Parecia cansada.

Julia o fitou de cima a baixo, prestando atenção no semblante dele. Buscando alguma coisa. Sim, ele era culpado disso. Mas não era culpado só disso; e essa culpa ele deveria carregar sozinho. Ele não disse nada.

— Você está me assustando. Você *precisa* começar a falar comigo. Eu não posso... Eu estou perdendo o juízo. — A voz dela ficou embargada. — Eu não

sei como vou suportar. — Lágrimas transbordaram de seus olhos e rolaram.
— Não posso deixar que *você* me assuste dessa maneira, para piorar tudo.

Ela enlaçou o próprio corpo com os braços e abaixou a cabeça.

Tony a estava torturando. Ele se aproximou dela e a aninhou em seu peito. Beijou sua cabeça e tentou tranquilizá-la. A necessidade de confortá-la com a verdade, toda a verdade, era esmagadora. Porém isso não a confortaria — esse era o problema. Apenas a colocaria em risco. Se algo desse errado, seria melhor que ela não soubesse de nada.

— Eu também o estou seguindo — Tony disse enfim.

Ela voltou a levantar a cabeça, desprendendo-se do peito dele, e o olhou nos olhos.

— Por quê?

— Eu... — Ele começou, mas hesitou. — Pensei que pudesse pegá-lo fazendo alguma coisa que o colocasse em encrenca. Para que o mandassem de volta para a cadeia.

Julia se desvencilhou do abraço de Tony.

— Jure.

— O quê?

— Jure que é só isso e mais nada.

— Eu juro — Tony disse, depressa. Ele jamais havia mentido para ela dessa maneira. Nunca fez um falso juramento. Tudo isso era novo. E ele precisava seguir em frente com a mentira, para mantê-la isenta. — Eu juro — ele repetiu. — Eu só estava observando aquele cara.

— Eu quero que você pare — ela disse. — Pedi ao Charlie que parasse e quero que você pare também.

— Certo — ele respondeu.

— Ninguém pode saber que seguimos esse cara.

— Ninguém vai saber. Nós paramos. Paramos, fim.

— Prometa que não haverá segredos entre nós — ela disse.

— Prometo — ele respondeu. O que ele estava realmente prometendo era mantê-la protegida, mas ela não tinha a menor ideia disso. E Tony fez uma segunda promessa para si mesmo: depois disso, ele nunca mais esconderia nada dela novamente.

50

John Rice, 2019

RICE HAVIA TOCADO NUM PONTO SENSÍVEL, SEM SOMBRA de dúvida. Julia se acomodou na poltrona reclinável, apertando as mãos. Sua mente devia estar a mil, tentando decidir o que deveria ser dito.

— Não sei se entendo aonde chegaremos com isso — Julia comentou. — Por que não podemos acreditar que ele tenha fugido?

A pergunta dela ficou pairando no ar.

Rice não disse nada, e seu silêncio a forçaria a dizer tudo. Julia acabaria falando contra si mesma quando tentasse explicar o que quer que fosse que ela achava que Rice soubesse — e, ao fazer isso, revelaria tudo a ele.

— Acho que deixei passar alguma coisa — ela disse.

Já estava começando. A coisa toda se descortinava diante dele agora. Ele podia ver isso, tão visível quanto Julia. Ela estava absolutamente aterrorizada e iria para onde ele quisesse levá-la. Tudo estaria acabado, se ele quisesse.

Rice cantarolou em voz baixa antes de falar:

— Então, você deixou passar isso?

— Deixei passar o quê? — Julia retrucou com voz rouca.

Rice suspirou. *Basta.*

— *Eu sei* o que aconteceu, Julia. E sempre me perguntei se você também sabia.

51

Nick Hall, 2015

A SALA DE VISITAS DO GOODSPRING ERA AMPLA E ILUMI-
nada. As paredes estavam cobertas com trabalhos artísticos dos pacientes. Para Nick, o lugar parecia uma cantina de escola. Era Natal. A data parecia perder um pouco da magia a cada ano que ele ficava mais velho; porém este ano era diferente. Este ano, na manhã de Natal, Tony e Julia haviam dirigido duas horas para visitar Nick, trazendo as crianças junto. Este ano tinha voltado a ser especial.

— Vou ao banheiro — Tony avisou, levantando-se da mesa.

— As coisas estão correndo bem pra você aqui, Nick? — Julia perguntou.

Ele já estava havia quase duas semanas no programa.

— Sim — ele respondeu. — No início, depois que falei com o Tony, eu me senti muito bem, faz meses que não me sinto assim. Foi como se tudo fosse ficar bem de novo, e comecei a me sentir como antigamente. Mas a sensação acabou passando, e foi terrível. Estou tão feliz por estar aqui.

Julia pareceu confusa.

— O meu terapeuta daqui disse que é provável que eu finalmente esteja começando a processar as coisas. Falei com o Jeff sobre a mentira toda, sabe, no início do mês, mas não falamos em detalhes sobre o que aconteceu. Íamos sem pressa, com o tempo, mas não foi, já que tudo mudou. Entende o que eu quero dizer?

Ela balançou a cabeça.

— Que mentira?

— O que eu disse para o Tony.

— Quando?

— Quando ele me trouxe pra cá.

— Ele não me disse nada.

Tony apareceu na porta do outro lado da sala. Nick começou a sussurrar:

— Por favor, não pergunte nada pra ele.

— O que foi que ele não me contou? — Julia sussurrou em resposta.

— Não, Julia, por favor! Hoje não.

Eles estavam em silêncio quando Tony chegou à mesa.

— O que foi? — ele perguntou.

Julia olhou para Nick. Ele suplicou com os olhos.

— As crianças estão escolhendo jogos — ela respondeu, cautelosa.

— Legal. — Tony se sentou.

Nick continuava olhando para Julia, que, por sua vez, não tirava os olhos de Tony.

52

Tony Hall, 2015

— NÃO ACREDITO NISSO. — JULIA ESTAVA DEITADA NO SEU lado da cama, voltada para Tony. — Ele se lembra de tudo.

Tony acenou com a cabeça.

— Ele esteve tão sozinho durante todo esse tempo.

— Eu sei.

Julia estava fazendo o que qualquer um faria — digerindo o que havia acabado de saber sobre Nick. Tony apenas aguardava a pergunta inevitável: por que ele não tinha contado para ela.

— Eu não sei se entendi o que ele disse sobre a luta — Julia disse.

— Ele não quis contar às pessoas que não foi capaz de pará-lo.

— Mas isso não é... óbvio? Mesmo na versão que ele contou primeiro?

— É, mas... é diferente. A primeira versão dele foi, tipo, um golpe baixo, e ele apagou. O que realmente aconteceu o fez se sentir impotente.

— Lágrimas começaram a brotar de seus olhos. — Ele estava acordado o tempo todo, desde o momento em que foi dominado. Entendeu?

Julia fez um aceno positivo. Ela talvez concordasse com Tony, até certo ponto. Mas Tony não sabia explicar o que significava para Nick — o que teria significado para Tony — ser dominado por outro homem, mesmo consciente e capaz de revidar. O que era passar a vida inteira ouvindo que você tinha que ganhar brigas, ser forte. E que, se não conseguisse fazer essas coisas, você não era homem.

— O que você vai fazer a respeito disso?

Aí estava. Os olhos dela se fixaram em Tony.

— Nada.

— Você sempre faz alguma coisa. Você não consegue se controlar. O que vai fazer a respeito disso?

Tony pousou a mão no ombro dela.

— Nada.

53

Julia Hall, 2015

DOIS DIAS DEPOIS DO NATAL, JULIA LIGOU PARA MARGOT. Elas haviam se tornado amigas na faculdade de direito, e a amizade cresceu ao longo dos anos. Em teoria, elas pareciam bem diferentes uma da outra. Margot estava comprometida quando começou a faculdade; Julia era totalmente solteira. Margot era extrovertida e confiante; Julia, por sua vez, tinha que ser forçada a dar alguma resposta na sala de aula. Na biblioteca, elas estudavam perto uma da outra e compartilhavam o seu amor por cafeína e séries de TV que as mantinham acordadas à noite. Dez anos mais tarde, Margot estava divorciada e não tinha filhos, e Julia era uma mulher casada e com filhos; mas as coisas importantes tinham permanecido. Elas ainda se encontravam para tomar café pelo menos uma vez por mês, ainda trocavam mensagens sobre *Criminal Minds* após cada episódio e ainda se adoravam.

— Ei, eu sempre esqueço — Margot disse. — Me manda aquela receita de arroz com couve-flor?

— Deus, há quanto tempo eu não faço isso.

— Tentei preparar por conta própria e ficou horrível.

— Bem, é couve-flor — Julia observou.

— Mas era tão bom aquela que você fazia. Pode me mandar por e-mail aquela receita que você costumava fazer?

Julia entrou no escritório e mexeu o mouse para ativar o computador.

— Tá, vou procurar a receita pra você.

— Você é demais.

Elas desligaram o telefone, e Julia abriu o Google. Digitou *arroz com couve-flor*. Muitos resultados apareceram, e nenhum dos hiperlinks estava roxo. Ela rolou a página, mas não conseguiu identificar a receita que vinha usando desde a primavera.

Julia abriu o histórico da internet. Digitou *couve-flor*. Nenhum resultado. Não fazia sentido. Provavelmente havia entrado naquela página dezenas de vezes.

Ela voltou para a página do histórico principal. Rolou. A lista de páginas que ela tinha visitado terminava no dia 14 de dezembro. Não havia resultados antes dessa data.

Havia buscas e títulos de páginas a partir do dia 14 — o trabalho que Julia fez naquela manhã. Tudo o mais antes disso tinha sido apagado. O histórico tinha sido limpo no dia 13. O mesmo dia — ela sabia agora — em que Nick contou a Tony o que Ray Walker realmente havia feito.

Ela fechou o histórico e retornou ao Google. Digitou *Como restaurar o histórico*. A página se encheu com links para artigos. Julia clicou no primeiro. Pelo visto, para recuperar o histórico perdido, ela teria que executar uma "restauração do sistema". Ela salvou todos os seus trabalhos mais recentes num pen drive, por via das dúvidas, e então seguiu as instruções contidas no artigo. Selecionou 13/12/2015 como a data da restauração e se sentou de novo na cadeira, observando e aguardando.

Julia estava ficando louca. Mas por que o Tony teria apagado o histórico? Depois de deixar Nick no Goodspring, ele voltou para casa e ficou um bom tempo no escritório. Naquela noite, Tony disse que estava trabalhando, mas ele não teria deletado coisas relacionadas a trabalho do computador. Julia pensou que estava prestes a ver apenas onde Tony havia comprado os presentes de Natal para ela. Ou então... Ah, Deus: pornografia. Ela riu baixinho. Seu estômago estava tão embrulhado que, na certa, ficaria feliz se tivesse visto que Tony só estava assistindo a pornô naquela noite.

Após alguns minutos, o computador reiniciou. Ela abriu o navegador e o histórico. A entrada mais recente era uma página intitulada: "Como deletar o seu histórico da internet".

Antes disso, era uma busca no Google: "Deletar histórico".

E, antes disso, uma postagem de um blog, intitulada: "Facas de Gelo & Frutas com Caroço". Que diabos isso significava?

Antes disso, uma página que fez Julia gelar da cabeça aos pés.

Uma página de nome "Fórum: Como Você Cometeria o Seu Crime Perfeito?".

E ainda antes disso, "Fórum: Quais São as Principais Causas de Assassinatos Não Solucionados?".

E antes disso, uma reportagem: "Por Que Tantos Assassinatos Não São Solucionados".

E antes disso, uma busca no Google: "Assassinatos não solucionados".

Ele iria matá-lo.

Tony pretendia matar Ray Walker.

54

Tony Hall, 2015

ELE ENCONTROU JULIA NO QUARTO. ERAM POUCO MAIS DE quatro horas, e ela estava debaixo das cobertas.

— Amor?

Ela não se moveu. O que estava acontecendo? Ela recebeu uma ligação de Margot e subiu a escada. Mais de uma hora depois, Tony percebeu que ela não tinha voltado.

Havia algo errado.

Ele se sentou na cama com cuidado.

— Amor?

— Eu vi o computador — ela disse, sem abrir os olhos.

— Quê?

— Eu sei o que você está fazendo.

O medo fez seu estômago reclamar.

— Mas do que você está falando?

Ela se sentou na cama, com os olhos ainda fechados e a mão na cabeça, como se estivesse tonta. Então, abriu os olhos e ficou encarando a colcha.

— Só me diga que eu estou errada.

Não. Não, por favor, ela não sabe.

— Sobre o quê?

— O que é que você tem na cabeça, porra? — ela sussurrou, furiosa, dando-lhe um empurrão.

— Ei!

— Eu vi o que você andou procurando. Assassinato. *Assassinato?* — Ela bateu com a palma no peito de Tony novamente, e ele levantou as mãos para segurar os pulsos dela.

Ah, não, Caralho. Caralho.

— Como você viu isso?

— Foi fácil. Nada do que fazemos no computador pode ser apagado *de vez*. — Ela arrancou as mãos do aperto dele.

— Eu compro um novo pra você.

— Então, quando você matar o cara e a polícia levar o nosso computador, eles não vão suspeitar ao verem que é novo em folha?

— Shh, Julia! Fale mais baixo.

— Me diga o que você está fazendo.

— Não posso dizer.

— Por quê?

— Não quero que ninguém saiba nada sobre isso, nem você, nem o Nick, nem ninguém.

— Então você vai me dar um computador novo. — Julia balançou a cabeça, com os olhos arregalados e a boca fechada. — E daí vai ficar tudo bem.

— Eu fiz isso só uma vez. Não vou fazer uma coisa dessas de novo.

— Tudo pode ser rastreado, Tony.

— Não. Eu tenho sido cuidadoso.

— Tirando o fato de ter usado o computador na nossa casa.

— Sim. Eu juro.

— Então você vai fazer isso.

Tony desviou o olhar do dela.

— Me explica, Tony. Explica por que você acha que tem o direito de fazer isso.

— O direito?

— É. O Nick está fazendo tudo o que pode. Ele contou para polícia, está disposto a testemunhar, está passando por um inferno pra chegar ao julgamento. Por que você acha que pode fazer essa merda insana assim?

— O Nick não pode continuar assim. Você sabe disso. Ele tentou se matar.

— Ele está seguro. Está recebendo ajuda. Você está fingindo que ele precisa disso, mas, na verdade, quem precisa disso é você.

— Se você não consegue enxergar como isso ajudaria o Nick, então não sei o que dizer. Ele é a nossa família.

— Você quer falar sobre a nossa *família*? Você está falando em matar uma pessoa, e o nosso filho logo ali na sala, puta que pariu!

De súbito, Tony se deu conta do que faltava para que Julia entendesse. Havia uma maneira simples de ajudá-la a enxergar.

— Um dos nossos filhos está lá na sala — ele disse baixinho. — Mas o meu primeiro filho está num hospital em Belfast.

Ela o fitou com os olhos arregalados.

— Se fosse com o Seb ou com a Chloe, talvez você entendesse. O Nick é como um filho pra mim.

Julia voltou a se deitar na cama, rolando para o lado oposto e afastando-se dele.

— Ele sempre foi como um filho pra mim. — Tony contornou a cama e se ajoelhou diante dela. — Não consegue ver isso?

Julia não se moveu. Seus olhos pareciam estranhamente distantes, mas seu olhar mirava algum ponto próximo do calcanhar dele.

— Ele tentou se matar. — A voz de Tony falhou, e ele encolheu os ombros. — Se ele contar o resto da história... Se não houver acordo, o Nick vai contar o que o Walker fez. E quando essa verdade for revelada, tudo vai ficar bem pior. — Ele esperou um instante antes de prosseguir: — A gente quase o perdeu. Você mesma disse; você sabe. Ele também é parte da nossa família.

Julia então olhou para ele.

— Eu sei — ela falou.

— Então me deixa salvá-lo, Julia.

Ela voltou a olhar para o chão. Tony se levantou. Ele passou pela cama e alcançou a porta, quando ouviu a voz dela.

— Prometa — ela disse baixinho atrás dele.

Ele se virou.

— Prometa que vai esperar para ver se a coisa toda se resolve em janeiro.

Ele acenou com a cabeça. Claro que poderia esperar. Janeiro era um bom mês para isso.

55

John Rice, 2015

INFELIZMENTE, A SEMANA QUE SE SEGUIA AO NATAL ERA sempre agitada na delegacia. O crime costumava aumentar na época das festas de dezembro: problemas com dinheiro, álcool, tempo demais com a família. Rice estava indo atender um caso de violência doméstica quando a recepcionista o avisou que havia uma ligação de Julia Hall para ele.

— Me desculpa incomodá-lo — Julia disse. — Sei que está ocupado.

— Não tem problema. Está tudo bem?

— Ah, sim. Só estou ligando para perguntar, hã... — A voz dela parecia derrotada. — Uma coisa que acho que já sei a resposta.

— Tudo bem.

— Existe alguma chance, hã, de revogarem a fiança do Ray Walker por causa de algo que possa acontecer?

— Com o Nick, você quer dizer?

— Bom... Sim. Ele e a mãe dele contatam a mídia o tempo todo, e isso tem causado um enorme efeito negativo na saúde mental do Nick.

— Não, acho que não. Ele não violou os termos da fiança, não fez contato com o Nick. Nada do que ele tem feito é criminoso. O que o Nick tem passado é terrível, mas nenhum juiz prenderá Walker só porque o Nick está sofrendo. Eu já falei com a Linda, e ela acha que a gente entraria numa guerra dos diabos se tentássemos fazer algo para detê-lo ou para controlar a imprensa. Tecnicamente, a mídia não divulgou nada que não fosse permitido. Isso só acabaria atraindo ainda mais atenção para o caso.

Julia demorou tanto para responder que Rice achou que a ligação tivesse caído.

— É, era o que eu imaginava. Mas não custava perguntar.

— E você e o pessoal, tudo bem com vocês?

Era uma pergunta estúpida. Ele sabia que ela não ligaria se a vida deles estivesse um mar de rosas.

— As coisas estão um pouco conturbadas — ela respondeu baixinho.

— Sinto muito, Julia. Gostaria de poder fazer algo a respeito, mas, a menos que ele viole os termos da fiança, temos que esperar por um acordo ou um julgamento.

— Disseram ao Nick que achavam que levaria um ano. Isso foi... só uma tentativa de controlarem as expectativas dele, não é? Não poderia ser mais rápido?

— Tudo é possível. Olha, no mês que vem vou ter que comparecer ao julgamento de um caso que fechei faz três anos.

Julia ficou em silêncio. Por que estava tão surpresa? Ela tinha sido advogada de defesa.

— Você sabe como é. O tempo prejudica casos como o do Nick, por isso a Eva vai arrastá-lo o quanto puder.

— E se ele não puder esperar tanto tempo?

— O Nick só precisa viver a vida dele, tentar esquecer o caso.

Mais um longo momento de silêncio. Rice recomeçou:

— Julia, tem uma coisa. — Ela era uma profissional, de certa forma, mesmo que não estivesse no caso. — Aqui entre nós.

— Sim?

— Eu não tenho tanta certeza de que vai haver julgamento.

— Sério?

— Uma amiga do Walker me disse há pouco que ele sabe que está ferrado. Acho que ele vai se dispor a fazer um acordo. Provavelmente não até as vésperas do julgamento, você sabe como isso funciona, mas aposto que ele vai aceitar um acordo. Acho que essa atitude provocativa dele é só encenação. Ele está se borrando de medo.

— Sério? Acha que isso poderia acontecer rápido?

— Não, não tão rápido. Ele parece o tipo de pessoa que só dá as caras na hora do show. Mas talvez o Nick não precise testemunhar. Não diga isso a ele, para não dar falsas esperanças, mas não acho que você precise se preocupar tanto com o resultado final. Acho que isso vai ser resolvido. Já com relação à espera, não há nada que possamos fazer.

Ela fez uma pausa.

— Tudo bem. — A voz dela soou aguda e contida. Como se estivesse tentando não chorar. — Obrigada pelo seu tempo, detetive.

— Lamento não poder ajudar mais, Julia. — Ela já havia desligado, mas Rice precisava dizer essas palavras.

56

Julia Hall, 2015

JULIA NÃO HAVIA DORMIDO NAS DUAS ÚLTIMAS NOITES. EM alguns momentos, ela parecia entregue a um sono leve, mas durante todo o tempo ela sonhava que estava acordada. Acordada e obcecada com o que seu marido andava fazendo.

Ela perguntou a Tony como ele faria aquilo. Ele não disse. Perguntou quando ele faria e onde. Ele não disse. O que ele faria para não levantar suspeitas. Ele tomaria as devidas providências, respondeu. Ele simplesmente continuava repetindo o seu mantra: "É mais seguro se você não souber".

Julia não se sentia segura. Ela estava desesperada. Tony havia prometido que esperaria até a audiência, para ver se chegariam a um acordo. Se Walker concordasse em se declarar culpado, Nick não teria que dizer a verdade à promotora, e talvez Tony deixasse tudo como estava. Então ela tinha até o dia 12 de janeiro. Duas semanas. Mais duas semanas para tentar arranjar uma solução.

Ela poderia ir direto ao Nick — tentar convencê-lo a desistir do caso —, mas será que isso resolveria o problema? Ou Tony faria aquilo de qualquer maneira, porque desistir do caso significava que Walker sairia impune? E se algo acontecesse a Walker depois que Nick abandonasse o caso? Eles iriam suspeitar ainda mais de Tony? Achariam que Nick havia desistido do caso para que Tony fizesse justiça com as próprias mãos?

Julia já tinha ligado para o detetive Rice no dia anterior. Foi inútil, assim como ela havia imaginado. Walker não tinha feito nada que o levasse de volta à cadeia, fora do alcance de Tony.

Ela havia tentado argumentar com Tony: e quanto às crianças? E quanto ao Nick? E quanto a *ela*? Era como se ele não pudesse escutá-la. Ele pensava que tinha superioridade moral elevada — no caso dele, elevada a ponto de causar vertigem.

E moral — Julia, por sua vez, estava surpresa por constatar quão pouco do seu desespero para detê-lo vinha da imoralidade do que ele pretendia fazer.

Muito da identidade dela — como advogada, mãe, esposa, amiga, pessoa — resumia-se a *ser boa*. Era um objetivo bastante vago, mas Julia nunca o havia questionado, talvez porque já estivesse bastante adaptada a ele. Faça a coisa certa. Trate bem as pessoas. Ela costumava identificar facilmente o que era *certo*. Na primeira vez que se encontrou com Mathis Lariviere e sua mãe, teve que convencer os dois de que ele deveria se submeter a um exame para substância química e iniciar logo uma terapia, bem antes de ser sentenciado.

— Quanto melhor ele for — Julia disse —, melhor vai ser o resultado para o caso dele.

— Quanto melhor ele *parecer*, melhor vai ser o resultado, você quer dizer? — Elisa, a mãe dele, disse com frieza.

— Não — Julia respondeu. — Ele não pode simplesmente ir para sessões com o terapeuta durante um ano com fones enfiados nos ouvidos. Ele vai ter que mudar. Se isso não acontecer, o juiz vai perceber.

— Eu não tenho tanta certeza — Elisa respondeu. — Algumas pessoas são boas em parecer boas.

Na época, Julia não deu importância ao comentário da mulher. Elas não concordavam em muita coisa, Julia e Elisa Lariviere, cujo filho havia contado a Julia coisas sobre sua família de dar calafrios. Assim, Julia achou engraçado quando Elisa insinuou que sua conduta moral era encenação.

Mas agora Julia pensava. Talvez ela fosse boa apenas em *parecer* que era boa. Agindo como se acreditasse fazer coisas de valor moral. Porque, nesse momento, era muito mais importante para ela parecer boa do que ser boa. Tudo o que lhe tirava o sono e a fazia suar frio tinha a ver com Tony sendo pego. Não com o que ele queria fazer, para começo de conversa.

Se Tony fosse pego, ela o perderia. As *crianças* o perderiam. Ele era um homem bom. Isso não soava nada crível, tendo em vista o que ele pretendia fazer, mas Tony Hall era um bom homem, um pai excelente, e os filhos iriam perdê-lo, se ele não fosse cuidadoso. E Julia tinha dito a ele desde o início — desde a primeira noite em que haviam conversado, ela disse que jamais se casaria com um homem que não levasse a sério o que aquilo significava para ela. Um homem que não lutasse até a morte para preservar o que quer que ambos tivessem feito juntos. Julia tinha tanta certeza de que Tony era esse homem. Como ele pôde fazer isso com ela?

Nesse momento, ela só conseguia pensar em uma coisa que talvez funcionasse.

Enviou uma mensagem para Charlie Lee.

> Preciso de um último favor.

Julia escreveu.
E Charlie respondeu:

> O que você quiser.

57

Julia Hall, 2015

JULIA SE DEBRUÇOU SOBRE A PENTEADEIRA ENQUANTO PASsava o delineador. Nina Simone cantava suavemente no celular. Ela se afastou um pouco a fim de inspecionar o seu trabalho — faltava apenas o batom. Ela escolheu um vermelho-tijolo. Não era o seu favorito, mas Tony o adorava, e turbinaria o seu vestido preto básico. Ela aplicou a cor e puxou o cabelo para baixo. Os fios grisalhos no topo da cabeça se destacaram na luz fraca da luminária da penteadeira; ela deveria ter dado um retoque. Julia friccionou os dedos nas raízes e voltou a se concentrar na música. Nina não se preocuparia com cabelos grisalhos — ela provavelmente os chamaria de fios de prata. Julia gingou um pouco ao som de "Feeling Good" quando a percussão entrou, deixando-se seduzir pela música. Em algum momento depois que tiveram filhos, ela passou a sentir que o ato de *se preparar* para um encontro com o marido era a primeira oportunidade da noite para as preliminares. Essa noite, ela estava forçando a mágica.

Se eles não tivessem feito uma reserva com meses de antecedência, provavelmente não teriam conseguido nada. Um dos efeitos colaterais da decisão deles de se casarem na véspera do Ano-Novo, nove anos antes, era a necessidade de fazer reservas se quisessem comer fora no seu aniversário de casamento. Julia havia feito a reserva de uma mesa muito tempo antes de imaginar que passaria todo o seu tempo livre pensando se o marido seria mesmo capaz de matar um homem.

Julia pegou a pequena bolsa que tinha deixado em cima da cama mais cedo. Abriu o fecho, lá estava o envelope do seu cartão. As palavras dentro dele eram imperfeitas, a maior parte não era de sua autoria, mas Julia estava satisfeita por ter capturado o seu sentimento mais profundo, sob todas as outras emoções.

Ela sabia que suas mensagens significavam muito para Tony, mas esse ano ela não encontrava inspiração para escrever. Mais cedo, naquela mesma tarde, o cartão continuava em branco no seu escritório quando ela entrou no chuveiro. Foi lá que lhe veio à mente a primeira música que dançaram juntos. Ela enrolou uma toalha no corpo e saiu correndo do banheiro para escrever seus versos favoritos no cartão.

Por fim, ela enfiou o tubo de batom dentro da bolsa, ao lado do cartão.

— Uau — Tony disse, parado na porta do quarto.

— Uau pra você também — ela respondeu. — Adorei esse paletó.

— Eu sabia que você ia gostar — ele disse e rodopiou lentamente na direção dela ao som da música. — Percebe alguma coisa... nova? — ele perguntou, estendendo o braço para o alto ao mesmo tempo que soou o trompete. O novo relógio dele escapuliu pela manga, e Julia riu apesar de tudo.

Ela estava presa a uma sensação de raiva, de tristeza; era palpável. Mas ela deixaria tudo de lado. Pelo menos esta noite.

Julia se curvou para colocar os sapatos de salto e, quando se levantou, Tony estava diante dela. Agora que ela havia colocado os saltos, os dois ficaram quase da mesma altura. Ele envolveu a cintura dela com as mãos e se inclinou para beijá-la suavemente; ela se entregou ao beijo com um leve suspiro. Quando o marido interrompeu, os lábios dele estavam manchados de vermelho. Rindo, Julia os limpou com o polegar, mantendo os dedos sob o queixo barbeado dele.

— E se a gente pulasse o jantar quando a minha mãe chegar para tomar conta das crianças? — ele murmurou, segurando-a colada à cintura dele.

— Ela vai tomar conta deles aqui, eles estarão dormindo quando chegarmos em casa. — Julia deu um rápido beijo no rosto dele e fez menção de se afastar.

— Fique só um minuto — ele pediu com um sorriso malicioso, e a puxou de volta.

— Não! — ela disse, categórica, puxando as mãos para se livrar dele e dando um passo para trás. Ele pareceu surpreso, confuso. Ela também estava. Quando Tony disse a ela para ficar, puxando-a com firmeza, por um segundo isso a enfureceu. Julia atravessou o quarto e parou na porta. Ela andava bastante fria com Tony ultimamente; algumas vezes por escolha, outras por impulso.

— A vovó chegou! — Chloe gritou da sala.

Julia desceu as escadas depressa, deixando Tony para trás.

Julia arrastou os pés enquanto entrava no ambiente aconchegante do Buona Cucina, esfregando a neve no tapete de boas-vindas.

— Feliz Ano-Novo — a atendente disse ao recebê-los. — O cabideiro fica atrás de vocês.

Eles atravessaram um patamar que conduzia ao menor de dois ambientes de jantar. Enquanto caminhavam, Julia estendeu a mão e segurou a de Tony — um pedido silencioso de desculpa por tê-lo rechaçado mais cedo. Tony apertou a mão dela.

Eles pediram uma garrafa de água gaseificada e uma taça de vinho para Julia.

— Você poderia pelo menos me dizer como vai fazer isso?

— Fazer o quê? — Tony pareceu surpreso.

— Você sabe o quê — Julia respondeu, baixando o tom de voz.

Ele suspirou.

— Por que quer falar sobre isso no nosso aniversário de casamento?

— Isso não me sai da cabeça porque você se recusa a falar comigo sobre o assunto. Só me diga de uma vez como vai ser.

— Eu quero que você fique protegida. Preciso que você e as crianças fiquem protegidos. Por isso, acho que o melhor a fazer é não te contar nada.

— Mas você não pode planejar uma coisa dessas sozinho. Você continua dizendo que está sendo cuidadoso, mas como posso ter certeza disso se você não me deixa fazer perguntas, testar o seu plano?

— Eles vão pensar que a coisa toda não passou de um acidente.

— Tudo bem, então... — Ela balançou a cabeça. — Aí está. Isso soa meio fantasioso.

— Mas não é. — Ele mexeu no garfo ao lado do prato.

— Vai mesmo fazer isso?

— Pensei que você tivesse concordado. — Ele pareceu surpreso.

— E em que *momento* eu disse isso?

Tony franziu o cenho.

— Bem, preciso que você *esteja* de acordo com o que vou fazer.

— Ou o quê?

— Ou... nada, eu acho — Tony respondeu, endireitando-se na cadeira. — Eu já disse o que estou fazendo.

— E como eu fico nessa história?

— Você me dá apoio, creio eu.

— Encurralada — ela disse. — Você me encurralou.

— Eu não sei como fazer você entender.

Ela balançou a cabeça.

— Escuta, eu entendo o que há entre você e o Nick. Eu nunca precisei tomar conta de ninguém na minha juventude. Mas tenho você, e nós temos as crianças. E quanto a nós?

A expressão no rosto dele se suavizou sob a luz das velas.

— Prometo que nós ficaremos bem. *Sei* disso. Tanto quanto sei sobre você e eu.

Tony pôs a mão sobre as dela e continuou:

— Eu soube que me casaria com você no dia em que fomos pescar no gelo com a Margot e o ex dela, lembra? E você mergulhou a garrafa no buraco, depois a puxou para fora e bebeu um gole? — Ele riu baixinho. — Naquele instante, eu soube, de um modo estranho e calmo, quase mediúnico, que a gente se casaria, e tudo ficaria bem. Sinto o mesmo agora. Vou ser cuidadoso, e ficaremos bem.

Julia quis afastar as mãos do contato com a dele, mas não o fez.

O garçom apareceu na visão periférica dela, aproximando-se com cautela da mesa, como se soubesse que estava interrompendo alguma coisa. Ele anotou os pedidos e se foi. Os dois permaneceram algum tempo em silêncio, sem saber ao certo por onde recomeçar.

— Vou ao banheiro e já volto — Tony avisou.

Julia ficou sozinha.

Ela havia fracassado. Só lhe restava agora admitir que não era, afinal, tão boa quanto imaginava. Toda a conversa de Tony a respeito de deixá-la fora daquilo não fazia sentido. Quando tudo estivesse terminado, ela seria cúmplice de qualquer ato que fosse praticado contra Ray Walker.

Tony faria qualquer coisa por sua família. Por mais que Julia amasse Nick, e ela o amava muito, já não sabia mais até que ponto ele era parte da família. Tony era tudo para ela, mas isso não significava que não amasse as crianças. Talvez as amasse ainda mais do que o amava. A alma tinha espaço para amores conflitantes. Ela tinha três. Tony tinha quatro.

Julia olhou pela janela ao lado da mesa. Ela conseguiu enxergar as linhas da neve no chão; o restante estava coberto pela escuridão. Se eles conseguissem chegar à primavera, talvez tudo pudesse ser diferente. O sol e as flores iluminariam o coração de Tony. Mas ainda levaria meses para a primavera; e, nesse intervalo de tempo, Nick contaria à promotora a história dele, e a promotora seria forçada a revelá-la a Walker. A mídia entraria em cena novamente, mais debate, mais opinião pública sobre coisas que as pessoas nem sabiam. E Tony estava correndo contra esse tempo. Tudo acabaria muito antes que a primavera chegasse. Quando a luz retornasse, eles seriam capazes de suportar o que haviam feito em meio à escuridão?

58

Tony Hall, 2016

AS COISAS FICARAM MAIS FÁCEIS APÓS O ANIVERSÁRIO DE casamento. Depois que descobriu a estúpida busca de Tony no computador, Julia continuou surpreendendo-o o tempo todo com perguntas e argumentos, sempre que os dois estavam longe das crianças. Ele podia sentir que Julia o espreitava quando olhava para o celular ou até quando apenas andava pela casa. Tony desejou que ela não soubesse de nada a respeito de Walker — ele queria que ela estivesse alheia ao assunto, assim estaria segura. Se algo desse errado, ela *não* seria cúmplice dele. Porém ela ainda não sabia quase nada. Ele se manteve firme diante das perguntas dela, e, finalmente, após o aniversário de casamento, ela parou de perguntar.

Às vezes, ele se perguntava se Julia estava do lado dele, mas a tempestade realmente parecia ter passado. No dia anterior, o celular de Julia tocou e o nome de Charlie Lee surgiu na tela. Tony trocou olhares com ela, e então ela atendeu no viva-voz e perguntou a Charlie o que ele queria. Charlie respondeu que tinha a informação de contato de que ela precisava para o seu trabalho. Ela dirigiu a Tony um olhar fulminante, e ele levantou as mãos em rendição quando ela levou o celular para o escritório. Então era verdade — ela não estava mais usando Charlie Lee para investigar Raymond Walker. Ainda assim, havia algo naquilo tudo que Tony queria analisar mais a fundo. Ele tirou os primeiros dias de janeiro de folga, e as crianças estavam em férias escolares. Durante esses dias, Tony esperava ficar com ela e as crianças, mas Julia ficou trabalhando em seus relatórios a maior parte do tempo. Era como se ela o punisse sutilmente por ele ter mentido sobre ir trabalhar.

Mas agora os quatro estavam juntos, sentados na sala. Tony estava lendo em voz alta um livro que Julia tinha ganhado da mãe. A inscrição mostrava que o livro havia pertencido a Julia quando ela era menina: *Seu pai costumava ler isso pra você*, a mãe de Julia tinha escrito. *C & S vão adorar também*. Em momentos assim, Tony desejava ter conhecido o pai de Julia. Ela lhe dissera que ele havia sido um pai maravilhoso. Ela desejou desesperadamente que o pai tivesse feito escolhas diferentes no final da vida, mas até o momento do fim ele tinha sido perfeito para a filha.

— Preciso fazer uma ligação — Julia disse, levantando-se.

Tony parou de ler.

— Mas agora?

— Julia pegou o celular na mesa de centro e desapareceu escada acima.

Tony estava fazendo sanduíches quando Julia desceu as escadas.

— Saindo um lanche no capricho — ele disse com uma voz dramática, gesticulando com a mão no alto com se estivesse fazendo mágica.

— O cheiro está delicioso — ela comentou. — Tem um pra mim?

— Mas é claro, minha pérola — ele sussurrou, balançando uma tira de bacon para ela.

Julia sorriu, distraída.

— Chá? — ela perguntou.

— Não, obrigado. — Ele sentiu um aborrecimento no ar; ela ainda estava escondendo algo dele, evitando as brincadeiras dele. — Com quem você estava falando?

— Com o pessoal ligado ao relatório.

— Mas hoje?

— Hoje foram só mensagens de voz.

Ele entregou um sanduíche a ela.

— Vai comer com a gente?

— Vou. — Ela checou o celular, depois o enfiou no bolso da calça. O aparelho imediatamente tocou. Ela o puxou de volta e olhou para a tela.

— Preciso atender essa ligação — Julia avisou, saindo da cozinha. — Volto para tomar o chá — ela disse enquanto se afastava pelo corredor. — Tire-o do fogo quando ferver, por favor, mas vou voltar para beber esse chá!

Ela abaixou o tom de voz ao dizer: "Oi, Elisa".

Tony ouviu a porta do escritório se fechar, abafando a voz de Julia. Uma faísca de lembrança se acendeu no seu cérebro quando ele ouviu o nome, mas Elisa, fosse quem fosse, havia desaparecido nos recônditos da sua memória.

59

Nick Hall, 2016

— QUANTO VALE ESSA AQUI? — NICK INCLINOU A MÃO PARA A frente e mostrou um quatro de espadas para o homem diante dele na mesa.

— Quatro — David respondeu.

— Merda — Nick sussurrou, colocando as cartas na mesa. Claro, essa era a mão que parecia valer mais. E ele não conseguiu chegar a quinze em nenhuma delas. Ele marcou quatro pontos no tabuleiro de cribbage. — Acho que você vai acabar comigo de novo.

— É, amigão... — David disse, marcando doze pontos. Ele ergueu os óculos até a base do seu nariz poroso e deu uma risadinha. — É capaz.

David havia chegado ali fazia apenas uma semana e meia. Nick já estava lá fazia um mês. A sua terapeuta no Goodspring, Anne Marie, tinha escrito uma carta a fim de obter permissão para que ele ficasse no programa por mais algum tempo. Ela convenceu a seguradora, ou quem quer que fosse, a conceder mais tempo, para que continuasse ali depois da próxima audiência, que, por acaso, aconteceria naquele dia.

Nick estava feliz por ter a companhia de David. Ele tinha quarenta e poucos anos, era cínico e engraçado, e adorava jogos, assim como Nick. Antes de David aparecer, Nick não tinha contato com ninguém além da equipe de funcionários. Havia um cara lá chamado Kedar que poderia ser bonito se tivesse um corte de cabelo e parecesse ter dormido mais no último ano. Mas beleza dificilmente faria algum bem para Nick no momento. De certo modo, a beleza era o que havia transformado a sua vida num inferno. Ele não deveria se culpar — seus terapeutas não deixavam dúvida sobre isso, e tinham razão. Mas Nick concordou em ir para um quarto de hotel com um estranho. Só que ele já havia feito isso antes. Ele queria um namorado; por outro lado, agarrava todas as oportunidades de diversão que apareciam. Nem de longe estava pronto para transar novamente; ainda assim, se esse belo cara do programa quisesse um pouco de ação, Nick não tinha certeza de que não toparia. Por isso, ele continuaria a manter distância de Kedar.

A maioria das pessoas no Goodspring não desejava estar lá. Alguns nem achavam que precisavam de ajuda; alguns odiavam as camas usadas, a iluminação intensa, o cardápio predominante em vegetais, a janela das portas dos quartos pela qual a equipe fazia a checagem de segurança todas as noites. Mas Nick gostava de estar no Goodspring. Era tão estranho, tão diferente de tudo o que ele já havia experimentado, que até o fez esquecer da sua vida lá fora. Nada de promotoria pública ali. Nada de caso criminal. Ele estava em uma bolha.

Pelo menos, era assim que as coisas pareciam ser. Mas naquele dia, até mesmo na segurança da bolha, Nick sentia a presença da vida lá fora, que pressionavam as paredes do Goodspring. Lá fora, a vida estava a pleno vapor. Tony estava se preocupando com ele. Seus pais provavelmente estavam brigando. O semestre de inverno havia começado. A promotora estava na audiência, naquele exato momento, com Walker e a advogada dele. A vida real estaria esperando por ele quando saísse do Goodspring. Ele voltaria bem ao ponto em que tinha começado — bem no meio da confusão em que havia se metido. Seus antebraços começaram a coçar sob a manga da blusa.

— Nick?

Ele olhou para cima, e Anne Marie, sua terapeuta, estava de pé na porta do salão comunitário.

— Ligação pra você.

Era Sherie.

— Não houve acordo, Nick — ela disse. — Sinto muito.

Ele já esperava por isso; mesmo assim a notícia lhe partiu o coração.

— Você tem permissão para me contar o que aconteceu?

— Mas é claro. As advogadas não chegaram nem perto de obter um acordo. Eu cheguei a te dizer o que ela iria oferecer a Walker, não é?

— Sim. Quatro anos de cadeia, que poderiam chegar a dez, é isso?

— Isso mesmo. Existe uma diferença entre prisão e cadeia, mas é mais um detalhe técnico. E a Linda ofereceu a mudança de agressão sexual grave para agressão com agravantes.

Essas eram palavras que Nick já havia escutado antes, mas, ainda assim, ele sentia certa dificuldade em acompanhá-la.

— Bem, o réu e a advogada dele não gostaram disso — Sherie prosseguiu. — Eles pediram agressão simples e seis meses de cadeia. A advogada dele agia como se fosse impossível pedir ao cliente que ao menos considerasse seis meses, mas advogados sempre agem dessa maneira quando negociam. Ela e Linda não chegaram a nada. Pelo menos, não hoje.

Agressão simples, seja qual for o significado disso, e seis meses de cadeia. Nick se perguntou se o caso pararia nisso quando contasse que havia mentido. Que a coisa era pior do que ele havia relatado. Ele falaria com Anne Marie e elaboraria um plano para contar a verdade.

— E agora, o que vai acontecer? — Nick perguntou.

— Tecnicamente, o que vem a seguir é a seleção do júri.

— Já? — Isso não iria levar tanto tempo quanto eles davam a entender.

— Para o seu caso, a escolha do júri será feita em março. Mas o réu provavelmente entrará com uma ação para adiar essa data. E quando a próxima audiência ocorrer, será apenas um dia de programação de horários em que o juiz tenta separar os casos que podem ser julgados no mês.

Ela fez silêncio.

— Tudo é possível, creio eu, mas ainda assim é melhor que você se prepare para uma longa espera. Tudo bem?

— Tudo bem.

Eles desligaram, e Nick ficou sentado por um momento. Anne Marie o tinha deixado sozinho no escritório dela para atender a ligação. Ele queria simplesmente pular essa parte — ter que avisar sua família de que não houve acordo. Queria ir para a cama. Mas todos estavam esperando notícias. E ir para o quarto dormir não mudaria o fato de que o caso ainda existia.

Nick se levantou, foi até a porta do escritório e espiou o corredor. Anne Marie estava ali perto, falando com Kedar.

— Sim? — ela perguntou quando Nick a viu.

— Pode me passar o número do celular da minha cunhada? — Ali, Nick não tinha permissão de ficar com o celular durante a maior parte do dia, e ele não tinha memorizado o número de Julia. Falaria com ela. E depois ela poderia passar a notícia para Tony e os pais dele. Falar com Julia seria bem mais fácil do que falar com Tony.

Julia Hall, 2016

JULIA E AS CRIANÇAS ESTAVAM MONTANDO UM QUEBRA--cabeça na mesa de centro quando o celular tocou. Era Nick. Ela gemeu ao se levantar do chão onde estava sentada.

— Oi, me dê só um minuto. — Ela saiu da sala e subiu as escadas depressa. — O que aconteceu na audiência?

— Não houve acordo.

— Merda! Que droga.

— Nem me fale.

Julia fechou a porta do escritório. Checou suas anotações.

— Hã... Tudo bem com você?

— Sim. Só estou desapontado. Você pode contar pro Tony?

— Claro. — Sem acordo, Tony seguiria em frente com aquele plano. — A propósito, eu me lembrei de uma coisa. O seu irmão disse que quer ir até aí te ver.

— Ele vem?

— Sim. Sexta-feira. Ele queria ir esta semana, na sexta.

— Tudo bem — Nick respondeu. — Você sabe por quê?

Ela suspirou e encostou na porta fechada.

— Acho que ele está com saudade de você, Nick.

51

Tony Hall, 2016

QUANDO TONY CHEGOU EM CASA, HAVIA UM ENVELOPE enorme enfiado em sua caixa de correio. Estava endereçado a Julia *Clark* e o remetente era de Michigan. Ele teria considerado correspondência indesejada se não tivesse sido escrita à mão.

Ele ouviu Julia descendo as escadas, enquanto as crianças o cercavam na cozinha.

— Alguém não sabe que você é casada — Tony disse, entregando o pacote a ela.

Julia olhou para o envelope e sorriu.

— Ela sabe que sou casada. Só não respeita o fato de que eu tenha mudado de nome.

— Sério?

— Pode ter certeza. — Julia revirou os olhos.

— Quem é ela?

— Uma senhora com quem estou trabalhando nos relatórios. — Ela começou a caminhar de volta para a escada, mas se deteve. — Antes que me esqueça, Nick quer que você vá vê-lo na sexta-feira.

Tony franziu o cenho.

— Essa sexta?

— Isso. A audiência de acordo foi adiada para a semana que vem. Ele quer ver você antes disso.

Tony gesticulou, e eles começaram a subir juntos as escadas.

— Pareceu ser algo importante?

— Importante para ele, sim — ela respondeu.

— Merda — Tony disse baixinho. Eles já haviam chegado ao topo. Julia fez um gesto para que ele esperasse um pouco, foi até o escritório e colocou o envelope lá. Então, os dois foram para o quarto.

— O que há de errado?

— Nada — ele disse. — É que eu esperava ir vê-lo e ter algo... de *bom* pra dizer a ele, finalmente.

Os olhos de Julia se arregalaram.

— Que Walker está morto?

— *Shh*.

— Não faça "shh" pra mim, ninguém pode me ouvir. Você esperava já ter... resolvido *tudo* com o Walker antes de se encontrar com o Nick de novo?

— Tá, é isso mesmo.

— O Nick quer te ver e a audiência será em uma semana. Você não pode deixar de ir.

— Não, acho que não.

Julia cruzou os braços.

— Se não houver acordo nessa audiência, quando você vai... agir?

— Quer parar?

— Eu pararia se você me falasse *alguma coisa*. Qualquer coisa. Me diga quando. Uma data... um horário, qualquer coisa!

Raymond Walker, 2016

NO DIA 15 DE JANEIRO DE 2016, ÀS SEIS DA TARDE, USANDO um roupão de banho e coçando a barba por fazer, Raymond Walker desceu as escadas e se perguntou, distraído, por que as luzes estavam apagadas na sala no andar de baixo. Quando chegou ao final da escada, acionou o interruptor à direita. A lâmpada da sala estalou e se acendeu. Ray viu a figura de um homem de pé na escuridão da cozinha.

53

John Rice, 2016

NO DIA 16 DE JANEIRO DE 2016, RICE ESTAVA ESCREVENDO um relatório no computador quando a recepcionista o contatou pelo comunicador interno.

— Detetive, uma mulher chamada Darlene Walker quer falar com você. É sobre o filho dela, Ray Walker, acho que você ou a Megan vão querer atender.

— Sim — Rice disse de imediato.

— Aqui fala o detetive John Rice.

— Sim, como vai, senhor Rice? Hã, detetive Rice. Sou Darlene Walker, estou ligando por causa do meu filho, Raymond. — Havia um claro nervosismo na voz dela.

— Sim, senhora.

— Bem, aconteceu alguma coisa com ele e alguém precisa vir aqui agora mesmo.

Rice se endireitou na cadeira.

— O que houve com ele?

— Não sei, mas eu não consigo encontrá-lo! Estou na casa dele... Ele me deu uma chave, e eu resolvi entrar, porque ele não atende as minhas ligações, nem veio na minha casa hoje! Íamos almoçar, mas ele não apareceu, não ligou, nem respondeu quando eu telefonei...

— Senhora, por favor, pode se acalmar um minuto? A se...

— Não, *você* é que precisa se apressar e vir pra cá agora! Você não pode tratá-lo de maneira diferente porque já concluiu que ele é um criminoso, coisa que será esclarecida nos tribunais, a propósito, estou certa disso. Tentei chamar a polícia da região onde moro, mas eles disseram que preciso ligar para a polícia da cidade do Raymond, embora pareça existir um óbvio conflito de interesses.

— Tudo bem, senhora... *senhora!* — Rice ficou em silêncio até a mulher finalmente parar de falar. — Chegarei aí o mais rápido possível.

Rice estacionou na frente da pequena casa cinza de número 47. Então essa era a casa de Raymond Walker. Eles nunca haviam obtido justificativa suficiente para um mandado de busca para nada além do DNA de Ray, o qual, é claro, era compatível com o material do kit de agressão sexual. Eles também conseguiram dar uma busca no carro de Ray, após rebocá-lo do estacionamento da delegacia na ocasião em que ele havia sido preso. A busca não revelou nada de significativo para a investigação envolvendo Nick Hall.

Rice viu luzes acesas dentro da casa enquanto subia pelo curto acesso à garagem para chegar à porta dos fundos — a neve nos degraus da frente não tinha sido retirada, e não dava para enxergar o caminho até eles. O carro de Ray estava estacionado na garagem.

A porta da casa se abriu antes que Rice chegasse até ela.

Uma mulher de boa aparência, com idade difícil de determinar, inclinou-se para fora e imediatamente estremeceu de frio.

— Você é o detetive com quem eu falei?

— Sim. — Ele estendeu a mão enluvada para cumprimentá-la. — Podemos entrar?

— Não estou permitindo que façam uma busca na casa. — Ela comprimiu os lábios e olhou para Rice como centenas de pessoas já haviam feito antes: como se ela achasse que fosse uma professora de direito.

— Eu entendo. É que está frio aqui fora. — Ele sorriu.

Darlene Walker voltou a entrar na casa, e Rice a seguiu.

Na entrada havia um espaço bem organizado. Armários altos abrigavam sapatos e uma caixa para cachecóis; casacos pesados estavam pendurados no cabideiro. As botas de Rice rangeram no chão enquanto eles caminhavam até a cozinha.

— A senhora me disse ao telefone que não conseguiu encontrar o Ray e que esperava vê-lo hoje.

— Sim, eu esperava...

— Desculpe interrompê-la, mas gostaria de fazer algumas perguntas específicas. Quando falou com Ray pela última vez?

— Na sexta-feira de manhã, por telefone.

— Sexta-feira ontem? Ou sexta-feira da semana passada?

— Ontem.

Rice anotou em seu bloco: *Sexta-feira, 15 de janeiro*.

— Combinamos *ontem* que almoçaríamos *hoje*. Ele ficou de me pegar.

— E não foi buscá-la?

— Não.

— Está com o seu celular?

Ela estreitou os olhos, desconfiada, como se o detetive pudesse tomar dela o aparelho.

— Por quê?

— Ajudaria tomar conhecimento de alguns horários específicos. Por exemplo, o horário em que vocês se falaram ao telefone, o horário em que você tentou contatá-lo e não conseguiu.

A mulher se levantou e pegou o celular dentro da bolsa.

— Conversamos ontem às dez e dezesseis.

— Da manhã — Rice disse enquanto anotava.

— Sim — ela respondeu, como se Rice fosse estúpido. Sem dúvida, soava como uma pergunta óbvia, mas as pessoas sempre pulavam informações quando conversavam com ele. Melhor fazer as coisas direito e cercá-la do que mais tarde desejar ter sido mais rigoroso.

— Algum contato desde então?

— Não. Eu tentei, mas ele não respondeu.

— Quando você tentou?

— Na noite passada, mandei uma mensagem falando sobre um assunto qualquer, depois mandei uma mensagem de manhã a respeito do almoço.

— Horários?

Ela suspirou.

— Enviei mensagem às oito e vinte e sete na noite passada. Nada. Hoje de manhã, às onze e quinze, escrevi perguntando a que horas ele passaria na minha casa. Nada. Então, comecei a telefonar.

— Certo — Rice disse. — Ele costuma responder as suas mensagens? Minha filha, por exemplo, não é lá muito confiável quando se trata de responder minhas mensagens.

— Meu filho também — Darlene disse baixinho.

— A que horas ele deveria ter ido buscar você hoje?

— Meio-dia.

— Quantas vezes você ligou esta manhã? — Rice perguntou mais por curiosidade do que por qualquer outro motivo.

Darlene baixou a cabeça e olhou para o celular.

— Treze.

Parecia fazer sentido.

— A que horas você chegou aqui hoje?

Ela continuou olhando para o celular.

— Eu não posso dirigir, então chamei um táxi meio-dia e meia; devo ter chegado por volta de uma hora.

— Por que não pode dirigir?

Darlene olhou para ele.

— Isso é particular — ela respondeu apenas.

— Tudo bem — Rice comentou e sorriu. — Vamos dar uma olhada pela casa?

A desconfiança surgiu novamente no semblante dela.

— Eu avisei que não permitiria uma busca na casa. Não há nada fora do lugar.

— Eu não preciso abrir gavetas nem mexer no computador. — *Isso só vai acontecer mais tarde*, ele pensou, com perversa satisfação. — Esse é o meu trabalho. Posso ver alguma coisa que você não tenha visto. Se você acha que alguma coisa realmente aconteceu a ele.

Darlene o encarou. Ela parecia estar prestes a cair no choro — e, por um momento, Rice realmente teve pena dela. Ela não sabia o que fazer, não sabia se deveria confiar nele. Ray talvez fosse culpa dela; seu erro lançado sobre o mundo, sobre pessoas como os Hall. Ainda assim, Ray era filho dela, e Rice não poderia deixar de se apiedar de uma mãe em tal situação.

Ele usou a piedade para se mostrar mais brando diante dela.

— Eu te dou a minha palavra — Rice disse. — Não estou mentindo para você.

A mãe de Raymond Walker acompanhou Rice pela casa. O primeiro andar era praticamente um espaço aberto: a cozinha desembocava numa sala com uma pequena área de jantar, que se estendia até uma sala semelhante a um jardim de inverno. Também havia um banheiro, um quarto de hóspedes e alguns armários no primeiro andar. Tudo estava limpo e organizado; não havia sinais de altercação nem de partida repentina.

Darlene levou Rice para o andar de cima, onde ficava a suíte master. O segundo andar era menor que o primeiro, mas a suíte era bastante grande. Ocupava o andar inteiro. Tudo parecia em ordem ali também.

A pedido de Rice, Darlene abriu o closet para mostrar as malas do filho. Rice também reparou em algo parecido com uma bolsa de academia no canto do quarto, perto do cesto de roupa suja.

— Ele tem outras bolsas?

— Não. Eu dei uma para ele há dois anos. Ray queria se livrar da velha, tinha uma roda quebrada, fazia muito barulho ou algo assim. Acho que ela não deslizava direito. Então essa é a única, a que eu comprei pra ele.

Não foi bem isso que Rice havia perguntado, e ela lhe deu mais detalhes do que ele precisava, mas era difícil dizer se isso era suspeito. Pelo visto, a mulher costumava falar dessa maneira.

Ela parou ao lado da cama do filho com os braços cruzados.

— Agora você acredita em mim? — Seu rosto estava tomado por uma estranha presunção. Difícil dizer se era porque ela acreditava que havia passado a perna nele ou porque era o tipo de pessoa que encontrava satisfação em provar que estava certa, até mesmo sobre o desaparecimento do filho.

Rice entrou no banheiro. Escova de dentes sobre a pia. Darlene estava na porta atrás dele, com as sobrancelhas erguidas, como se perguntasse: *E então?*

— Ele disse alguma coisa a respeito de ir embora?

— Meu filho seguiu todas as regrinhas que vocês impuseram.

— Alguém mais poderia saber onde ele está? A advogada dele, talvez?

Darlene soltou uma risada afetada.

— Ray não diria a ela.

— Por que não?

— Na verdade, ela faz parte do problema, não da solução. Quer tirar o meu filho dessa situação tanto quanto você. Pelo menos, você não finge que está do lado dele.

Ele se lembrou da conversa que tivera com Britny Cressey. Walker estava brigando com a advogada, estava insatisfeito com o modo como ela lidava com as coisas. Talvez ele tivesse fugido da cidade. Se fosse o caso, Rice não poderia perder tempo. Precisava isolar a casa e chamar uma equipe — e Darlene tinha que sair.

— Vamos lá pra baixo, preciso ligar para a delegacia.

Ele gesticulou para que Darlene descesse primeiro.

— O que você vai fazer?

— Tentar encontrar o seu filho. — Rice fez o gesto novamente.

— E você vai investigar todas as pessoas que têm ameaçado o Ray on-line, e nos jornais, e no rádio? Vai investigar todos os verdadeiros agressores sexuais que vivem por aqui, e aquele garoto que mentiu sobre o estupro?

— Sim, vamos investigar tudo. Mas você precisa sair agora.

— Vou ficar esperando aqui, caso ele volte para casa.

Rice deu um passo na direção da mulher e a encarou com uma expressão séria. Ela fedia a cigarro velho.

— Não, senhora Walker. Precisa sair desta casa.

— Vá para o inferno, detetive. — Ela ergueu os dedos no ar e fez o sinal de aspas quando disse *detetive*. — Você está usando isso como pretexto para fazer uma busca na casa. É ilegal, e eu *vou* me queixar ao seu supervisor.

— E será muito bem recebida, mas precisa se levantar dessa cama e deixar a casa imediatamente ou vou prendê-la por obstrução. — Não havia mais tempo para gentilezas. Se Walker havia fugido, cada minuto era importante. E se não tivesse...

Darlene o encarava com os olhos cheios de ódio.

— Se quiser esperar por Ray, tudo bem. Você escolhe: pode esperar na sua casa ou numa cela na cadeia.

Ela deu um salto da cama e passou por Rice disparando ameaças — que procuraria um advogado, processaria seu departamento, tomaria seu distintivo —, com a voz embargada pelas lágrimas.

Rice alcançou o final da escada no momento em que Darlene estava saindo.

— Você está tratando o meu filho como um maldito criminoso! — ela gritou, balançando a bolsa na direção de Rice, depois se foi, batendo a porta com força.

Rice foi até a porta e a trancou. Da janela da cozinha, ele podia ver Darlene descendo pelo acesso da garagem, fazendo alguma coisa com as mãos. Antes de chegar à rua, ela se virou, com um cigarro novo preso nos lábios. Ela olhou para a casa com uma expressão amarga e começou a caminhar pela rua enquanto teclava no celular. Rice tinha se esquecido de que ela teria que chamar um táxi. Bem, havia um posto de gasolina e uma cafeteria ali perto, ela poderia esperar lá. Ele se sentiu indisposto. Seria por causa de Darlene? Não. A casa o fazia sentir-se assim. Algo havia acontecido ali. Talvez Ray tivesse fugido; mas o sujeito era arrogante demais para isso, não era? Sem contar o fato de que ele parecia ter deixado tudo para trás.

E havia, é claro, a questão da ameaça. Alguém com todas as razões para odiar Walker tinha ido àquela casa e ameaçado matá-lo. Tony Hall não parecia ser esse tipo de pessoa, mas, quando as coisas saem de controle, tudo é possível.

Julia Hall, 2016

DESSA VEZ, O DETETIVE RICE APARECEU DE SURPRESA. ELE JÁ havia feito isso antes, Julia considerou quando o convidou a entrar; mas agora a situação era diferente. A polícia devia saber que Walker estava desaparecido. E Rice não queria dar tempo aos dois para que combinassem suas histórias.

O detetive veio falar com eles no domingo, depois do café da manhã. Julia e Tony não haviam dormido nada na sexta-feira, e ela passou o sábado inteiro olhando obsessivamente para o celular e reagindo horrorizada sempre que o aparelho tocava. Tony implorou para que ela tentasse relaxar, mas foi inútil. Veio então a manhã de domingo, e, com ela, o detetive Rice batendo à sua porta.

Rice recusou o café que Julia lhe ofereceu e retirou as suas pesadas botas de inverno. Tony pegou o casaco dele e mandou que as crianças subissem e fossem ler em seus quartos. Os três se sentaram na sala — Julia e Tony juntos no sofá, e o detetive Rice numa cadeira perto deles.

O detetive ficou em silêncio por um momento, aparentemente pensando, então enfiou a mão no bolso da calça e tirou dele o gravador.

— Ray Walker desapareceu.

A franqueza da revelação estarreceu Julia, e ela torceu para que transparecesse em seu semblante. Ela olhou para Tony, que a olhou de volta.

— Quê? — Julia disse.

— Desapareceu como? — Tony perguntou.

— Desapareceu, simples assim. — Ele os estudou sem disfarçar. — Preciso fazer algumas perguntas a vocês dois e gostaria de gravar tudo.

— Tudo bem — Tony respondeu.

O detetive Rice acionou o gravador e o colocou na mesinha de centro.

— Como disse, Ray Walker desapareceu. Gostaria que vocês me dissessem onde estavam na sexta-feira e no sábado desta semana. Ontem e anteontem.

Julia olhou para o marido. Todos os três sabiam que Rice se referia a Tony quando disse "vocês".

— Hum... — Tony balançou a cabeça. — Na sexta-feira, eu saí do trabalho mais cedo e fui ver o Nick no Goodspring, e ontem ficamos em casa o dia inteiro. E também fomos um pouco à biblioteca, à tarde.

— Até que horas você ficou no trabalho na sexta?

— Das oito às duas. — Tony olhou para Julia, e ela acenou com a cabeça. Uma descarga de adrenalina a atingiu, será que Rice viu o gesto? Pareceu ensaiado?

— E no Goodspring?

Julia sentiu as veias pulsarem, enquanto Tony respondia:

— Das quatro às oito. Pouco depois das oito, na verdade. Talvez oito e dez ou algo assim.

— E depois?

— Depois pra casa. — Tony olhou para Julia. — Cheguei um pouco depois das dez, não foi?

Ela pigarreou. Seu rosto inexpressivo.

— Sim, um pouco depois das dez.

O detetive Rice a fitou nos olhos, e, por milagre, ela se manteve firme. Ele fez um aceno com a cabeça e anotou algo no caderno.

— E ontem... — Tony começou, mas o detetive o interrompeu:

— Parou em algum lugar no caminho?

— Não — Tony respondeu. — Eu saí pouco depois das oito e vim direto pra casa. Mais ou menos duas horas de carro de Belfast até aqui.

— A Goodspring registrou você como visitante?

— Sim, registrou.

— E no seu trabalho?

Tony não respondeu. Estava olhando para a mesinha de centro.

Julia pôs uma mão na perna dele.

— Querido?

— Perdão — Tony disse. — O quê?

— Tem meios de confirmar que estava no trabalho no horário que mencionou?

— Não, tipo, não bato ponto nem nada parecido — Tony respondeu. — Mas tenho certeza de que a recepcionista pode confirmar que eu estive lá até as duas. Ela registra os nossos horários.

— E ontem passaram o dia todo com as crianças, apenas vocês? — Os olhos do detetive se dirigiram para o teto, e Julia se perguntou se ele pediria para falar com os filhos.

— Na sexta-feira, as crianças foram para a casa da minha mãe e passaram a noite lá — Julia disse. — Ela os trouxe de volta no sábado pela manhã, não me lembro em que horário.

— Nove ou dez horas, talvez — Tony acrescentou.

Os dois sabiam que tinha sido às nove e dezessete — pois não tiraram os olhos do relógio naquela manhã. Mas saber um detalhe tão específico pareceria suspeito.

"Não podemos saber tudo nos mínimos detalhes", Julia havia sussurrado a Tony nas horas sombrias entre a sexta-feira e o sábado. Eles estavam deitados na cama, a cabeça de Tony sobre o peito de Julia, e a camisa dela ensopada com lágrimas dele. Mas a voz dela tinha sido muito calma. "Eles vão nos interrogar porque sabem que você o ameaçou. Mas você conta com Goodspring."

Tony afirmou com a cabeça, sem levantá-la do peito dela.

"Vai demorar até que eles decidam se você poderia estar de fato com o Nick. Antes disso, eles vão nos interrogar. Não podemos deixar que percebam que a gente sabia que isso aconteceria. Precisamos agir como se não tivéssemos certeza sobre as coisas, mas só sobre coisas pequenas, insignificantes."

O detetive Rice estava circulando algo em seu bloco de anotações. Talvez ele ligasse para Cynthia para confirmar que Tony estava em casa quando ela entregou as crianças no sábado de manhã. Talvez a polícia ainda não soubesse que, naquela manhã, Walker já estava desaparecido fazia tempo. Julia endireitou o corpo para disfarçar o calafrio que percorreu sua espinha.

Tudo correria bem. A lista de presença no Goodspring colocava Tony lá das quatro da tarde até as oito da noite. A viagem de volta para o sul levava duas horas. Por enquanto, isso fazia de Julia a única testemunha de Tony para o final da noite de sexta e as primeiras horas da manhã de sábado. Não era nem de longe um álibi incontestável — ela iria mentir por ele, alguém tinha que assumir esse risco. Mas, em algum momento, a polícia descobriria que Tony tinha um álibi para o intervalo de tempo que importava.

— Julia. — O detetive Rice virou-se para ela. — Você estava em casa quando Tony chegou na sexta à noite?

— Sim — ela respondeu. E de fato ela estava. Sentada na sala de jantar, com a televisão berrando na sala ao lado, esperando. Mesmo agora, ela sentia pontadas no estômago ao se lembrar de que, por pouco, não vomitou enquanto esperava que Tony chegasse.

— E a que horas você se lembra de ter visto Tony chegar?

— Poucos minutos depois das dez. — Ele a encarou por um instante. Ela deveria dizer mais alguma coisa? — Eu sei disso porque estava vendo TV a cabo. E um novo programa tinha acabado de começar, então provavelmente eram, tipo, dez e pouquinho? Eu estava esperando o Tony chegar. Queria que ele me contasse como iam as coisas com o Nick. — Tony segurou a mão dela e a apertou. Ela estava falando demais.

— E do momento em que ele chegou até o momento em que as crianças voltaram, algum de vocês saiu de casa alguma vez?

— Não — ela disse. — Só conversamos sobre a visita dele ao Nick e depois fomos dormir.

O detetive Rice pegou o gravador da mesa de centro e o parou. Guardou-o no bolso, junto com seu pequeno bloco de notas e a caneta.

Julia o acompanhou até a porta, onde ele colocou as botas e o casaco. Quando o detetive saiu e começou a se afastar, ocorreu a Julia que ele não havia separado os dois para interrogá-los, como seria de se esperar. Ele tinha feito as perguntas para os dois ao mesmo tempo, permitindo que ela ouvisse as respostas de Tony e simplesmente as confirmasse. E não tinha feito nenhuma pergunta a respeito dela.

O detetive achava que os dois eram inocentes. Ou talvez ele simplesmente quisesse que fossem.

Tony Hall, 2016

JULIA LEVOU O DETETIVE ATÉ A PORTA. DO SOFÁ, TONY O viu calçando as botas e amarrando os cadarços em silêncio.

Vá embora. Vá, vá, VÁ — enchia os pensamentos de Tony, pressionando tanto os dentes que estava prestes a gritar.

A porta se fechou. Tony se levantou.

— Jesus Cristo. Ah, meu Deus.

— Shh — Julia sibilou do corredor. — Fale mais baixo.

— Não acho que isso tenha importância. Não acho que nada mais tenha importância.

Agora ela estava parada na entrada da sala.

— Mas do que é que você está falando?

Tony estava de boca aberta, engolindo o ar com dificuldade.

— Fodeu, eu ferrei com tudo de vez.

— Você não ferrou coisa nenhuma, você se saiu bem. Só está angustiado. Tente respirar com calma.

— Não, não hoje. Estou falando daquele dia, eu ferrei com tudo naquele dia.

— Como?

Tony atravessou a sala de jantar e se jogou numa cadeira na cozinha.

— Se eles acharem que ele está morto, é o fim. Vão vir atrás de mim.

Julia o seguiu até a cozinha.

— Relaxa e respire. Mal consigo entender o que você está falando.

Ele gemeu e correu as mãos pelo cabelo.

— O que adianta um álibi se não houver um tempo determinado ligado a ele?

Alguém estava fazendo barulho nas escadas. As crianças gritavam uma com a outra para decidir a quais filmes assistiriam.

Julia abaixou o tom de voz, mas falou com clareza:

— O que você quer dizer com isso?

— No Goodspring — Tony sussurrou no momento em que as crianças se precipitavam para o corredor. — Eu me esqueci de registrar o horário na lista de presença quando saí.

55

John Rice, 2016

NO FIM DA MANHÃ DE DOMINGO, ENQUANTO SE AFASTAVA de carro da casa dos Hall, Rice telefonou para Tanya Smith, chefe da equipe forense da unidade, a fim de saber novidades sobre os trabalhos na casa de Walker.

— Encontramos um celular — ela disse. — O'Malley vai tentar obter um mandado, mas duvido de que isso faça diferença. É um iPhone. Com senha de acesso. A menos que a senha seja o aniversário da mãe dele, duvido que a gente consiga acessar.

Rice bufou. Com o advento do smartphone surgiu todo um universo de evidências suculentas, mas só se você conseguir acesso a ele. Nada convenceria a Apple a permitir que a polícia obtivesse um código de acesso, com ou sem mandado. Nem se uma pessoa estivesse produzindo pornografia infantil com o celular tomariam uma providência. O celular era um beco sem saída.

— Até agora examinamos o piso inferior da casa. Williams coletou algumas impressões; e, por enquanto, nada de fluidos.

— Obrigado, Tanya. — Rice começou a se despedir. Ele queria ligar para o Goodspring.

Do outro lado da linha, ele escutou o ruído característico de dedo friccionando um isqueiro.

— E eu disse que já tinha terminado? — ela falou com o cigarro na boca.

— Ei, está fumando na minha cena de crime toda?

Smith soltou sua gargalhada de bruxa.

— Ah, vá se foder. — Rice sabia que ela deveria estar na rua, longe do local de perícia. — Veja, pode não ser nada — ela falou em tom cauteloso. — Basak sondou a vizinhança, e a vizinha da casa ao lado disse que viu dois homens andando pela rua na sexta-feira à noite.

— Ah, é? — Rice murmurou.

— É, por volta de sete e meia. Iam na direção oposta à da casa dela e do Walker.

— Essa vizinha deu mais detalhes?

— Estatura média, constituição também, talvez um deles um pouco maior. Ela não conseguiu distinguir tom de pele ou cor de cabelo, nem nada disso. Já estava escuro, e acho que ela não prestou muita atenção neles.

— Mas ela acha que eram sete e meia?

— Foi o que ela disse.

Quando desligaram, Rice havia estacionado em uma loja. Ele telefonou para O'Malley e caiu no correio de voz. Um minuto depois, o telefone dele vibrou, era uma mensagem dela:

> Ligo assim que puder.

Ele passou pelo drive-thru e fez seu pedido: dois cafés com creme e açúcar.

Na noite anterior, O'Malley enviou os dados pessoais e a fotografia de Walker para todas as companhias de táxi, terminais de ônibus, estações de trem e aeroportos na Nova Inglaterra, agora, ela verificava os resultados por telefone. A explicação mais simples era que Walker havia perdido a paciência e fugido da cidade, mas ele demonstrava ser incapaz de reconhecer quão culpado parecia. Havia esbanjado confiança em todos os lugares que pôde — nos jornais, no rádio, nas redes sociais. No último artigo que Rice tinha lido sobre o caso, a advogada dele parecia que viria com tudo. Mas então Britny Cressey apareceu e disse que Walker estava em pânico. Alguém capaz de fazer o que Walker havia feito com Nick Hall — esse tipo de pessoa sabia esconder bem suas verdadeiras intenções, não é? Pensando bem, a incessante tagarelice de Walker acerca da sua inocência poderia ter sido uma distração. Um plano a longo prazo para fugir até explicaria por que ele havia relatado o incidente com Tony Hall, mas sem prestar queixa — para encobrir seus planos de desaparecer.

Rice pegou o pedido, contornou o edifício, voltou ao estacionamento e parou o carro.

Dois homens, um deles um pouco maior e mais encorpado. Poderiam ser dois irmãos.

Mas os homens foram vistos às sete e meia. Tony Hall não poderia ter caminhado por uma rua em Salisbury nesse horário, se de fato estivesse no Goodspring das quatro às oito. Mesmo que a vizinha tivesse se enganado um pouco com relação ao horário, a viagem de volta até Salisbury levava cerca de duas horas de carro. Rice encontrou na internet o número do telefone do Centro Psiquiátrico Goodspring e, ansioso, ligou.

O homem que atendeu não estava trabalhando na sexta-feira à noite, mas se dispôs a checar os registros dessa data.

— Temos um Tony Hall aqui em 15 de janeiro às quatro horas da tarde em ponto.

— E o horário de saída?

— Não consta.

— Não consta?

— Correto, senhor.

— Então não há como saber quando ele saiu. — Certo álibi começava a se evaporar no ar.

— Você pode conversar com a pessoa que estava trabalhando no dia. Acho que era a Ida, mas não tenho certeza. Ou você pode falar com o paciente que ele visitou, se souber quem é, mas não posso dar...

— É normal as pessoas irem embora sem anotarem o horário de saída?

— Sim. Pelo menos, não é incomum. Quando as pessoas chegam, peço para elas registrarem a saída. No final do turno, vou passando pela lista para me certificar de que todos foram embora. Mas, às vezes, as pessoas se esquecem. Quando percebo que estão indo embora e se esqueceram, eu aviso a elas. É só para registro de manutenção e segurança mesmo, para saber quem está no prédio.

— Um visitante pode sair sem ser visto?

— Acho que tudo é possível, mas estou sempre na mesa, a menos que esteja no banheiro. E se ele veio de carro, precisaria pegar suas chaves de volta.

— Você fica com as chaves dos carros?

— Isso.

Rice pediu ao homem que descobrisse quem estava trabalhando na sexta-feira e pedisse para essa pessoa ligar para ele. O detetive perguntou sobre as câmeras de segurança da entrada, e o homem informou que ele teria que ligar durante a semana para falar com a pessoa certa a respeito desse assunto.

Rice desligou e bebericou o café. A princípio, a conveniência do álibi de Tony o havia incomodado, mas no final das contas não era um álibi tão conveniente assim. Se ficasse constatado que Walker havia simplesmente fugido, toda essa conversa sobre registro de saída teria pouca importância. Mas se Walker fosse encontrado morto nas florestas... Bem, Tony Hall se tornaria um suspeito óbvio. Tudo isso poderia significar problemas para a família de Tony — Julia, seus filhos, Nick —, porém não fazia diferença. Esse era o trabalho do juiz: decidir como julgar um homem de família que sofreu um colapso e fez algo monstruoso, mas talvez compreensível em certo grau. Rice não precisava se preocupar com isso. Era problema do juiz, e, em última análise, de Deus. O trabalho de Rice era mais fácil. Ele não tinha que avaliar o certo e o errado. O seu papel era descobrir a verdade.

Julia Hall, 2016

O SOM FEZ JULIA SE LEVANTAR ANTES MESMO QUE ELA PER-cebesse que o celular estava tocando. Com o movimento, o refluxo gástrico a fez sentir um gosto de azedo no fundo da garganta. Ela bateu a mão no celular sobre a mesa a sua frente. *Deus*, pensou, *que seja qualquer um menos...*

Era Nick.

— O Tony está aí? — ele perguntou.

— Não, não está. — Julia saiu da sala de jantar, onde estava sentada, e entrou na cozinha. Tony estava no andar de cima da casa, tomando um banho frio, ainda tentando se acalmar depois da visita do detetive.

— Tudo bem com vocês?

Não, ela pensou, refugiando-se no hall de entrada e fechando a porta. *A gente não está nada bem.*

— Por quê? Alguém ligou pra você?

— Eu tentei falar com ele, mas ele não atendeu. Onde ele está?

— Nick, espera. Me diga por que você está perguntando.

— O recepcionista disse que um detetive telefonou perguntando pelo Tony.

Julia começou a andar de um lado ao outro, chutando do caminho os tênis das crianças.

— Você chegou a falar com eles?

— Com a polícia?

— É — Julia respondeu baixinho.

— Não. Por que eles falariam comigo? O que está acontecendo?

Não havia motivo para não contar a ele, não é? Pois pareceria estranho não contar, se a polícia procurasse *de fato* o Nick e descobrisse que ele havia falado com Julia sem que ela dissesse nada a respeito do assunto.

— Julia, tem alguma coisa acontecendo com *ele*? — Nick disse "ele" de um modo que era reservado apenas a Raymond Walker.

— Talvez. — Com o pé direito, ela empurrou um tênis na direção da parede. — Ele está desaparecido.

— Ray está desaparecido? — ele repetiu em voz baixa.

— Sim. O detetive Rice veio aqui em casa hoje de manhã e nos contou. Eles não estão conseguindo encontrá-lo.

Nick não respondeu.

— Nick?

— Oi?

Julia sentiu o estômago embrulhar. Respirou fundo; o hall de entrada cheirava a borracha molhada e a tênis velho.

— Me fala se o Tony estava com você na sexta.

— Ele estava.

— Até as oito.

Nick fez uma pausa.

— Ele falou com você sobre o que a gente conversou?

Sim. Ele havia contado tudo a ela. Tarde demais para que ela fizesse algo a respeito, mas ele havia contado tudo a ela.

— Eu não sei se deveríamos continuar falando por aqui — ela disse. Parecia pequena a possibilidade de que o programa monitorasse as ligações telefônicas dos internos, mas Julia não tinha a menor intenção de correr o risco. Eles não podiam falar de detalhes. Porém havia uma coisa que ela *precisava* dizer. Não era justo pedir o que quer que fosse ao Nick. Não depois de tudo o que lhe havia acontecido; não depois de tudo o que tinha sido tirado dele. Mas ela precisava ter certeza de que ele daria a resposta certa caso lhe fosse perguntado.

— Eles devem ligar para você — ela avisou. — Para perguntar se Tony estava aí até depois das oito horas da sexta-feira. Parece que estão investigando o seu irmão, porque... Bem, sabe como é. Mas o Tony já disse a eles que esteve com você até pouco depois das oito, na sexta.

Houve uma pausa.

— Isso mesmo, ele esteve.

— Acho que o Tony não anotou o horário de saída. Por isso eles talvez perguntem a você quando ele foi embora.

— Entendi. Vou dizer a eles.

Julia daria tudo para poder desligar o telefone logo. Para poder sair correndo dali para os campos e gritar. Para desabar no chão junto com os tênis sujos. Para chorar. Por que ela não podia chorar? Seu estômago estava cheio de água salgada — todas as lágrimas que havia engolido naquele fim de semana. Ela e Tony sempre tinham sido bons em contrabalançar: quando um subia, o outro descia. Nesse momento, Tony estava devastado, então ela era a âncora. Julia nem mesmo teve que se preparar para isso; simplesmente aconteceu, ponto-final. Ela não queria ser. Queria gritar, e chorar, e fugir. Queria expulsar de vez tudo o que carregava dentro de si.

— Que confusão — Julia disse.

— O que eu faço agora?

O que Nick *poderia* fazer? Como eles poderiam sobrecarregá-lo com isso? Jesus, ele estava internado numa instituição de saúde mental. Ele teve uma overdose com antidepressivos. Ele se cortava. Guardar um segredo quase o levou à morte.

E então Julia pensou no que Tony tinha dito a ela, sobre a última conversa dele com Nick. As últimas coisas que eles disseram um ao outro antes de Tony entrar no carro e dirigir para o sul. Nick estava cansado de ser tratado como um bebê. Cansado de ver todos o tratando com cuidado excessivo, agindo como se o estupro provasse que ele era fraco. E Julia soube, talvez, como ele conseguiria sobreviver a mais um segredo.

— Chegou a sua vez de proteger o Tony.

John Rice, 2016

RICE ESTACIONOU NA CASA DE WALKER NO FINAL DA MANHÃ de segunda-feira. O acesso à garagem estava cercado com fita isolante, desencorajando quem quer que fosse a deixar pegadas na neve ali. A equipe que trabalhava no caso tinha que usar a porta da frente para entrar e sair. Realizar buscas em uma potencial cena de crime sempre significava causar algum dano a essa cena. Tendo em vista que não foram encontradas impressões na entrada da frente no dia em que Rice se encontrou com Darlene Walker na casa, esse foi o caminho que eles escolheram para trilhar.

Mais cedo naquela manhã, Rice e O'Malley haviam se encontrado na delegacia primeiro e verificaram os seus planos para o dia. Rice iria checar as evidências que os peritos estavam terminando de encontrar na casa. O'Malley continuaria ligando para todos os destinos de viagens, tentando manter a pressão para que checassem seus sistemas de vigilância e suas listas de passageiros.

Antes que Rice tivesse a chance de ligar para Tanya Smith em busca de novidades, a própria Smith lhe mandou uma mensagem e pediu para encontrá-la na casa — havia algo que ele precisava ver. Smith apreciava o drama de uma revelação feita cara a cara, mas ela teria dito do que se tratava se ele tivesse telefonado e perguntado o que ela havia encontrado. Rice não queria ligar — ele não queria saber de nada, fosse o que fosse, antes do tempo necessário. Ele também não queria admitir que havia dormido muito mal na noite anterior, preocupado que Tony Hall pudesse ter feito algo a Walker.

Quando Rice saiu do carro, o policial Mike Basak o esperava na porta da frente da casa. Ele era o agente que havia conversado com a vizinha sobre os dois homens que ela pensou ter visto rondando aquela área na sexta-feira. Agora, Basak acenava para ele na entrada da frente.

— Coletei algumas pegadas no acesso à garagem e na porta lateral — Basak disse. — Vou precisar tirar uma impressão das suas botas em algum momento, já que você esteve aqui com a mãe dele. Ele tem um monte de calçados lá dentro, então todas as pegadas talvez sejam dele; mas precisamos ter certeza. — Ele deu de ombros e entregou a Rice um par de capas para sapatos para que ele pudesse entrar na casa. — Mas está começando a parecer que podemos ter aqui uma cena de crime. A Smith quer que você vá ao banheiro do andar de cima.

Do topo da escada que levava ao quarto de Walker, Rice podia ver Tanya Smith no banheiro mal iluminado do outro lado do quarto. Smith havia bloqueado a janela sobre a banheira, deixando o ambiente às escuras.

— Você ligou — Rice disse.

Smith se levantou e foi apanhar alguma coisa, saindo do campo de visão dele. A voz dela ecoou no local quando ela falou:

— Você sabe onde isso vai dar.

Rice sentiu o estômago se embrulhar e imaginou uma banheira cheia de luminol brilhando num desenho semelhante ao de um corpo. Ele forçou o bate-papo habitual.

— Trabalho de limpeza ruim?

— Pois é — Smith respondeu, saindo do banheiro. Ela segurava a câmera na mão direita, com a correia balançando; seu cabelo exalava um leve odor de cigarro rançoso. Eles se reuniram no centro do quarto. Na tela da câmera, ela pôs para rodar um vídeo. Ele mostrava o banheiro escurecido com uma pequena mancha de luminol brilhando na borda da banheira e uma mancha maior no chão abaixo.

— Fatal?

— Não — Smith disse. O vídeo exibiu o interior da banheira, que estava imaculado. — Encontramos uma toalha ensanguentada na lata de lixo, por isso fiz uma varredura no banheiro. Mas isso foi tudo o que brilhou com o luminol. A mancha não é maior do que uma toalha de mão, não há aqui uma perda de sangue que possa ser considerada fatal. É a localização dela que me incomoda; não parece exatamente vir de um ferimento que alguém sofre ao se barbear.

— Não — Rice concordou e foi até a entrada do banheiro. O brilho do luminol já havia desaparecido, mas ele queria ver a banheira. Era uma banheira de estilo antigo, clássica, isolada no meio do espaço — no canto direito do banheiro havia um chuveiro separado. E uma pia no canto esquerdo. Então havia sangue na borda externa da banheira e no chão abaixo dela. O padrão para ferimentos dentro do banheiro era a pessoa cortar-se ao fazer a barba, como Smith disse, talvez escorregando na banheira e batendo a cabeça —, mas não do lado *de fora* da banheira, levando a pessoa a sangrar no chão.

— No porão ele tem uma pia portátil e uma máquina de lavar e secar roupa — Smith disse. — Acho que você vai gostar de me acompanhar, enquanto eu checo os pontos críticos que restam.

O celular de Rice vibrou e tocou no bolso do casaco.

— Ah, sim — ele respondeu, distraído, enquanto tirava o celular do bolso. Era código de área de Belfast. Ele mostrou a tela para Smith. — Goodspring — Rice disse.

Ele atravessou o quarto e desceu para a cozinha enquanto atendia a ligação.

Ida, foi como ela se apresentou, recepcionista no Goodspring. A voz dela era amigável, talvez um tanto ansiosa.

— Me disseram para ligar para você.

Rice se apresentou.

— Ida, você estava trabalhando na recepção nesta última sexta-feira?

— Sim.

— Um homem chamado Tony Hall apareceu para visitar o irmão?

— Eu não estou autorizada a revelar os nomes dos pacientes daqui e...

— Bem, na verdade eu...

— Mas — ela disse — Tony Hall esteve aqui na sexta-feira.

— Certo. Ele te mostrou uma identidade?

— Não foi necessário. Eu já o tinha visto aqui antes. Não é um rosto que a gente esquece. — A mulher deu uma risada nervosa.

— Ele não é feio — Rice comentou.

— Não mesmo. Ele está encrencado?

— Você lembra a que horas ele saiu na sexta?

— Me disseram que você iria perguntar sobre o horário de saída dele. Ele ficou aqui até tão tarde que eu já estava arrumando minhas coisas para ir embora; acho que foi por isso que me esqueci de pedir o registro de saída dele.

— A que horas isso aconteceu?

— O horário de visitas termina às oito... Devia ser alguns minutos depois disso.

— E quantos minutos seriam?

— Umas oito e dez.

Então Tony permaneceu no Goodspring até depois das oito. Uma viagem de duas horas de carro. *Talvez* ele pudesse diminuí-la em uns quinze minutos se pisasse fundo.

— Tem uma coisa sobre ele e, hum, a pessoa que ele visitou — Ida prosseguiu. — Eles tiveram uma conversa séria. Eu não queria apressá--los, mas no final precisei mandá-lo embora.

— Sobre o que eles estavam falando?

— Eu não sei. O que está acontecendo?

— Por que você disse que foi uma conversa séria? — Rice perguntou. Ela fez silêncio.

— Acho que pelo modo como eles se olhavam. Eu podia vê-los da minha mesa. Parecia que eles estavam brigando, em certo momento.

— Você ficou com as chaves do carro dele quando ele assinou o registro de entrada?

— Sim, é o que fazemos.

— E você os viu durante todo o tempo em que ele esteve aí?
Ela hesitou.
— Bem, as visitas não são, tipo, supervisionadas. Não fiquei observando os dois o tempo todo.
— Mas as visitas acontecem perto da sua mesa?
— A maioria das visitas ocorre na sala de visitas, eu só enxergo uma parte dela. Mas Tony Hall foi recebido por uma pessoa da equipe primeiro.

Rice agradeceu a Ida e pediu que telefonasse, caso se lembrasse de mais alguma coisa. Alguém entraria em contato com ela para uma declaração por escrito. A mulher pareceu desapontada por ter que encerrar a conversa com ele. Talvez Rice tivesse se enganado a respeito do tom de voz de Ida quando ela falou pela primeira vez ao ligar. Talvez não fosse nervosismo o que ele havia identificado em sua voz, mas excitação. Ela queria ter algo de importante a dizer — queria ver algo acontecendo, como ficou insistindo em perguntar. Mas, se Tony Hall ficou no Goodspring até depois de oito horas, não poderia ser um dos homens vistos na rua de Walker às sete e meia. Era possível que ele não tivesse nada a ver com o acontecimento, mas parecia haver *alguma coisa* suspeita nisso. O que quer que fosse tinha relação com o sangue no banheiro?

— Smith — ele gritou do alto da escada. — Estou pronto para ir ao porão quando vo...

Seu celular voltou a tocar, e ele riu alto. Isso nunca tinha fim.

Dessa vez, o nome de O'Malley surgiu na tela.

— Um momento — ele gritou para Smith.

Rice retornou à bancada da cozinha. Ele atendeu com voz séria.

— Temos sangue no banheiro do Walker e nada além de perguntas.

— Isso vai ter que esperar — O'Malley disse. — Eu achei o Walker.

Julia Hall, 2016

POR UM MOMENTO, JULIA SENTIU QUE HAVIA ESQUECIDO que a primavera já existira alguma vez. Ela havia se esquecido de que tudo, em algum grau, era finito. Mesmo o desolador inverno, que até dias atrás parecia não ter fim, teria fim.

A terra despertaria e voltaria a se alongar na primavera, e tudo mudaria mais uma vez. Tudo exceto uma coisa: o que havia acontecido jamais mudaria.

Cúmplice. Que palavra persistente. Eles tinham conseguido chegar à segunda-feira, e agora ela seria cúmplice pelo resto da vida. Ela nunca seria *boa* de novo.

Um pensamento atravessou o cérebro de Julia como uma adaga afiada. *Cúmplice* era uma mentira. *Cúmplice* era suave demais, brando demais para isso. Os ouvidos dela começaram a vibrar, um zunido que ficava mais e mais intenso, e o quintal diante dela começou a ficar escuro. Julia se agarrou ao poste da cerca com toda a força que pôde. Por um momento, a sensação de madeira contra a palma da mão era a única coisa que ela podia sentir. Seus joelhos se dobraram, mas ela permaneceu de pé. Segurando no poste, o mundo retornou, lento e quente em seus ouvidos. Quando sentiu suas forças voltarem, levantou a cabeça e olhou para o quintal. As crianças não tinham percebido nada; estavam fazendo montinhos de neve.

O coração dela martelava, mas seu estômago não doía, ela enxergava tudo com clareza, e já não precisava mais se amparar na cerca. Seus filhos estavam seguros. Tony estava seguro. Eles estavam seguros. Isso era tudo o que importava. O resto se tornaria mais fácil. A primavera chegaria, e ela esqueceria em que havia se transformado no inverno.

Ela se virou para apanhar as sacolas com as compras. Uma delas havia tombado; Julia se agachou e empurrou as laranjas e o pão que haviam caído de volta para a sacola. Quando se levantou, viu um carro preto passar pela casa e seguir pela pista. Ela não se preocupou com isso e entrou em casa.

John Rice, 2019

— EU SEI O QUE ACONTECEU — RICE TINHA ACABADO DE dizer. Pareciam ter se passado minutos desde que ele dissera isso, mas provavelmente foram apenas alguns segundos. — Eu sempre me perguntei se você também sabia.

A expressão de absoluto choque no rosto dela revelou tudo a Rice: durante todos aqueles anos, Julia nunca tinha desconfiado que ele descobriria. Ela não fazia ideia de que o havia tornado cúmplice do seu crime. Julia era responsável pelo mais colossal pecado que ele já tinha cometido em seus dias na Terra, e ela nem mesmo sabia disso. Pelo menos, não até o momento.

Julia ficou imóvel diante dele; o lábio inferior pendendo e trêmulo. O que ela estaria sentindo? Uma pequena parte dele queria puni-la — levá-la a se encolher diante de suas palavras. Em comparação com seus três anos carregando esse fardo na consciência, três anos rezando em busca de perdão por um pecado que era perpétuo, Rice considerou que um momento de sofrimento era uma sentença bem leve.

— Basta. — A palavra soou severa, e Julia saiu do transe. — Eu quero ouvir.

— O quê? — ela sussurrou.

— Quero ouvir de você. Me conte o que eu já sei. Me conte o que aconteceu no dia em que Walker desapareceu.

IV.
SORTE

Não tente fazer da vida um problema matemático
com você no centro e todos os resultados previsíveis.
Quando você é bom, coisas ruins ainda podem acontecer.
E se você for mau, mesmo assim pode ter sorte.

— BARBARA KINGSOLVER, "THE POISONWOOD BIBLE"

71

Tony Hall, 2016

ÀS QUATRO DA TARDE DO DIA EM QUE RAYMOND WALKER desapareceria, Tony Hall chegou ao Goodspring. A bela mulher na mesa da recepção se levantou quando ele passou pela porta. Ela sempre exibia um ar de segredo, como se soubesse tudo a respeito de Nick e quisesse que Tony soubesse disso.

— Senhor Hall, não é?

— Sim — Tony respondeu, esfregando as botas no tapete.

— A agente de saúde do seu irmão avisou que você viria. Ela está aqui hoje.

— Ela não costuma estar?

— Ah, sim, ela costuma. Eu quis dizer que ela está aqui para o seu encontro com o Nick.

O rosto da mulher implorava para que ele perguntasse "Por quê?". Em vez disso, Tony disse apenas "Ah, entendi", então colocou as chaves do carro no balcão.

Ela pegou as chaves e empurrou na direção dele a lista de presença. Ela provavelmente se sentia importante trabalhando lá, observando de perto o drama da vida de outras pessoas.

A mulher puxou de volta a lista de presença.

— Vou avisar a Anne Marie que você está aqui.

Um casal havia entrado atrás dele, e Tony se afastou da mesa. Ficou de lado, com olhos fixos nas portas duplas que a mulher indicou com gestos quando os dois conversaram.

Um minuto depois, uma mulher apareceu nas portas. Ela parecia ter a idade de Nick; era jovem demais para ser a terapeuta dele ou seja lá o que ela fosse.

— Senhor Hall?

Tony foi rápido até ela.

— Eu sou a Anne Marie. — Os dois trocaram um aperto de mãos, e a mulher se virou para começar a caminhar pelo corredor. — Eu sou a agente de saúde do Nick. O Nick está ansioso para ver você.

— Aconteceu alguma coisa? — Tony ainda não sabia por que Nick havia lhe pedido para visitá-lo.

— Bem, aproveitando que você viria para uma visita, o Nick me perguntou se poderíamos fazer uma pequena sessão em grupo. Ele quer falar com você sobre um assunto. — A jovem apontou para a porta da qual eles se aproximavam depressa. — Eu só vou estar presente para dar apoio. Não vai demorar, e depois vocês dois vão poder passar para a área de visitas.

Ela abriu a porta, Nick estava sentado numa pequena cadeira no fundo da sala, com o cabelo cacheado brilhando sob o sol tênue do final da tarde.

Ele se levantou para abraçá-lo. Tony já tinha se acostumado com o novo abraço tenso de Nick, e começou a soltar os braços depois de um abraço simples. Mas Nick não o soltou, e Tony olhou para a lateral do rosto dele, pôs de novo os braços em torno do irmãozinho, fechou os olhos e o abraçou apertado, como não fazia havia muito tempo. Era o tipo de abraço que comprimia o peito.

Quando eles se soltaram, Anne Marie estava sentada atrás de uma pequena mesa perto da porta e os chamou para que se sentassem lado a lado.

— O que está acontecendo? — Tony perguntou a Nick.

Nick olhou para Anne Marie.

— Nick? — ela disse.

— Acho que eu queria conversar com você sobre umas coisas.

— Sobre aquela noite?

— Não. Sobre a gente.

— Ah. — Tony sentiu o nó desaparecer no estômago. Ele olhou para Anne Marie. — Então, é uma sessão de terapia?

Anne Marie riu, e Nick abriu um sorriso nervoso.

— Tudo bem pra você? — ela perguntou.

— Sim — Tony respondeu. — Claro.

— Preciso falar com você sobre um assunto, mas sempre que tento, sinto a minha mente bloqueada. Mas consigo falar melhor sobre esse assunto quando estou com a Anne Marie ou quando estava com o Jeff.

— Está tudo bem. Sobre o que você queria falar comigo?

— Tenho muito medo de dar a impressão de que estou te culpando.

— Culpando por quê? — Tony disse, sentindo o nó retornar.

— Mas não estou te culpando. Por favor, tente escutar, tente me ouvir, porque não culpo você por absolutamente nada. Você fez mais por mim do que o pai e a minha mãe jamais fizeram. Mais do que eu acho que eles poderiam fazer, não acredito que eles sejam capazes de amar de um jeito normal. Mas não quero falar sobre eles ou sobre o que há de errado com eles. Eu tenho muita sorte por ter você. Sem você, eu estaria fodido.

— Estou ouvindo — Tony disse.

Nick olhou para Anne Marie, e ela acenou com a cabeça.

— Às vezes, sinto que você me trata como se eu fosse uma criança.

Bem, isso não era nenhuma novidade. Tony começou a ferver de raiva.

— Sei que você era jovem quando começou a tomar conta de mim. Era mais jovem do que eu sou agora. E eu *era* um bebê. Eu era indefeso. Tudo o que um bebê pode fazer é contar com as pessoas ao seu redor. Mas eu não sou mais um bebê.

— Eu sei que não é.

— Tony — Anne Marie disse —, se você puder deixar o Nick terminar o que ele precisa dizer, isso vai ser de grande ajuda.

— Perdão.

— Tudo bem. — Os olhos de Nick se encheram de lágrimas. — Por favor, não se desculpe por nada que você já tenha feito por mim. Mas é muito importante que você saiba que eu preciso sentir que estou tomando conta de mim mesmo agora. Quando o Ray me estuprou, nunca me senti tão incapaz em toda a minha vida. Eu senti todos os medos que tive na vida serem confirmados. Senti que era fraco. Que não era um homem. Senti que não era capaz de evitar que as pessoas fizessem o que bem quisessem comigo. Que eu podia ser usado. Eu poderia até ser morto, se ele quisesse fazer isso; e, durante parte da noite, eu achei que ele faria. Você se lembra do que o pai achava de ter um filho gay? Para mim, tudo o que Ray fez comigo confirmou o que o nosso pai dizia que eu era. E eu nunca vou me sentir melhor se eu não puder começar a acreditar no que o Jeff e a Anne Marie e vocês todos sempre me dizem: que *não foi* minha culpa. Que isso não tem nada a ver com o que eu sou. E quanto mais você me diz que gostaria de ter estado lá, que o teria detido, que me protegeria... quanto mais você diz essas coisas, mais eu me sinto uma vítima. Como se eu não fosse capaz de salvar a minha própria vida.

— Nick — Tony disse em voz baixa, e Nick fez um aceno com a cabeça. Tony podia falar agora. — Me desculpa. Lamento por ter tratado você assim. Eu juro, sei que nada muda o que eu fiz, mas juro que não é desse jeito que eu vejo você.

Enquanto Nick falava, Anne Marie havia se levantado para entregar um lenço de papel a Tony. O lenço estava ensopado agora, mas, mesmo assim, Tony continuava enxugando o nariz com ele.

— Você é o melhor homem que eu conheço, Nick. Não sabe o quanto eu te admiro. — Tony baixou a cabeça. — Eu sou tão idiota.

— Não — Anne Marie disse.

Tony olhou surpreso para a mulher. Como ela podia não o odiar depois do que tinha acabado de ouvir?

— O Nick e eu passamos um bom tempo juntos — ela falou. — Quer saber o que eu acho?

Tony olhou para Nick. Nick acenou com a cabeça.

— Acho que você cresceu em um lar inseguro, com um pai negligente, cruel, imprevisível e violento, até que a sua mãe te levou embora. E depois, na adolescência, quando você estava descobrindo quem era, viu que esse mesmo pai tinha tido outra criança, e que essa criança não tinha uma mãe como a sua. E você decidiu ser o herói dessa criança.

Nick pigarreou.

— Um dia desses, Jeff conversou comigo a respeito disso. Eu perguntei a ele o que aconteceria comigo, tipo, mais tarde. Tipo, se eu me tornaria violento como consequência do que o Ray fez. E o Jeff comentou que pessoas que são feridas por outras pessoas, abusadas, algumas vezes têm grande tendência a ferirem a si mesmas repetidas vezes. E às vezes elas começam a machucar outras pessoas. Mas podem ficar meio obcecadas em ajudar outras pessoas. E o Jeff estava se referindo a mim e a ele mesmo, mas acho que foi isso que você fez.

— Eu pensei que estivesse ajudando, de verdade — Tony disse a Nick. — Eu só queria manter você seguro.

— E eu te amo por isso. Mas você não pode me proteger de tudo. Isso era óbvio. Bastava ver o que havia acontecido.

— Eu preciso que a gente tente se relacionar de um jeito novo, que não faça eu me sentir… frágil sempre que falo com você.

— Tudo bem. — Tony assoou o nariz no lenço.

Nick segurou a mão de Tony e a apertou três vezes.

Tony a apertou quatro vezes em resposta.

72

Nick Hall, 2016

ÀS CINCO E MEIA DA TARDE DO DIA EM QUE RAYMOND WALKER desapareceria, Tony e Nick entraram juntos na sala de visitas. Foram direto para o armário no canto e escolheram uma pilha de jogos. Então, sentaram-se a uma mesa e jogaram damas, depois cribbage, depois War, em seguida Lig 4 e, por fim, damas novamente. Jogos sempre haviam sido o recurso favorito dos dois para escapar da realidade quando Ron e Jeannie estavam bêbados ou brigando ou quando a escola parecia demais para um deles suportar. Desde aquele outono, tudo parecia demais, pesado demais, difícil demais de fazerem juntos. Nick esperava que as coisas se tornassem mais fáceis.

— Decidi seguir em frente com isso. — Nick tomou a peça de damas de Tony e a tirou do tabuleiro. — Pelo menos, por enquanto.

— Fala do caso?

Nick acenou com a cabeça.

— Tem certeza de que quer fazer isso?

Nick olhou para ele. Tony levantou as mãos.

— Desculpa, desculpa. A escolha é sua, e eu confio em você.

— Se voltar a ficar difícil demais, sempre posso dizer a eles que vou parar.

— Mas todos vão saber.

Era verdade. Nick tinha certeza de que o seu afastamento da faculdade não faria ninguém esquecer que ele era a pessoa envolvida no caso. E a nova história — a história real — iria direto para o noticiário. E Nick teria que lidar com o que as pessoas pensavam dele.

— Eu sei — Nick disse. — Mas essa batalha é minha, se eu quiser lutá-la. E eu quero.

— Você quer mesmo levar tudo isso adiante? Por um ano inteiro? Um julgamento?

— Sim — Nick insistiu.

Tony moveu a peça para a frente.

— Isso não é o que eu teria escolhido para você.

Nick riu.

— Você é um eterno papai, Tony.

O rosto de Tony se iluminou pela surpresa, e ele riu também.

— Talvez cheguem a um acordo — Tony disse.

— Bem, não houve acordo, mas pode acontecer mais tarde.

— Pensei que a audiência tivesse sido adiada para a semana que vem.

— Não, já aconteceu. Alguns dias atrás. A Julia não te contou?

Do outro lado do tabuleiro, Tony olhou para Nick como se isso fosse novidade para ele.

— Uau, Tony. Devia estar sendo *insuportável* falar com você a respeito do meu caso.

Tony suspirou.

— Você nem faz ideia.

Como o irmão não parecia zangado, Nick sorriu.

— Eu queria mesmo que ela contasse pra você. — Ele havia contado a Julia no mesmo dia... espere um pouco. No mesmo dia em que ela disse que Tony apareceria para visitá-lo no Goodspring. — Por que você veio me visitar hoje?

— Você quis que eu viesse — Tony respondeu.

— A sua esposa é uma criatura *traiçoeira*. — Nick riu. — Eu não pedi que você viesse aqui. No instante em que eu disse pra ela que não houve acordo, ela me falou que *você* queria me ver.

— Sério?

— Acho que ela pensou que seria bom para mim se eu mesmo te contasse. Ou isso ou ela simplesmente não teve ânimo de contar pra você.

Tony se inclinou para trás na cadeira, afastando-se do tabuleiro, e cruzou os braços.

— Não culpo nenhum de vocês. Eu não tenho agido de maneira muito... sensata com relação a tudo isso. Ela disse alguma coisa sobre mim ou sobre o que a gente conversou hoje?

— Não — Nick respondeu sem hesitar. — Eu que quis fazer isso. A gente precisava conversar.

Tony encarou Nick por um instante e, por fim, moveu uma peça no tabuleiro.

— Então não houve acordo, e você quer *mesmo* seguir do seu jeito com esse processo.

— É isso aí. Você vem comigo na próxima vez que acontecer uma audição?

— É claro. Vou fazer tudo o que quiser que eu faça.

— Tem certeza de que pode lidar com isso? De que pode se manter tranquilo e equilibrado?

— Sim — Tony respondeu. — Você me fez abrir os olhos.

— Graças a Deus — Nick disse, tomando outra peça de Tony. — Eu até cheguei a temer que você fizesse alguma coisa estúpida.

73

Julia Hall, 2016

ÀS SEIS DA TARDE DO DIA EM QUE RAYMOND WALKER DESA-pareceria, Julia Hall estava de pé na cozinha de um homem que ela não conhecia, com uma única mão úmida de suor segurando a bancada, quando escutou os passos dele descendo as escadas.

Ele desceu o último degrau, e uma lâmpada se acendeu no canto da sala.

Julia provavelmente o viu apenas por um segundo antes que ele a visse, mas esse segundo se esticou como um pedaço de caramelo quente. Lá estava ele: Raymond Walker. Assim como na fotografia, só que ao vivo e bem real. Vestindo um roupão como o que Tony usava. O arrependimento desabou sobre Julia; tudo o que ela mais desejava era poder desaparecer dali num piscar de olhos. Os olhos de Raymond Walker se arregalaram ao se dar conta da presença dela, e ele recuou, batendo os calcanhares no degrau da escada. Ele se desequilibrou e caiu sentado com um baque.

— Quem é você?! — Sua voz soou aterrorizada.

Julia não havia desaparecido. Walker podia vê-la, e ela precisava falar. Ela podia fazer isso.

— Eu não estou aqui para ferir você — Julia disse, mostrando as mãos vazias levantadas. Ela havia pensado em trazer uma arma para assustá-lo e obrigá-lo a ouvi-la, mas não quis correr o risco de acabar atirando nele antes mesmo de terem trocado uma palavra. Considerando o tremor que tomava conta das suas mãos agora, ficou aliviada por não ter um gatilho sob o dedo.

— Quem é você, porra? — ele perguntou. — Você é... — Walker inclinou a cabeça, como se tentasse enxergar melhor o rosto dela. Pela roupa que Julia estava usando, ele poderia até pensar que ela era um homem. O cabelo dela estava puxado para trás sob o gorro, e ela usava um casaco masculino grande e pesado.

— Eu não vou ferir você — ela repetiu. — Meu nome é Julia. — Ela deu um passo curto na direção dele. — Hall.

Ele balançou a cabeça.

— Irmã do Nick Hall?

— Cunhada — ela disse.

— Merda! — ele praguejou, girando o corpo. Antes que Julia pudesse reagir, Walker se pôs de pé e começou a subir a escada.

— Espera, espera aí! — Julia chamou ao atravessar correndo a cozinha.

Ela subiu rapidamente a escada. Pensou que Walker fosse esperá-la no topo dos degraus, pronto para atingi-la; mas, quando ela completou a curva da estreita escada, ele não estava à vista.

Julia se precipitou sobre o patamar. Walker estava do outro lado do quarto, perto da cama, de costas para ela.

Ela correu até Walker, e ele começou a se mover na direção da porta do banheiro, mas o telefone que ele segurava estava ligado na tomada perto da cama. Ela bateu primeiro nos braços dele, levando-o para o batente da porta com um grito. O telefone se soltou do fio e caiu com um baque no chão do banheiro.

Walker se inclinou para tentar pegar o telefone, e Julia agarrou seus braços, mas ele conseguiu se livrar num movimento brusco. Ela subiu nas costas dele, um grito estranho emergiu da sua garganta.

— Sai! — Walker bradou, confuso, balançando o corpo para a direita.

Ela prendeu com força os braços em torno dele.

— Eu só quero conversar!

Walker se moveu na direção do telefone mais uma vez, e ela soltou uma perna para pôr o pé no chão, na frente dele. Ela sentiu o telefone sob o pé e, com um empurrão, mandou-o para debaixo da banheira retrô.

Walker conseguiu se livrar de Julia, que caiu no chão.

— Pare! — Julia ralhou. Suas costelas latejaram onde ela bateu no amontoado de papéis dobrados dentro do bolso do seu casaco.

Ela se colocou de pé e o viu arrastando-se em busca do telefone.

Julia se precipitou sobre ele e o empurrou com força na altura dos ombros, lançando-o contra a lateral da banheira. A cabeça dele se chocou contra a borda da banheira e caiu para trás. Um *blém* metálico cortou o ar, e ele desabou no chão.

Julia Hall estava de pé no banheiro de Raymond Walker, trêmula, as batidas do seu coração ecoando em suas orelhas.

E Raymond Walker não se mexeu.

74

Tony Hall, 2016

ÀS OITO E DEZ DA NOITE DO DIA EM QUE RAYMOND WALKER desapareceu, Tony ligou para Julia ao atravessar o estacionamento externo do Goodspring. Ela sempre ficava no pé dele para que ele ligasse depois de se encontrar com Nick. Mas, por algum motivo, Julia havia se irritado com essa visita. Ela não atendeu. Era uma pena — Julia ficaria feliz ao saber das novidades.

Nick, e também a terapeuta, até certo ponto, havia convencido Tony. Tony tinha reagido ao tratamento que Ron Hall lhe dera ao torná-lo um herói: primeiro um herói para Nick, depois para qualquer um que quisesse. Isso era bom quando a pessoa realmente precisava ser salva, mas Nick não precisava nem queria ser salvo. E Tony havia o sufocado por muito, muito tempo. Pelo visto, havia uma linha tênue entre ajudar alguém que você ama e feri-lo. Uma linha que ele nem sequer havia percebido.

Ele entrou no carro e enviou uma mensagem — "A caminho de casa, me liga" — e então ligou o carro.

Durante toda a viagem para casa, Julia não ligou. O quilômetro 95, depois o 295 Sul passaram rápido, enquanto ele lamentava o fim dos seus planos de matar Ray Walker.

75

Julia Hall, 2016

ÀS SEIS E QUINZE DA TARDE DO DIA EM QUE RAYMOND WALKER desapareceria, Julia Hall, no andar térreo da casa de Raymond Walker, estendeu o braço e tateou às cegas a parede à sua direita no ponto onde a escada terminava. Quando sentiu o interruptor sob os dedos trêmulos, apagou a luz com um forte suspiro. Mais uma vez, a escuridão inundou a sala.

— Tudo bem — Julia disse. — Me siga.

Ela olhou para trás, então começou a caminhar até a cozinha. Os passos dele eram hesitantes, mas ele a seguiu.

Ela se virou. A passagem para a escada estava escura e vazia.

— Venha — ela insistiu com firmeza.

— Não vai me esfaquear com uma faca de cozinha? — A voz dele ecoou pela escada.

Julia deixou escapar uma leve risada.

— Você consegue me ouvir do outro lado da sala, não é?

Raymond Walker se misturou à total escuridão da escada. Depois de um instante, ele chegou à sala e caminhou na direção de Julia. Ele ainda segurava um pano contra a testa ensanguentada.

Julia havia colocado em prática a sua velha tática no banheiro do andar de cima. Quando queria tranquilizar um cliente — ganhar a sua confiança em prol de algo de grande importância —, ela brincava com ele. Isso a fazia parecer à vontade, até mesmo quando ela estava morrendo de medo, como agora. Ela parou ao lado da geladeira da cozinha de Raymond Walker e, sem tirar os olhos dele, abriu o freezer e pegou um saco com vegetais congelados.

— Você pode relaxar agora, de verdade — Julia disse, fechando a porta do congelador. Walker estava na ilha da cozinha, fora de alcance. — Se eu estivesse aqui para matar você, teria te afogado naquela banheira lá em cima.

Walker a olhou com desconfiança. Ela se aproximou dele para lhe entregar o saco. Ele o agarrou e deu um passo para trás.

— Quem *é* você? — ele perguntou, colocando o saco congelado sobre o ferimento.

— Eu já disse que sou a esposa do To...

— Não, eu... Isso eu já entendi. — Ele sacudiu o pano na direção dela. — O mesmo estilo dele, você "só apareceu pra conversar" e eu acabo arrebentado.

— Eu *estou* aqui pra conversar, mas acontece que vo...

— Você já disse isso... — Walker suspirou. — Enquanto limpava o meu sangue do chão. — Ele olhou para Julia de uma maneira estranha, e ela percebeu que Walker estava fazendo graça. Ele estava usando a mesma tática que ela ou o seu velho truque estava funcionando?

— Eu sinto muito *mesmo* por ter machucado a sua cabeça.

— Eu acreditaria na sua palavra, se você me devolvesse o celular.

Ela balançou a cabeça. O celular dele estava na palma da mão úmida dela. Julia fervia de adrenalina. Teve vontade de tirar o casaco, mas não queria correr o risco de ser vista sem ele. No banheiro, Walker disse que pensou que ela fosse um homem quando a tinha visto pela primeira vez na cozinha. Ela sabia que a roupa servia como um disfarce eficiente. Mas também era quente como o inferno.

— Vamos voltar lá pra cima — ela disse. — Vou explicar tudo.

— Não, prefiro ficar bem aqui.

Julia apalpou o bolso.

— Vamos precisar de luz para ver as coisas que eu trouxe.

— Eu vou acender a luz da cozinha — ele disse, inclinando-se na direção da parede no final do balcão.

— Não! — Julia avançou até a ilha e agarrou o pulso dele. — Alguém vai ver.

— Quê? — ele ralhou, puxando o braço e soltando-se. — O que eles vão ver?

Ela respirou fundo e soltou o ar com força.

— Eu estou aqui pra te ajudar a escapar.

75

John Rice, 2019

BOM, DOCE JULIA, MUITO BOM. QUE DEUS O PERDOE — ELE a havia julgado no instante em que pôs os pés naquela casa. Lavando pratos, cuidando das crianças, rosto redondo, um retrato da feminilidade. Rice a havia julgado tão boa pessoa baseado em nada mais do que suas próprias ideias a respeito de como uma mulher deveria ser.

Agora, Julia estava sentada diante dele, exibindo o mesmo aspecto que tinha no dia em que Rice foi à casa deles fazer perguntas sobre o desaparecimento de Walker: olhos arregalados, dura como uma tábua, dedos tremendo. Na época, ele tinha confundido isso com medo por causa de Tony: medo de que o marido tivesse feito algo. Bem, ela o havia enganado. Isso o fez sentir-se patético. Ela teria conseguido enganar O'Malley? Não. O'Malley teria visto. Todos pensavam o mesmo acerca de homens e mulheres — do que gostavam, do que não gostavam. Mas O'Malley pertencia a uma geração mais jovem. Uma geração que via o mundo de maneira diferente.

Eles estavam desesperados para encontrar Walker, e O'Malley teve que fazer ligações o tempo todo; então, ele foi à casa dos Hall sozinho. Se tivesse levado O'Malley junto, ela teria visto o que Rice não conseguiu ver. Julia não estava apavorada com o que o marido poderia ter feito. Era culpa nos olhos dela. Culpa e horror resultante da autopreservação, como agora.

Rice se inclinou na direção dela.

— Em que você está pensando, Julia?

Ela não respondeu.

— Quem você está tentando invocar, Julia? Deus? Ou o seu direito de permanecer em silêncio?

Os olhos dela se viraram na direção dele. Ela arranhou a manga da roupa. O vento assobiou na janela atrás dela, e ela ficou calada.

Julia Hall, 2016

ÀS SETE HORAS DA NOITE DO DIA EM QUE RAYMOND WALKER desapareceria, Julia sentou-se com ele no chão da sala, protegida da janela pelo sofá. Walker havia colocado uma pequena luminária no chão, e a sua luz alaranjada iluminava os papéis que Julia havia trazido.

Julia já tinha percorrido cada uma das páginas na tentativa de convencê-lo daquela viagem. Eles começariam caminhando por várias ruas, até o local onde ela havia estacionado o carro. Julia ficaria de capuz e a cabeça baixa, e, com sorte, todos os que a vissem achariam que ela era um homem, como Walker. Então Julia o levaria até um ônibus em Portland, com destino a Boston, que ele pegaria usando uma passagem com o nome de Steven Sanford. Ele receberia algum dinheiro para um táxi até a estação de trem quando chegasse lá e seguiria de trem para Chicago, também com uma passagem comprada no nome de Steven Sanford. As sobrancelhas dele se ergueram, impressionado, quando Julia explicou que ele desembarcaria do trem mais cedo, em Toledo, Ohio, e usaria uma terceira passagem, comprada sob um nome diferente, para pegar um ônibus com destino a Columbus.

— E a sua amiga se encontrará comigo lá — ele disse, para confirmar o que já haviam conversado.

— Sim. — Ela espiou o celular. Nenhuma notícia de Tony; isso significava que ele ainda estava com Nick, mas estaria no carro dentro de uma hora.

— E qual é o nome da sua amiga?

Julia ergueu os olhos do celular.

— Eu já ia dizer o nome dela. É Elisa.

— Elisa de quê?

Ela balançou a cabeça.

— Não vou te dar essa informação. Nem o seu celular também.

Agora, Ray estava olhando para o extrato bancário de novo. Ele mostrava um grande interesse nesse extrato, mesmo quando repassava as outras folhas.

— Não tem medo de que eu mude de ideia a caminho de Toledo?

— Então você vai? — ela perguntou.

Os olhos dele se estreitaram.

— O que você vai fazer se eu disser não?

O estômago de Julia se contraiu, mas forçou um sorriso.

— Nada.

— E quando eu chamar a polícia?

— Ninguém vai acreditar que a família da sua vítima tentou ajudar você a se safar.

— Você acha que sou culpado. — Ele sorriu.

— Eu sei que você é.

— Só eu e o Nick podemos *saber* de fato o que aconteceu, mais ninguém. Na verdade, nem mesmo o Nick sabe, porque teve um *apagão*. Muito conveniente.

Julia não se daria ao trabalho de dar uma resposta.

— Eu só estou curioso — ele disse. — Você acredita que eu seja culpado. Então como se sente a respeito disso? — Ele hesitou. — Me deixando fugir dessa maneira?

Ele estava colocando o dedo na ferida — a ferida que tinha se formado como resultado das perguntas que ela mesma continuava a fazer. Se tudo corresse perfeitamente bem: se Walker desaparecesse, se ela nunca fosse apanhada, se Tony e as crianças estivessem em segurança quando tudo isso acabasse, o que isso significaria? O que ela teria feito, numa escala mais abrangente? Ela estaria ferindo Nick ainda mais do que Walker já havia feito? Mais do que ele já tinha sido ferido pela cobertura jornalística do caso, pelas opiniões de estranhos na internet, pelas fofocas dos colegas de classe, pelo sistema?

— Melhor fazer alguma coisa do que ficar de braços cruzados e não fazer nada — ela disse por fim. — Concorda?

Agora, Walker ficou em silêncio.

— Acha que um júri vai mesmo acreditar em você? Porque, se não acreditarem, a sua vida já era. Sei que você sabe disso, porque parece que não consegue parar de falar nisso. Já parou para pensar no que vai acontecer se for absolvido? Não vai provar a sua inocência, e ninguém acredita que você seja inocente. Vão apenas achar que se safou. Sabe que o Nick ainda pode processar você? Que você pode ser despedido por isso? Que sempre que alguém procurar o seu nome no Google, pelo resto da sua vida, a palavra *estuprador* aparecerá junto dele?

Ele olhou de volta para a folha em suas mãos.

— Você não consegue me enganar — ela disse. — Está se sentindo tão encurralado quanto eu.

Walker remexeu nas folhas amontoadas entre os dois e retirou do meio delas a foto do passaporte. Elisa havia retido o passaporte real e enviado uma foto para Julia pelo correio. Aparentemente, o passaporte pertencia a um homem chamado Avery King.

— Então a sua amiga *Elisa* vai me entregar o passaporte real quando for me buscar em Columbus — Walker disse.

Ele estava falando como se estivesse disposto a tentar. Como se ela estivesse certa. Ele só não queria admitir. Julia decidiu não o pressionar.

— Isso mesmo — ela respondeu.

Walker examinou a foto.

— Ele se parece mesmo um bocado comigo. Como ela conseguiu fazer isso?

— Não pergunte; não vai querer saber. — Julia sempre havia lidado com Elisa usando essa abordagem, até mesmo quando estava defendendo o filho dela, Mathis. No passado e agora, ela sentia que daquela família só enxergava a ponta do iceberg e ficou aterrorizada quando mergulhou a cabeça dentro da água e abriu os olhos.

— Essa sua amiga parece ser barra-pesada — Walker comentou. — Como uma pessoa como você se envolve com alguém assim?

Julia cruzou a outra perna.

— Eu ajudei o filho dela, muito tempo atrás.

— Avery King. Dá para eu me acostumar com esse nome.

— É um belo nome. — Julia sorriu.

— Muito melhor do que *Steve Sanford* — Walker disse, fazendo careta. Ele pegou o documento de identidade falso do chão. A fotografia era, na verdade, a que haviam tirado de Walker quando fora preso.

Ninguém conseguiria adivinhar sem saber: ele parecia calmo, o lábio curvado num tênue sorriso. Mas Julia logo reconheceu a foto que tinha visto nos jornais, quando o pacote de Elisa chegou pelo correio.

— Você vai se tornar Avery assim que se encontrar com a Elisa. Steve é um nome provisório, só vai valer até você chegar lá.

— Mesmo assim... — Walker disse e sorriu para Julia.

Ela desdobrou o gesto em sua mente: foi caloroso, brincalhão, genuíno. Ele *estava* começando a gostar dela. Ela sentiu uma dor bem no fundo do peito e falou de repente para romper essa corrente de pensamento.

— Você está nessa comigo?

Walker olhou para as folhas em suas mãos. Para a nova vida que ela lhe oferecia.

Ele suspirou.

— Que se foda. Estou dentro.

O alívio que Julia sentiu ao ouvir essas palavras quase a deixou muda.

— Que bom — ela murmurou. — Então falta só mais uma coisa.

— O quê?

— Tem que esperar para falar com a sua mãe.

O rosto dele ficou impassível. Ele havia pensado nisso; por que não pensaria? Ele poderia facilmente pegar emprestado o telefone de um estranho e fazer uma ligação.

— É de absoluta importância para nós dois que a sua mãe mostre de verdade que não faz a menor ideia do que aconteceu esta noite — Julia explicou. — Assim que eles se derem conta de que você desapareceu, vão fazer perguntas a ela. Não faça com que ela tenha que fingir sobre isso. Você precisa chegar até Elisa antes que eles descubram que você partiu por conta própria.

Por um momento, Ray ficou em silêncio.

— Esse é um ótimo argumento — ele disse, por fim.

— Eu não iria querer deixar a minha mãe apavorada, pensando que algo aconteceu comigo — Julia falou. — Mas também não iria querer colocá-la em encrenca. E, como já disse, vai ser de grande ajuda pra você ganhar tempo até conseguir o seu dinheiro e chegar ao lugar que quiser ir, antes de contar à sua mãe que você está bem.

Pensativo, Ray acenou com a cabeça, mas não respondeu nada.

Ele olhou ao redor da sala.

— Será que a gente deveria fazer uma bagunça aqui? Como se tivesse acontecido uma luta ou coisa parecida? Para colocá-los na direção errada ou coisa assim?

— Não — Julia respondeu depressa. — Se fizermos um trabalho ruim de encenação, o que acho que acabaríamos fazendo, eles vão suspeitar ainda mais rápido de que você fugiu.

Ray concordou devagar com a cabeça.

— Vem planejando isso há quanto tempo?

Na verdade, Julia não tinha certeza — tudo havia começado de modo sutil. O planejamento em si tinha sido rápido... mas falar sobre ele era mais difícil.

— Sei lá. Há tempo suficiente.

— Você nasceu pra isso — Walker disse.

Ela fez uma careta.

— Sério?

— É um elogio.

— Bem, isso me faz sentir uma pessoa terrível.

— Então, acho que é só me levar até o ônibus, e você não vai ter que pensar nisso de novo. — Ele levou uma mão ao peito. — Vou me lembrar de você com afeto, saiba disso.

Ela sorriu, irônica, e apontou para o extrato bancário na mão dele.

— Sem dúvida, vai!

Bom ou ruim, Ray tinha razão. Ela era boa nisso.

Tony Hall, 2016

ÀS DEZ HORAS DA NOITE DO DIA EM QUE RAYMOND WALKER desapareceu, Tony parou o carro na entrada da garagem atrás do carro de Julia. Do lado de fora, ele podia ver a sala banhada por uma luz cintilante, azul e branca. Talvez Julia tivesse caído no sono diante da televisão.

Tony retirou as botas, atravessou a cozinha e foi para a sala de jantar. E deu um pulo quando se deparou com ela sentada na mesa, encarando-o.

— Jesus, você me assustou.

A expressão nos olhos dela era familiar, mas difícil de identificar. O rosto dela estava sem cor alguma, e ela tremia, então cruzou os braços. Ela parecia paralisada.

— Você estava lá fora?

Ela balançou a cabeça.

— Você está bem?

Julia não disse nada, ficou olhando para a mesa.

— Querida... — Tony disse ao caminhar até ela. — Você está me assustando.

Julia estremeceu de novo, e Tony se ajoelhou diante dela. Ele pôs a mão na perna dela e a esfregou para cima e para baixo.

Havia uma sintonia palpável entre os dois, e Tony sabia que Julia falaria se ele esperasse.

Enfim, ela falou, sem tirar os olhos da mesa.

— Antes que eu te conte o que eu fiz, prometa que vai me perdoar.

John Rice, 2019

JULIA CONTINUOU EM SILÊNCIO. RICE DARIA TUDO PARA poder ver o que se passava na cabeça dela. Será que ela estava ruminando o que sabia, em busca de algo seguro, que pudesse ser revelado? Será que ela planejava mentir? Talvez. Seria doloroso ouvi-la mentir para ele agora, mesmo que ela tivesse motivos compreensíveis para isso. Mas Julia lhe devia a verdade. Devia, sem dúvida, depois do que ele havia feito.

Na última vez que John Rice havia visto Julia Hall, ela estava no quintal da sua casa, vestida com roupas de inverno, observando seus filhos brincarem.

Pelo visto, ele conseguia se lembrar do dia 18 de janeiro de 2016 com mais clareza do que conseguia se lembrar do que havia comido no jantar do dia anterior.

Foi à tarde e fazia um frio intenso. O céu estava saturado de cores — sol amarelo num azul brilhante. Ele havia dirigido até os pastos de Orange e se deparado com a casa dos Hall deserta. Então avançou um pouco mais na estrada e estacionou o carro sem identificação. A casa dos Hall ficou pequena em seu espelho retrovisor; ele poderia tê-la arrancado do espelho e esmagado entre os dedos.

Depois de algum tempo, Rice avistou o carro de Julia ao longe, subindo por uma estrada secundária em seu espelho retrovisor. O carro entrou pelo acesso à garagem e estacionou.

E como seu coração martelou quando viu aquele carro. Ele logo o reconheceu nas chuviscadas imagens de segurança da estação de ônibus de Portland. Dois dias após o desaparecimento de Raymond Walker, Megan O'Malley pediu que Rice fosse a Portland para ver uma gravação em que Ray aparecia andando na direção da garagem às oito e onze da noite de sexta-feira, um dia antes de sua mãe relatar seu desaparecimento. A qualidade do vídeo era ruim, mas ele caminhou direto para o edifício, e seu rosto era inconfundível. Então ele embarcou no ônibus das oito e quinze para Boston e se foi.

O'Malley havia solicitado a um funcionário da garagem as imagens da câmera do estacionamento. O primeiro dos pecados de Rice foi negar com a cabeça quando O'Malley perguntou se ele conhecia a "caminhonete" que tinha deixado Walker bem no canto da câmera de segurança. Apenas uma ponta do carro estava visível, e essa parte parecia ser de uma pequena caminhonete vermelha. Um veículo muito comum no Maine. Mas Rice já sabia o que tinha ali.

Pessoas culpadas estavam sempre tentando convencê-lo de que não passava de uma estranha coincidência que o DNA delas estivesse numa cena de crime, ou como uma propriedade roubada foi parar na garagem delas, ou como o carro delas era da mesma marca e modelo que o carro da fuga. Isso não era coincidência: um dos Hall havia levado Walker de carro até a estação de ônibus em Portland na noite em que ele desapareceu, e as suspeitas recaíam sobre Tony Hall.

Quando observou a garagem dos Hall três anos atrás, Rice não tirou os olhos daquele carro estúpido, esperando ver o rosto dela. Tinha certeza de que Julia havia feito algo para impedir o marido de matar Walker. Para evitar que a sua vida perfeita desmoronasse com o crime e a inevitável prisão do marido. Rice tinha se esticado todo no assento, o coração martelando, na expectativa de ver o rosto dela. O rosto que ele sempre havia comparado ao de Irene. Julia agora pareceria diferente para ele: egoísta e vã, ao contrário de Irene. O oposto da imagem que ele tinha criado dela.

Depois de alguns instantes, houve movimento no carro, e a garotinha desceu do banco do passageiro. Ela saiu correndo, e então Julia apareceu na frente do veículo, caminhando na direção da casa. Ela carregava dois grandes sacos de supermercado, com o menininho logo atrás dela. Rice estava longe demais para ter certeza, mas parecia que os dois estavam conversando. O garoto passou correndo por ela, com um sorriso tão largo no rosto que podia ser visto da rua, e foi para o quintal atrás da casa. Julia o seguiu, fora de vista. Rice lentamente se ajeitou até ficar de frente para a garagem deles. Julia estava parada diante da cerca de cedro, de costas para a rua. Seus filhos corriam pelo quintal, e ela os observava. Ela havia colocado os pacotes de compras no chão, e um deles tombou, espalhando algumas compras na neve. Ela não ligou. Queria apenas observar os filhos.

Nesse momento, uma constatação o inundou de maneira lenta e calorosa, como afundar numa banheira de água. Ele sabia o que ela havia feito, mas tinha se enganado com relação ao motivo.

Julia havia salvado seus filhos de perderem o pai. Tinha salvado o marido de se tornar um assassino. E havia salvado a vida de Ray Walker. Talvez ela não tivesse se importado muito com isso, mas a pureza de tudo isso arrebatava Rice. Ela havia salvado a vida de Walker. Não era um bom homem, mas ainda era um homem. Agora, Julia segurava a cerca, com a cabeça inclinada para baixo. Rice imaginou como a veria se estivesse no quintal e olhando-a de frente. Uma única mecha do cabelo dela escapava por sob o gorro. Lágrimas nos olhos dela, um sorriso trêmulo nos lábios. Transbordando de alegria, observando os filhos brincarem e certa de que eles ficariam seguros, certa de que eles teriam os pais. Certa de que ela havia cometido um pecado menor apenas para evitar um maior.

Rice ficou a observando por mais algum tempo, depois acelerou o carro. Ele tomou a estrada secundária até encontrar uma saída, passou pelo centro da cidade, seguiu pela rodovia e voltou para a delegacia. Ele entrou, sentou-se a sua mesa e não disse nada.

Nos meses que se seguiram, ele e O'Malley haviam trabalhado na lista de passageiros das oito e quinze da noite, tentando traçar o caminho que Walker havia trilhado. A placa da "caminhonete" havia sido capturada apenas parcialmente e muito indistinta; assim, perseguir o próprio Walker era a única opção. A imagem da câmera de segurança confirmou que ele havia mostrado uma carteira de identificação para embarcar no ônibus, e seu nome real não constava da lista de passageiros, então eles fizeram uma pesquisa meticulosa dos nomes que tinham passagens compradas. Vasculharam históricos criminais e de motorista, investigaram nas redes sociais e compararam fotos de passageiros do sexo masculino com as imagens de vigilância. Era um trabalho demorado, e eles estavam atolados de outros casos para fazer um progresso mais rápido; mas O'Malley era obstinada. Ela continuava teimando que Walker havia fugido da Justiça e acabaria fazendo mais vítimas. Rice, por sua vez, trabalhava ao lado dela, tratando a horrível culpa que sentia como penitência por seu pecado. Mas ele sentia que, assim como Julia, havia escolhido o menor dos males.

Eles tinham contado com a ajuda do FBI local, em teoria; porém foi O'Malley quem constatou que Raymond Walker era o passageiro registrado como "Steven Sanford", e que "Steven Sanford" também tinha comprado uma passagem de trem de Boston até Chicago. As passagens foram compradas com informações roubadas de um cartão de crédito da *dark web*, foi o que o agente federal revelou a eles. E toda a sua contribuição se resumiu a isso.

Tudo o que eles podiam afirmar era que Walker jamais havia chegado a Chicago. Eles nunca conseguiram descobrir em que local do percurso ele havia saído do trem.

Quando foi divulgada a notícia de que Walker havia escapado, Britny Cressey conseguiu os holofotes que desejava. Em entrevistas para as emissoras e os jornais locais, Britny deixou claro que não sabia nada sobre a fuga, nem como ele a havia planejado. Ele jamais havia mencionado isso a ela, Britny garantiu, mas ele tinha conversado bastante com ela sobre o processo judicial que enfrentava, o dinheiro que devia, o medo que sentia de que armassem algo contra ele.

Depois de algum tempo, a história do homem que escapou da Justiça começou a perder força, a cobertura da mídia cessou, e a vida continuou sem Raymond Walker.

Então, em fevereiro do mesmo ano, Rice recebeu uma ligação de Linda Davis. Nick Hall havia ligado para ela e pedido que retirasse a acusação contra Raymond Walker.

— Ele disse que só quer seguir em frente com a vida — Linda comentou. — Ele realmente não quer mais falar no assunto. Mas quis que soubéssemos de uma coisa: ele estava consciente durante o ataque de Walker.

Rice ficou surpreso.

— Eu sei — Linda disse. — Pelo visto, ele quer deixar para trás a coisa toda. Acho que não posso culpá-lo por isso.

Então, ele estava acordado. Rice se lembrou do trabalho de O'Malley sobre estupradores em série, no início do caso. Havia um segundo tipo de sádico que eles tinham eliminado no começo: o tipo de pessoa que não feria suas vítimas pelo prazer de feri-las, mas que fantasiava a respeito disso. Talvez Walker fosse esse tipo. Talvez nenhuma das suas vítimas jamais tivesse resistido e lutado tanto quanto Nick; e talvez essa resistência tivesse despertado algo em Walker. Talvez isso explicasse por que eles nunca conseguiram encontrar nenhuma outra vítima antes de Nick. Ele não tinha sido o primeiro — foi, na verdade, o primeiro contra quem Walker não conseguiu esconder a violência que cometeu.

O silêncio já havia se estendido por tempo demais.

— Julia — Rice disse. — Diga alguma coisa.

80

Julia Hall, 2019

RICE SABIA O QUE HAVIA ACONTECIDO. E ELE SEMPRE SE PERguntou se Julia percebeu isso. Ele disse que achava que ela talvez soubesse que *ele* sabia o que ela tinha feito. Claro que não! Ela teria enlouquecido. Ele sabia o que ela havia feito. Sabia? Como? Ele sempre soubera. Se não soubesse, por que dizer a ela agora? Por que não a prendia? O que ela havia pensado que aconteceria? Agora, ela seria presa. As crianças — ah, Jesus, as crianças. O que ele queria? O que ela poderia fazer? A mente de Julia estava inundada de pensamentos, e ela foi incapaz de articular uma frase coerente quando o detetive moribundo voltou a falar:

— Julia. Diga alguma coisa. — Ele parecia esgotado, como se ela fosse uma criança que não parava de sair da cama à noite.

Em todos os seus anos como advogada, ela jamais havia conhecido uma pessoa culpada de um crime que ficasse feliz em falar com a polícia, ainda que fosse para negar ou oferecer explicações. Contudo uma advogada de defesa não conheceria alguém que conseguiu realmente enganar a polícia, não é? E o silêncio dela era incriminador. Quando ela falou, sua voz soou baixíssima.

— Eu não sei do que está falando, não entendo aonde quer chegar.

Ela deveria ter ficado de boca fechada.

O detetive Rice se inclinou para trás na cadeira.

Se ele estava se preparando para prendê-la, então estava mais calmo do que ela imaginava. Se não fosse uma conversa, e sim um interrogatório. Porém o que Julia sabia a respeito do autocontrole dele?

— Sabe, Julia... Três anos atrás, as câmeras de segurança da estação de ônibus registraram os carros que passavam na rua.

Merda! Os olhos dela se arregalaram. *Merda, merda, merda!* Ela havia pensado nisso logo depois da fuga, e um milhão de vezes desde então, mas ninguém apareceu para lhe fazer perguntas a respeito. Ela deveria ter colocado Raymond Walker num táxi ou tê-lo deixado num local mais distante ainda, mas precisava vê-lo entrar no ônibus.

— Eu sei que foi você que deixou o Walker em Portland — o detetive continuou. — Não tem tanta gente assim dirigindo um carro igual o seu. — Ele riu enquanto falava a frase e, quando terminou, estava tossindo muito. Estendeu a mão e pegou a máscara ao lado.

Isso deu a Julia tempo para pensar. Por que ele estava fazendo isso? Só podia ser uma armadilha. Sem mexer a cabeça, seus olhos exploraram a sala: nenhuma luz piscando, nenhum gravador à vista. Por outro lado, o gravador que ele costumava usar era tão pequeno que poderia estar debaixo da cadeira. Fora Rice que havia escolhido a cadeira para ela? Sim, sem dúvida ele tinha pedido para que ela se sentasse naquela cadeira... Ela iria se sentar em outra.

Julia deu um suspiro baixo e vacilante e expirou. Se não se acalmasse, acabaria tendo um ataque de pânico. Ela inspirou. *Calma*. Ela expirou. *Calma*. O detetive Rice estava colocando sua máscara de volta no tanque. Fazia três anos que ele sabia. Talvez ele não estivesse atrás dela; talvez fosse outra coisa. Afinal, por que agora? Algo novo havia acontecido?

Será que encontraram o Walker?

Com esse pensamento, a sala começou a oprimi-la de todos os lados; um zumbido eletrônico soou em seus ouvidos. A luz começou a diminuir, e Julia sentiu a urgência de inclinar a cabeça para a frente até os joelhos. Foi o que fez, e a voz do detetive Rice ficou encoberta pelo zumbido.

Ela deslizou o corpo para trás na cadeira e colocou a cabeça entre os joelhos. Cada vez que respirava, o zumbido cessava e o acesso de pânico se abrandava. Quando Julia abriu os olhos, a sala estava iluminada de novo.

— Julia. — A mão quente do detetive estava em seu ombro. — Julia?

Ela ergueu a cabeça para olhá-lo, então a baixou de novo.

— Me desculpa — ela disse.

— Você está bem?

Julia acenou com a cabeça.

— Foi um ataque de pânico?

Ela acenou mais uma vez. Não havia nada a dizer. Seu próprio corpo denunciava a sua culpa.

— Julia, eu não... Eu não pedi que você viesse até aqui para te prender ou para interrogar. Eu fiz tudo errado. — Rice pareceu fazer a última observação mais para si mesmo do que para ela. — Você poderia, por favor, se sentar para que eu possa ver você?

Pesadamente, Julia ergueu o corpo e voltou a se sentar ereta na cadeira.

— Eu não estou tentando assustá-la. Quero dizer... — Ele balançou a cabeça. — Sei lá. Talvez eu esteja.

Julia olhou para Rice de lado, então se voltou completamente para ele. Havia um pedido de desculpas no rosto dele, e talvez algo mais.

— Ninguém mais sabe — ele revelou em voz baixa.

— Você disse que o meu carro apareceu na câmera.

O detetive sorriu.

— Pensaram que fosse uma caminhonete. Nunca foi identificado como seu, não oficialmente. — Ele fez uma pausa. — Mas eu sabia.

Julia não fez nenhum comentário, e ele continuou:

— Vou para uma casa de repouso na semana que vem e não quero fazer isso lá. Mas não é só isso. Eu não quero morrer sem ter essa conversa.

— Tudo bem — ela disse baixinho.

— Acho que entendi por que você o ajudou a fugir. No começo, eu não entendia e pretendia expor o que você havia feito; mas queria falar com você antes disso. Fui até a sua casa para te ver e compreendi.

— Compreendeu?

— Que você fez o que fez por eles. Pelos seus filhos e pelo Tony. Você achou que o Tony fosse matá-lo.

Ela quase concordou com a cabeça.

— E então você o salvou, evitou que fosse morto.

Os olhos dela ficaram cheios de água, e uma lágrima rolou pelo rosto.

— Você é tão boa — ele disse baixinho. — Isso sempre foi tão evidente em você. Fiquei furioso quando vi o seu carro naquela gravação. Senti como se você tivesse *me* traído... Não é estranho? Eu quis gritar com você, quis entender por que você não era quem eu pensava que você fosse. Dirigi até a sua casa, estava pronto para acabar com a brincadeira. Mas então eu a vi no quintal brincando com os seus filhos. E, de repente, me dei conta de que estava errado. Eu conhecia você, de verdade. Você *era* uma pessoa boa. Era o único jeito que você sabia ser.

O detetive estava olhando para ela com tamanha ternura que parecia impossível estar fingindo.

— Você está por trás da fuga — ele disse.

Mais lágrimas escorreram pelo rosto dela. Ainda ficava irritada, às vezes, quando pensava no que havia feito e no pavor que a atormentou depois.

O detetive Rice sabia todo o tempo. Tantas vezes ela havia se torturado, imaginando o que aconteceria se ele descobrisse... e ele já sabia.

— Tony ficou zangado com você?

Ela estava tão cansada.

Só uma simples palavra. Não era uma confissão.

— Não — Julia respondeu.

81

Tony Hall, 2016

EM ALGUM MOMENTO DEPOIS DAS DEZ HORAS DA NOITE do dia em que Raymond Walker desapareceu, Tony ficou imóvel ao lado de Julia, com a mão congelada sobre a perna dela, enquanto ela contava o que tinha feito.

Quando terminou, Tony deitou a cabeça no colo dela. Apenas um pensamento tomava conta da sua mente: a única solução era contar a verdade a ela.

— Julia.

— Você me odeia?

— Julia, eu mudei de ideia.

— Quê? — Os olhos dela se arregalaram.

Ele contou tudo o que Nick tinha dito. Que Nick queria seguir em frente com o julgamento. Que Nick precisava que Tony parasse de tentar consertar tudo. Que, sentado naquela sala para visitantes do Goodspring, ele havia mudado de ideia.

— Tá bom — Julia disse. — Tá bom, tá bom, tá bom — ela repetia, como um disco riscado.

— A gente vai encontrar uma solução — Tony disse rápido. Ele não tinha a menor ideia do que fazer; apenas queria acabar com tudo o que ela sentia, fosse o que fosse.

— Tá bom — ela repetiu. — Eu só preciso ligar para a Elisa. Vou pedir que ela o mande de volta.

— Ele não vai voltar.

— Elisa tem todas as coisas de que ele precisa: o dinheiro, o passaporte. Se ela não entregar tudo ao Walker, ele vai ter que voltar.

— Ou ele vai se voltar contra você. Olha o que ele fez. Olha a merda que ele fez.

— Tudo isso foi um risco que eu assumi. Simplesmente vamos ter que lidar com isso.

— Como?

— Eu vou negar tudo o que ele disser. As coisas vão se complicar, mas não podem ficar muito piores do que já estão. Temos que trazê-lo de volta.

Tony ficou de pé.

— Querida, se fizer isso, você pode ser presa. Pode acontecer a mesmíssima coisa que você quis evitar para proteger as crianças. — A voz dele perdeu força e ele concluiu com um sussurro: — Você pode ir para a prisão. Quem sabe que punição eles dariam por isso?

Julia se levantou da mesa e tomou as mãos dele.

— Respira fundo. Vamos dar um jeito.

— E se a polícia ligar essa mulher, Elisa, às passagens? — Tony argumentou.

— Eles não podem — Julia respondeu. — E mesmo que pudessem, ela não entregaria nada.

— Por que quer jogar tudo para o alto agora? — Tony falou devagar.

— Eu tirei do Nick a única coisa que ainda restava a ele.

— Quem fez isso fui eu, não você.

— E se ele não perdoar você? Depois de tudo o que ele acabou de te dizer.

Julia tinha razão. Nick teria todos os motivos para culpá-lo por isso — era tudo culpa dele. Mas ele teria que viver com isso.

— Eles vão descobrir que o Walker pegou um ônibus — Julia disse. — Pode levar algum tempo, mas vão descobrir.

— Acho que sim — Tony comentou.

— Então o Nick também vai pensar que ele fugiu.

— Certo — ele respondeu. — Você está certa.

— Mas o que o Nick vai fazer? O que ele vai fazer se não houver julgamento?

— Não sei. Mas não acho que isso seja problema nosso.

Tony passou por trás de Julia e puxou uma cadeira. Ela se sentou ao lado dele. Ele reclinou os cotovelos sobre a mesa e apoiou o queixo nas mãos.

— Me desculpa por ter me afastado tanto de você, Julia.

Julia empurrou a cadeira para mais perto dele.

— Não foi só você. Eu não conseguia perceber que estava fazendo a mesma coisa. Se eu tivesse contado a você de uma vez... A gente deveria ter feito isso juntos.

Sentados à mesa, os dois conversaram sobre o assunto. Não havia como desfazer o que já estava em curso. O dano já estava feito. Então eles decidiram, juntos, deixar que Walker fosse embora.

Nick Hall, 2016

— COMO VOCÊ ESTÁ, NICK?

O suéter que Jeff estava usando era azul-marinho, feito com malha Aran. Ele começou a sessão com a mesma pergunta que sempre fazia.

Nick se sentou inclinado para a frente no sofá diante do terapeuta.

— Na verdade, isso é o que eu queria te perguntar.

— Eu estou bem, obrigado.

— Não, não. — Nick riu. — Tipo, como você acha que eu estou?

— Hmm... Eu não gosto desse jogo.

— Eu sei como me sinto. Sei que não vou simplesmente ser "melhorado" ou "consertado", mas qual é o meu prognóstico?

— Prognóstico? — Jeff disse, erguendo as sobrancelhas grisalhas.

— Você deve ter escrito em algum lugar. Ou tem um na sua mente.

Jeff brincou com a pulseira do relógio de pulso prateado.

— Quando vou conseguir dormir direito? Vou conseguir sair com um cara de quem eu goste?

Jeff sorriu.

— Seu prognóstico é bom, Nick.

Nick se inclinou para trás no sofá. Talvez Jeff estivesse debochando dele, mas Nick não se importou.

— Quando avaliamos os dados, encontramos alguns fatores que trabalham em seu favor para que chegue a um bom resultado. Mas você sabe que eu não estou aqui apenas para isso. Isso aqui é a peça mais importante e também é a única que você tem sob controle. Continue trabalhando nisso e o seu prognóstico será muito bom.

Foi como se desatassem um nó no estômago de Nick. Uma sensação de bem-estar se espalhou pelo seu corpo enquanto ele escutava a voz de Jeff.

— Podemos continuar analisando o que aconteceu com o Ray, as histórias que você mesmo conta a respeito do significado da agressão. O que isso diz a seu respeito. E as coisas vão acabar melhorando. Você não vai acordar um dia e constatar que todos os sintomas *sumiram*. Eu ainda tenho pesadelos ligados ao meu abuso e já sou velho. Mas as coisas *vão* melhorar. E como você vê a si mesmo, como vê os outros, e os relacionamentos românticos... Tudo isso parece bom para mim.

— Legal — Nick disse. Algumas vezes lhe faltavam palavras para descrever como se sentia quando se encontrava com Jeff.

— Alguma novidade em relação ao processo?

— Na verdade, sim. Eu decidi desistir do caso.

— Mesmo? Por quê?

Aconteceu na semana anterior. No início, quando Ray desapareceu, Nick não conseguia parar de pensar que Tony tinha feito alguma coisa estúpida. Pior do que estúpida. Ele soube, através de Julia, que a polícia tinha interrogado o irmão, e Julia parecia preocupada. Mas, depois, a própria promotora telefonou para Nick: Ray havia embarcado em um ônibus para Boston. O covarde havia fugido. De acordo com Linda, a próxima audiência seria em março. Linda não tinha certeza de que a juíza a deixaria prosseguir com um julgamento se Ray não fosse encontrado até então, mas ela queria tentar. Nick decidiu não contar a ela — não ainda — a verdade sobre o seu testemunho. Tudo levava a crer que ele teria mais algum tempo para pensar no assunto.

Na semana anterior, Julia aparecera no apartamento dele.

Ray não tinha fugido por conta própria, ela contou. Ela, cunhada de Nick, havia ajudado o estuprador dele a escapar.

Nick ficou chocado. Parecia uma piada sem graça.

— Quero que você saiba — Julia disse — que o fez mudar de ideia. Só que foi tarde demais.

— Ray?

Julia balançou a cabeça.

— Tony.

A compreensão ocorreu a Nick, enquanto ela continuava:

— Pensei que ele fosse matá-lo.

Ela nem precisava dizer isso.

O próprio Tony tinha dito quando Nick contou a ele que estava acordado durante a agressão. Tony continuava dizendo que iria matar Ray.

— Eu juro, Nick, você o fez mudar de ideia. Tony foi visitar você no Goodspring e, quando voltou pra casa, me disse que não ia mais fazer aquilo. — Ela olhou para Nick com uma expressão miserável estampada no rosto. — Mas foi tarde demais. Eu despachei o Walker para longe, enquanto o Tony estava com você.

Mais uma peça acabava de se encaixar.

— Achei que você tivesse mandado o Tony pra Goodspring para não ter que lidar com a reação dele quando soubesse que não tivemos um acordo para o caso. Mas não foi nada disso. Eu servi de álibi para ele.

Julia acenou com a cabeça.

— Sim, mas só se algo desse errado.

Os dois pararam de andar no final da Spring street. Ficaram ali por um momento, em silêncio, enquanto a neve caía sobre eles.

— Por que está me contando isso?

Ela enxugou o nariz com a parte de trás da luva.

— Porque preciso te pedir um favor.

E Julia explicou o que ela temia que acontecesse se Nick insistisse em seguir em frente com o caso, e um juiz permitisse um julgamento sem Ray. A imprensa faria a festa. Se já haviam se agarrado ao caso de Nick desde o início, o que fariam quando soubessem que um estuprador fugitivo seria levado a julgamento pelo homem que ele violentou? Poderia até ganhar repercussão nacional. E uma notícia com repercussão nacional talvez levasse alguém, em alguma parte do país, a fazer uma ligação sobre um homem que reconheceu. Uma cobertura jornalística nacional poderia levar à descoberta do paradeiro de Ray e chegar até Julia.

Os olhos de Julia estavam cansados, e a neve havia se acumulado em seu gorro.

— Eu não mereço te pedir nada, nada mesmo, Nick.

— Isso não é verdade.

— Mas é. É verdade, depois do que eu tirei de você. — Ela respirou fundo. — Mas ainda assim estou pedindo.

— Tudo bem — Nick respondeu baixinho. Julia queria que ele desistisse do caso. Estava evidente que ele faria isso, se Julia corria o risco de ser presa. Só que se tratava do... Ray. — E se ele machucar mais alguém?

— Nick? — A voz de Jeff arrancou Nick da sua lembrança coberta de neve.

— Perdão. O que disse?

— Por que vai desistir do caso?

Nick respirou fundo.

— Posso ser honesto?

— Claro.

Nada de mentiras dessa vez, nem meias verdades.

— A verdade é que eu não tenho a menor vontade de falar sobre o assunto.

Jeff abriu um sorriso.

— Tudo bem, Nick. A sessão é sua.

Nick exalou com vigor. E isso foi bom.

— Bem, qual é a questão que você quer trabalhar hoje?

Justo. Sua sessão, sua escolha. Talvez, um dia, Nick revelasse a Jeff por que havia tomado a decisão de desistir do caso e o que Julia havia lhe contado. Ou talvez não revelasse nada. A decisão era de Nick.

83

Julia Hall, 2019

JULIA SE SENTIA OCA. SUA MENTE CLAUDICAVA, TENTANDO acompanhar para onde ele a arrastava. O detetive Rice parecia tão confiável. Além disso, ele já sabia que tinha sido ela. Se quisesse denunciá-la, que diferença faria se ela falasse ou não? Talvez ela até revelasse o desfecho.

— Quando eu contei que o Walker tinha fugido, Tony ficou inconsolável. Não porque não pudesse mais matá-lo, mas porque havia mudado de ideia.

O detetive balançou a cabeça.

— Não pode ser.

Julia acenou com a cabeça.

— Nick queria realmente seguir com o julgamento. E Tony não queria tirar isso dele.

— Então por que Nick pediu a Linda que retirasse o caso? Podíamos ter tentado, podíamos ter levado o caso adiante sem o Walker. Não seria a primeira vez. O julgamento não havia começado, talvez a corte não nos deixasse continuar. Mas o Nick disse a Linda que não queria tentar. Ele contou a ela a verdade sobre o depoimento, mas não quis continuar. Eu não consigo entender. Sei que ele sofreria mais assédio por parte da imprensa em um julgamento, mas pelo menos poderia obter uma vitória simbólica.

— Sim — Julia disse devagar. — Ele poderia ganhar essa causa. Mas a coisa toda acabou se complicando.

— De que maneira?

Julia sorriu.

— Ele desistiu para me manter a salvo.

Um mês após o desaparecimento de Walker, Julia havia contado tudo a Nick. A verdade *toda*.

— Se a corte permitisse um julgamento, provavelmente se tornaria um espetáculo nacional, uma vítima do sexo masculino, um julgamento à revelia, um fugitivo. E esse tipo de cobertura...

— Acabaria ferindo Nick ainda mais.

— Não. Quer dizer, sim, sem dúvida. Mas eu estava sendo egoísta. Eu queria que o Nick desistisse do caso para me ajudar. Eu não queria que alguém visse a cobertura e descobrisse algo que me colocaria em encrenca.

— Ah — Rice disse.

— Além disso, também existia o risco de Walker tomar conhecimento de tudo pelo noticiário — ela acrescentou. — E decidir voltar.

— Então o Nick fez isso por você.

— E pelo Tony. Eu me senti péssima por tudo isso, mas parece que, no fim das contas, era disso que o Nick precisava. Tipo, restabeleceu o equilíbrio entre ele e o Tony, por assim dizer. Nick abriu mão do caso, as notícias pararam e eu me salvei.

Rice ficou em silêncio por alguns instantes.

— Você disse que havia algo mais?

— Eu nunca fui um católico perfeito — ele disse devagar. — Cometi muitos pecados na vida e nunca deixei de me confessar. Só que, dessa vez, eu demorei um bom tempo para confessar o que fiz. Que deixei um acusado escapar por ter guardado para mim a única linha de investigação que eu tinha: a de que a cunhada da minha vítima o havia ajudado.

— Ele balançou a cabeça. — Eu quase fui a Boston para me confessar numa igreja diferente. Tive muita vergonha de contar para o padre da minha igreja. Eu sabia que ele perderia o respeito por mim. Ele negaria se lhe perguntassem, mas como ele poderia continuar me respeitando?

"Mas, no fim das contas, eu decidi: foda-se o meu orgulho, não mereço ser orgulhoso. Confessei na minha igreja mesmo. No início, eu me senti melhor, então, certo dia, comecei a me sentir mal de novo; um desconforto abdominal, algo que eu precisava soltar. Então me confessei de novo. Melhorou, mas depois voltou.

"E depois veio o câncer. E agora eu estou morrendo. Se os médicos estiverem certos, a próxima Páscoa será a minha última. E eu continuo sentindo essa necessidade de confessar um pecado. E eu finalmente percebi o motivo: é porque o meu pecado permanece. Meu pecado é o meu silêncio. Eu sou católico, mas também sou policial. Eu fiz um juramento, e o quebrei, e o quebro a cada dia que deixo de me entregar. Eu confessei meus pecados a Deus, mas não sei se serei salvo, porque, no momento em que termino uma confissão, eu já estou pecando de novo. A menos que eu morra dentro daquele confessionário, vou morrer pecando."

Julia ficou sem ação.

— Não acha mesmo que Deus te puniria por um único erro que você cometeu, um erro apenas, acha?

— Sei lá. Um John Rice mais jovem e mais romântico poderia concordar com você, mas a coisa muda de figura quando você vê os raios X, essas formas impossíveis dentro do seu corpo, e então você já está ligando para a senhora que fez o seu testamento vinte anos atrás. — Rice balançou a cabeça. — Eu tenho esperança de ser perdoado. No fundo do meu coração, acredito que Ele me perdoará. Deus é justo e misericordioso. É Dele a escolha. Eu sempre fui justo. Esse era o meu trabalho: defender a lei e deixar a cargo de Deus o perdão. Eu já fiz vista grossa algumas vezes, mas nada desse tipo. Com crimes reais, eu sempre agi de acordo com a lei. Só uma vez eu cedi à piedade.

Era por esse motivo que ela estava ali.

— Você vai me denunciar.

Rice olhou para ela, surpreso.

— Não posso.

— Por que não?

— Eu arruinaria o trabalho de toda uma vida. Seria como um desses escândalos envolvendo DNA. Uma coisa tão grande como essa? Permitir que uma mulher, a família de uma vítima, conspirasse para a fuga de um acusado... Todos os casos em que já trabalhei seriam colocados sob revisão. Toda a justiça, mesmo que imperfeita, que já consegui obter para outras vítimas ficaria ameaçada. Todas as famílias que encontraram pelo menos um pouco de paz perderiam isso.

— Sinto muito. Eu não fazia ideia do que isso causaria a você. Lamento muito.

— Não lamente. Só me diga se valeu a pena.

— Quê?

— Me fale das coisas boas que você conseguiu. Assim, se eu tiver que ir para o inferno, pelo menos vou ter um motivo para sorrir.

— Ah. — Ela riu, uma lufada de ar com muco, e enxugou o nariz com as mangas.

Os braços do detetive estavam cruzados sobre o estômago, e seus ombros tão afundados que faziam o pescoço parecer mais longo. Ele parecia menor, mais doente e mais triste do que nunca. Mas ainda havia otimismo nos olhos dele — sim, seus olhos estavam repletos de uma esperança desesperada. Esperança por algo que ela poderia dar a ele. Esperança por consolação. Assim como Tony a havia encurralado, sem querer, Julia tinha feito a mesma coisa com esse homem. E cada um deles tinha feito a sua escolha. Durante todos aqueles anos, Rice havia sido o seu parceiro secreto no crime.

Ela contou o resultado do crime deles. Contou sobre Chloe, que agora tinha dez anos e era precoce como nunca. Contou que Sebastian, com oito anos, havia descoberto algo incrível no YouTube: pessoas fazendo *slime* e brincando com isso. Sebastian estava fissurado nesses vídeos. Tony tentou direcionar essa obsessão do filho para um interesse mais amplo em ciência, mas constatou que Seb de fato só se interessava por *slime*. (O detetive riu disso, por isso precisou de mais uma dose do oxigênio.) Falando em Tony, eles celebraram o seu décimo segundo aniversário de casamento no Ano-Novo. Os dois ficaram mais próximos um do outro, numa ligação que parecia ainda mais forte agora do que na época em que eram jovens e loucamente apaixonados. Por fim, ela falou a respeito de Nick. Ele tinha vinte e três anos agora e estava mais engraçado do que nunca. Mudou-se para Boston depois de se formar e estava trabalhando no ramo da propaganda. No último Natal, Nick veio visitar a família, acompanhado de um namorado de quem todos gostaram muito.

— Então, você acha que fizemos a coisa certa?

Ela se remexeu na cadeira.

— Eu não sei se vamos descobrir isso algum dia. Ou talvez você acabe descobrindo antes de mim, não é? — Ela apontou para o chão, e ele riu. A ideia de que os dois se encontrariam no inferno pareceu hilária de repente. — Eu teria feito as coisas de forma diferente — ela disse. — Se eu soubesse o que aconteceria naquele dia. Mas eu não sabia.

Rice ficou em silêncio. Ele queria mais dela. Tudo indicava que ele jamais falaria sobre o assunto com ninguém a não ser com o padre. Julia estava cansada, mas poderia ir um pouco além.

— Durante muito tempo, eu me senti... *devastada*. Não, essa não é a melhor definição, foi pior que isso. No início, eu aguentei firme, porque o Tony ficou arrasado; mas, no final das contas, ele acabou se recuperando, e então eu desabei. Já não sabia mais quem eu era. Eu me sentia separada de mim mesma. Me sentia horrível, uma pessoa horrível. No começo, tive a impressão de que o que eu fiz havia me mudado. E depois percebi que talvez tivesse passado minha vida inteira sem me conhecer. E eu me senti idiota, muito idiota. Quando todo o estresse do que tinha acontecido desapareceu, consegui enxergar as opções que não me ocorreram antes. Eu poderia ter mandado internar o Tony, por exemplo. Não é crime *querer* matar alguém. Ah, se eu tivesse agido mais rápido... Quem sabe? Eu poderia ter entortado as pernas dele a marretadas, como em *Louca obsessão*.

Rice caiu na gargalhada.

Julia também acabou sorrindo.

— Prendê-lo dentro de casa também seria uma alternativa. — Então ela ficou séria novamente. — Eu poderia ter contado a você. Essa seria uma saída e tanto. Talvez eu conseguisse detê-lo, se falasse com você. Pensei nessa possibilidade antes de... despachar o Walker. Mas eu não sabia o que você faria se eu contasse. Você colocaria o Tony na cadeia? Achei que o perderia se falasse com você, e as crianças perderiam o pai, e Nick também o perderia. Por fim, decidi preparar a fuga do Walker. Consegui o que eu queria: o Tony não podia mais pôr as mãos nele, não podia mais se meter em encrenca. Mas eu não gostei nada do que fiz. Por isso fiquei bem arrasada por um tempo. Mas o Tony cuidou de mim.

E eu acho que as crianças não perceberam o que aconteceu... quer dizer, eu digo a mim mesma que elas não perceberam. E com o tempo comecei a trabalhar de novo.

Os dois se encararam o tempo todo. Era um contato profundamente íntimo, quase desconfortável, mas parecia verdadeiro. E Julia quis dar a ele essa verdade, ainda que não pudesse lhe dar toda a verdade.

Ela continuou:

— Eu me dei conta de que jamais saberei se fiz a coisa certa. Sei que fiz uma coisa ruim. Mas as coisas poderiam se complicar ainda mais? Acho que sim. E eu comecei a aceitar isso. E quando... aquilo que eu fiz começava a invadir a minha mente, ou melhor, a metralhar a minha mente, e eu me sentia horrível, ou quando eu ficava tão doente de medo de ser pega e ir para a cadeia, e acabar colocando os meus filhos justamente na mesma situação em que eu estava, sabe, tentando evitar que acontecesse com o Tony, eu...

Julia estendeu a mão e a pousou no braço dele. Ele estava magro sob o suéter, e ela apertou seu braço delicadamente.

— Eu respirava fundo, olhava para as crianças, olhava para o Tony, olhava para o Nick. Se eu fiz a coisa certa? Bem, eles são a melhor resposta que eu poderia ter para essa pergunta.

Havia lágrimas nos olhos do detetive Rice. Seriam de alívio ou de desapontamento?

— Foi o que eu também pensei — ele comentou. E então franziu a testa. — Você alguma vez voltou a ouvir falar do...

— Não. — Ela balançou a cabeça. — Nunca.

— Eu me pergunto se ele saiu do país.

As sobrancelhas dela começaram a se erguer como que por vontade própria, e ela as empurrou mais para o alto para combinar com seu tom sensato.

— Talvez.

— Ele nem de longe parecia ser o tipo de sujeito que vai parar de machucar as pessoas, ou de procurar atenção o tempo todo. E nada no mundo o faria mudar. Uma pessoa que faz uma coisa dessas não faz apenas uma vez; é o que eu acho. Eu sempre achei que ele seria apanhado em algum outro lugar ou que ficaríamos sabendo que o DNA foi ligado a um novo crime. Ele deve ter conseguido sair do país.

Julia não disse nada por um momento. Ela poderia dar a Rice — devia a ele — o consolo? Ela se recordou do dia em que Rice telefonou para Tony e o advertiu de que não voltasse a ameaçar Ray Walker. Na ocasião, o detetive disse: "Não sou um grande fã de justiceiros".

Julia agitou a mão que estava no braço dele.

— Você não encontrará paz se continuar pensando nas coisas erradas.

Ele acenou com a cabeça.

— Se serve de consolo — Julia disse —, ele sabia bem que estava muito perto de perder tudo. Sabia que aquela fuga era a sua única chance de recomeçar.

— Você acha mesmo que alguém como ele é capaz de mudar?

Aí estava, mais uma vez. A pergunta que mais a incomodava fazia anos. Charlie Lee tinha dito a ela: "Deve haver outras pessoas por aí que sofreram o mesmo que o seu cunhado nas mãos desse cara. Só que não é nada fácil encontrá-las". Charlie não encontrou outras vítimas. Talvez houvesse um jovem em Providence. Julia jamais saberia se Walker havia ferido outras pessoas. Algum dia, ela acabaria velha ou doente como o detetive, ou encontraria a morte de alguma outra maneira e partiria deste mundo sem nunca saber se Raymond Walker era o monstro que sua família achava que ele fosse. Ela até poderia aquietar essa dúvida, silenciá-la, mas ela sempre estaria lá, pronta para abrir um olho e perguntar: e se ele for mesmo um monstro, Julia?

— Eu teria enlouquecido se ficasse pensando nele — Julia respondeu, sincera. — É por isso que me concentro na minha família até conseguir que o meu cérebro siga em frente com as coisas.

O detetive Rice deu um suspiro pesado.

— Eu me sinto como se um elefante tivesse saído do meu peito.

Ela riu e deu um último aperto carinhoso no braço de Rice.

— Eu te devo muito. Eu não fazia a menor ideia de que te devia tanto.

— Ah, não foi nada — ele respondeu, dando de ombros.

— Não, de jeito nenhum. — Ela balançou a cabeça. — Na verdade, foi tudo.

Os dois permaneceram ali sentados, em silêncio. Julia consultou o seu relógio, não que o horário importasse — ela estava pronta para ir embora.

— Bem, preciso ir andando agora. Não gosto nem um pouco de dirigir na neve quando escurece.

— Claro — ele respondeu e começou a se mover para se levantar. Julia ficou de pé e lhe estendeu a mão.

O detetive Rice acompanhou-a pelo corredor estreito, de volta para a entrada. Julia se sentou no banco para calçar suas botas.

— Você entende de jardinagem? — Ela acenou na direção da estante.

— Ah, sim — ele disse, sorrindo. — Sempre foi um passatempo, mas depois que me aposentei foi isso que me fez levantar da cama na maioria dos dias. Talvez, quem sabe, se por algum milagre eu ainda estiver entre os vivos nessa primavera, eu adoraria que você viesse me ver de novo, onde quer que eu esteja, se eu puder ter força suficiente para cultivar alguma coisa.

Julia abriu para o detetive o seu sorriso mais caloroso enquanto se levantava.

— Eu adoraria. — Uma grande mentira. Ela não acreditava que teria estômago para outro encontro com o detetive. Mas não traria nada de bom dizer isso a ele, até porque era bem provável que ele estivesse morto antes de ter motivos para descobrir.

Sem dúvida, ela iria ao funeral dele. Devia isso a ele.

Julia deu um abraço de adeus no detetive Rice e saiu para a varanda. Virou-se para fechar a porta, mas Rice já a estava fechando. Ele acenou da pequena janela ao lado da porta, e ela agitou a mão enluvada em resposta.

Mentir para um homem que se encontrava à beira da morte parecia particularmente pecaminoso. Mas era uma gentileza maior do que lhe dizer a verdade.

84

Elisa Lariviere, 2016

ERA MEIA-NOITE E MEIA DO DIA SEGUINTE AO DESAPARECI- mento de Raymond Walker, e Elisa Lariviere estava adiantada. Ela preferia assim, especialmente porque não havia nada que chamasse a atenção em um carro parado num lugar como aquele. Ela recuou até a extremidade mais distante do estacionamento. Elisa havia saído de casa, no Michigan, três horas antes para chegar ali — o terminal de ônibus em Columbus.

A noite estava congelante, e ela deixou o motor ligado. Para os planos daquela noite, o clima de Michigan proporcionaria vantagens óbvias.

Uma música começou a tocar baixinho na estação de rádio em que ela havia sintonizado. Ela não estava prestando atenção ao apresentador do programa, mas reconheceu a melodia de imediato. Doce e vibrante, veio o som da guitarra, que fez o peito de Elisa se encher de uma sensação agridoce. Um homem começou a cantar, e ela tomou fôlego para acompanhar o famoso refrão: *"Whack for the daddy-o / there's whiskey in the jar"*. A música se alinhou à lembrança, e a coincidência a fez sorrir.

Ela tinha ouvido a antiga música irlandesa num filme um ano antes. O filme era *A condenação*; que conta a história verídica de uma mulher que resolveu estudar Direito e se dedicar a provar a inocência do irmão. Foi um filme que passou despercebido — Elisa havia assistido a ele em casa, certa noite, anos depois do seu discreto lançamento. A cada cena a história se tornava mais dramática, e acabou a abalando. O processo legal do seu filho Mathis logo veio à sua mente enquanto ela assistia ao filme, e, embora os dois casos tivessem pouco em comum, os temas relacionados a justiça, defesa vigorosa e família soaram verdadeiros.

Sentindo-se impotente diante da prisão do filho no início de 2005, Elisa ficou obcecada em garantir que Mathis tivesse um advogado zeloso, e foi exatamente isso que ele conseguiu, da maneira mais inesperada.

Elisa havia contratado Clifton Cook — conhecido por ser implacável, o maior entre os leões —, e o seu leão acabou contratando uma santinha chamada Julia Hall. Elisa ficou bastante desapontada assim que pôs os olhos em Julia, uma garota de cabelos frisados e rosto de bebê. Ela ria agora quando recordava as primeiras interações com Julia, que sorria demais, defendia a importância da cooperação com o processo e recomendava numerosos serviços sociais para Mathis.

— Ela não é uma advogada! É uma assistente social — Elisa gargalhou no telefone.

— O Clifton disse que a corte juvenil é complicada e que a gente precisa dela — seu menino respondeu do centro de detenção. — Ela é legal, *maman*.

Elisa revirou os olhos ao ouvir as palavras de Mathis.

— E é *bonita*.

— Não mesmo — ele mentiu.

A neve começou a se acumular no para-brisa de Elisa, e ela ligou os limpadores. Então consultou o relógio. Dez minutos.

Mathis havia sido tolo por levar uma quantidade tão pequena de cocaína no carro, especialmente por ter resolvido cruzar fronteiras estaduais quando dirigia para ir ver amigos no Maine. E a arma — Elisa quase teve um colapso quando soube que ele tinha sido preso com uma arma. Mas contra todas as probabilidades, estava descarregada. Elisa foi visitá-lo no centro de detenção. Os dois se sentaram a uma mesa em uma sala isolada, e sussurravam um para o outro enquanto jogavam um jogo de cartas. Elisa o despedaçou com as palavras, então contou a história que ele deveria dizer aos advogados.

Houve trabalho de outras partes, claro, mas durante o ano em que o caso de Mathis tramitou pela corte juvenil do Maine, Elisa pôde constatar que Julia sacrificava longas horas, até tarde da noite, pelo seu filho. Sempre que eles voltavam à corte, Elisa escutava quando Clifton punha o juiz a par das novidades a respeito da participação de Mathis nos serviços que Julia havia arranjado. Julia sentava-se com Elisa, sem nenhum interesse em receber crédito pelo que tinha feito.

— Ele está indo muito bem mesmo — Julia comentou baixinho na última audiência. — Mathis obteve um desfecho excelente para o caso dele.

Elisa se inclinou na direção dela.

— Não despreze a sua participação. — No início, Elisa não confiava na insistência de Julia em caminhar de acordo com as regras. Mas o método dela havia funcionado.

— Não estou desprezando — Julia respondeu. — Mas ele trabalhou muito duro. Ele merece o que está conseguindo hoje. — Julia fez uma pausa. — Sabe, o Mathis enfrentou uma pressão enorme.

Elisa olhou para ela de viés. Julia continuava olhando para a frente.

— Espero que ele tenha liberdade para descobrir quem ele é e o que quer da vida — Julia disse de repente.

Elisa não fez nenhum comentário.

Depois da audiência, nos corredores do tribunal, Mathis deu um abraço de despedida em Julia. "Ligue se tiver alguma dúvida", Julia disse a ele. Quando Mathis se voltou para Clifton, Elisa puxou levemente o braço de Julia e caminhou ao seu lado. Ela tinha algumas coisas a dizer.

Elisa havia pensado bastante em Julia no ano anterior, depois de assistir à história da advogada que provou a inocência do próprio irmão. Na noite em que terminou de ver o filme, ela sentiu uma vontade quase incontrolável de ligar para o antigo número de telefone de Julia, mas se conteve. Na manhã seguinte, fez uma busca no Google pelo nome de Julia e ficou decepcionada ao constatar que ela, pelo visto, já não advogava mais. Pareceu estranho, quase acidental, quando pouco tempo depois Julia telefonou.

No início do mês, após sair do cabeleireiro, Elisa se deparou com uma mensagem de voz em seu celular. Era Julia Hall, desconexa e nervosa, dizendo coisas sem sentido.

Elisa ligou para Julia no mesmo dia em que recebeu a mensagem, porém, no final do dia, no conforto da sua sala de estar. Elisa se sentou diante da pequena lareira e fez a ligação.

Julia pareceu distraída quando atendeu. Ela reagiu sem muito entusiasmo ao cumprimento de Elisa e parecia se afastar de alguém. Elisa ouviu uma porta se fechar, e o tom de voz de Julia mudou — sua fala ficou mais natural.

— Obrigada por retornar a ligação — Julia disse.

— Sem problema. Fico feliz por poder conversar com você.

— Nossa, você mudou pra bem longe de Boston!

— Pois é, sou a senhora do lago agora. — Elisa acenou com a mão para uma audiência que não estava lá.

— Como são os invernos em Michigan?

— São uma merda. Mas você não ligou apenas para perguntar sobre o frio.

— Não. E vejo que você continua objetiva como sempre.

Elisa conseguiu perceber o riso na voz de Julia, junto com uma nota de nervosismo.

— Desembucha, garota. — Elisa riu também.

O silêncio foi longo demais.

— Está tudo bem, Julia?

— Não — Julia respondeu com voz fraca.

Julia contou a ela sobre Raymond Walker, e o que ele havia feito ao seu cunhado. Contou a Elisa sobre a imprensa, os problemas do jovem cunhado, a tensão inédita que afetava o seu casamento.

— Ouvir isso me deixa triste. De verdade — Elisa falou. Ainda assim, era estranho. Era de duvidar que, para uma mulher como Julia, faltassem amigas próximas e leais com as quais dividir os problemas.

Depois de uma longa pausa, Julia disse em voz baixa:

— Acho que o meu marido vai fazer alguma coisa.

— Alguma coisa?

— Alguma coisa que jamais poderá ser desfeita.

Elisa avaliou as palavras de Julia.

— Não sei se eu poderia culpá-lo. Acha que eu poderia? — Ela agitou a mão através do vapor que escapava da sua xícara de chá. Lembrou-se da conversa que as duas tiveram certa noite no escritório de Julia. Lembrou-se da ansiosa confissão de Mathis sobre os segredos da família que ele revelou à sua bela advogada. — Eu sei das coisas que o Mathis contou a você.

— Eu sei — Julia disse. — O Tony não pode fazer isso.

Então era isso. Elisa parou de sacudir a mão sobre a xícara.

— E eu posso, Julia, é isso?

— Eu estava pensando em convencê-lo, o Walker, a partir. Mesmo que o Tony não representasse perigo, o Walker já deve saber que poderá ir para a cadeia por anos, talvez décadas. Ele deve ter pensado em fugir, mas não teria ajuda nem dinheiro. Mas, se eu pudesse ajudá-lo, acho que conseguiria convencê-lo a partir. — A voz dela se enfraqueceu, como se as palavras despencassem por um precipício. — Simplesmente ir embora, para sempre.

— E esse homem simplesmente partiria. Para sempre — Elisa repetiu.

— Quem sabe eu...

— Esse homem que é obcecado por atenção.

— Se eu...

— Esse sádico. Vai libertar um sádico como esse. E ele vai sumir, cair no esquecimento, para sempre e de bom grado, nunca mais vai exigir nada de você.

Diante disso, Julia ficou em silêncio. Bom. Ela era inteligente demais para acreditar numa idiotice dessas, ainda por cima tentar convencer Elisa.

— E o que você quer de mim? Que alugue um imóvel para ele em Michigan? Que o ajude a encontrar um emprego? Que consiga um passaporte?

Nenhuma resposta.

— Eu adoraria continuar sendo condescendente com você, se isso te faz se sentir melhor, mas nós duas sabemos por que você ligou.

Então Julia voltou a falar.

— Se... — Julia começou a dizer, mas parou. Um suspirou com a boca encostada no telefone. — Se eu quisesse a sua ajuda... Esse tipo de ajuda.

— Eu estava falando muito sério no dia em que nos despedimos. Você salvou o meu filho, o meu filho favorito.

Uma risada ofegante, como um alívio.

— Imagino que você tenha crianças agora, você sempre as amou tanto, sabe. Você salvou o meu filho, e eu faria qualquer coisa por você. Naquele dia, aposto que você pensou que jamais iria querer nada de alguém como eu.

A inspiração ecoou pelo telefone, distintamente desfigurada pelas lágrimas. Talvez de resignação, talvez de alívio.

— Sim.

Elisa aproximou um dedo da xícara e o passou ao longo da borda.

— É fácil ser bom quando as coisas estão boas.

Julia não disse nada.

— Quanto tempo nós temos, Julia?
— Você quer dizer, antes que o Tony...?
— Sim.
— Não muito. Vai ter uma audiência no dia 12 de janeiro. Ele prometeu que não faria nada até essa data. E, se houver acordo, beleza.
— Beleza?
— Eu não vou precisar de você — Julia respondeu.

Elisa duvidava de que Julia pudesse ter tanta certeza disso, mas não havia motivo para dizer isso. De qualquer forma, Elisa começaria a preparar tudo.

— Mas, supondo que não haja acordo tão cedo no processo, acho que vou precisar que isso seja feito esta semana.

— Bem pouco tempo, não? — Elisa disse. — Acha mesmo que pode convencer esse homem a fugir? Por um tempo, claro.

— Acho que sim. — Julia pigarreou. — Ouvi dizer que não somos só nós que estamos preocupados com a audiência, ele também está. As coisas não vão nada bem pra ele, o registro como agressor sexual, todo o estigma e os problemas que acompanham uma alegação desse tipo. Soube até que ele está começando a surtar por causa disso. Então, se eu conseguir fazer as promessas certas... Mas preciso da sua ajuda para que ele acredite que estou oferecendo tudo o que será necessário para que ele viva como outra pessoa.

— Passaporte, dinheiro.
— Isso. E passagens sem usar o nome verdadeiro dele.
— Por que ter tanto trabalho com ele? Por que não resolver o problema com ele no Maine?

— Se alguma coisa acontecer com ele aqui, vão suspeitar do Tony. Mesmo que ele tenha um álibi perfeito, porque é óbvio que ele poderia ter contratado alguém.

— Sei o que quer dizer, é óbvio. — Elisa riu. Ela continuava traçando a borda da xícara. — Você precisa armar para que pareça que esse homem partiu por conta própria.

— Exato — Julia disse.
— Então, se você quiser o *meu tipo de ajuda*, vai ter que enviá-lo a mim.
— Direto pra você?

— Não para a porta da minha casa. Pra uma cidade aqui perto, em Michigan ou Ohio. Não vamos deixar que ele venha dirigindo a noite inteira. Diga a ele que o pegarei e o levarei a algum lugar. Para não dar na cara, como dizem.

— E depois?

— Depois você vai se ver livre do seu problema. E esse homem vai ter o que merece.

— Eu não concordo com isso.

Elisa soltou uma risada áspera.

— Tem mesmo certeza disso?

Julia ficou em silêncio por um longo momento.

Se fosse qualquer outra pessoa, Elisa poderia ter entendido isso como fraqueza, e seria um motivo óbvio para encerrar a ligação. Porém, em Julia, não se tratava de fraqueza. Julia travava uma guerra consigo mesma. O ingênuo gatinho doméstico que acreditava na lei e na ordem estava sendo destronado pelo puma que sabia que dentro de poucos dias a única lei seria matar ou ser morto.

E ela era uma advogada. Pensar era a religião dela. Ela acreditou que poderia resolver o assunto como um quebra-cabeça lógico, mantendo a sua família intacta e a sua moral ilesa. Julia não compreendia aquilo que Elisa já sabia: que todo o pensamento e ponderação são insignificantes, porque, no final das contas, todos têm um limite. E existem coisas mais importantes do que a bondade.

— Eu não vou tentar te convencer disso — Elisa disse. — Você não precisa da minha permissão, precisa da sua própria. Acho que você ainda não tem certeza sobre isso.

— Não — foi a resposta de Julia.

Elas conversaram durante um longo tempo sobre o que Julia poderia fazer para colocar Raymond Walker num ônibus rumo a outra cidade. Ela precisaria de documentos de identidade falsos, passagens compradas através de contas indetectáveis, a falsa promessa de dinheiro esperando por Walker no final da viagem e, é claro, um desfecho para tudo isso assim que ele chegasse ao local combinado. E Julia queria tudo isso de Elisa. Pelo visto, Mathis havia contado muitas coisas sobre a família dele a Julia, muito mais do que ele foi capaz de admitir.

Elisa bebericou o chá, enquanto elas tratavam dos detalhes de tudo o que Julia iria precisar e planejavam o que ela faria para enviar Raymond a Elisa. De vez em quando, Julia interrompia a conversa para dizer coisas como "se eu decidir mesmo fazer isso", e Elisa respondia com um gentil "claro, claro". Mas ela podia sentir que Julia já havia se decidido.

Antes de desligarem, as duas determinaram que não voltariam a conversar ao telefone, a menos que fosse absolutamente necessário. Julia tinha uma explicação convincente para a ligação — algo sobre uma pesquisa de trabalho relacionada a antigos casos seus —, mas isso não explicaria as várias ligações para o Meio-Oeste se a família dela estivesse sob suspeita. Em vez de conversas por telefone, Julia enviaria um cartão-postal com os pormenores de que Elisa precisaria para reservar as passagens. Julia apenas voltaria a ligar para Elisa se a fuga de Walker não acontecesse, para avisá-la de que teriam que abortar o plano.

Nos dias que se seguiram a essa conversa, Elisa providenciou com antecedência alguns materiais de que Julia precisaria. Elisa teve que esperar apenas uma semana antes que o cartão chegasse pelo correio. Tinha o carimbo do correio de Portland, Maine.

Querida tia Elisa,

Estou ansiosa para te visitar nesse inverno! Tenho uma viagem e tanta pela frente. No dia 15 de janeiro, sexta-feira, vou embarcar no ônibus das 20h15 da Concord Coach, de Portland para Boston. Depois, às 22h55, pego o trem da Amtrack da South Station para Toledo, mas acho que consigo comprar uma passagem que me leve até Chicago, ouvi dizer que é uma cidade linda. Vou chegar a Toledo às 15h25 do dia 16 de janeiro, sábado, e, de lá, pego o ônibus das 15h55 da Greyhound com destino a Columbus, onde eu espero que você me busque. Vou chegar por volta da 0h25 do domingo — espero que não seja muito tarde.

Não vejo a hora de estar aí com você. Se houver algum imprevisto, sabe como entrar em contato comigo!

Com amor,

Sua sobrinha

Poucos dias depois, Elisa mandou um pacote para Julia: dentro dele havia uma carteira de motorista falsa; uma foto do passaporte de um homem morto; uma conta bancária no nome de um homem morto, contendo dinheiro de um dos fundos de caixa dois de Elisa; e as passagens de ônibus e de trem que Julia havia pedido.

Depois de passar o bastão para Julia, Elisa leu o cartão uma última vez antes de atirá-lo na lareira.

E agora, em algum momento entre o dia 16 e o dia 17 de janeiro, Elisa esperava, sentada em seu carro. Seu pé tamborilava com ritmo contra o piso na frente dos pedais, enviando reverberações através do seu corpo. Ela voltou a consultar as horas.

O ônibus estava dois minutos atrasado quando chegou à estação.

Ela pensou nas palavras do cartão-postal: *Se houver algum imprevisto, sabe como entrar em contato comigo!*

Julia não queria saber quando a coisa seria feita. Só queria ser avisada se não tivesse sido feita.

Um homem jovem saiu de trás do ônibus. Enquanto ele checava o estacionamento, a iluminação no alto da estação lançava uma sombra em sua testa, fazendo parecer que ele tinha buracos nos olhos.

Elisa fez os faróis piscarem, e Raymond Walker começou a andar na direção do carro.

Ela jamais precisou entrar em contato com Julia.

FIM

ASSINE NOSSA NEWSLETTER E RECEBA
INFORMAÇÕES DE TODOS OS LANÇAMENTOS

WWW.FAROEDITORIAL.COM.BR

CAMPANHA

Há um grande número de portadores do vírus HIV e de hepatite que não se trata.

Gratuito e sigiloso, fazer o teste de HIV e hepatite é mais rápido do que ler um livro.

Faça o teste. Não fique na dúvida!

ESTE LIVRO FOI IMPRESSO
EM JANEIRO DE 2022